I0706148
UNIVERSITY OF JERSEY
HOME OF THE HAWKS

GIOCATA VINCENTE

ALSO BY

BLURBS

@UofJ411 Credevo che non perdessi mai il pallone @CasaNova87? #VaiInPanchina #NonStaiPerdendoSoltantoUnaPartita

Avevo trovato una ragazza… anzi, LA ragazza.
Kay.
La mia Skittles… **MIA**.
Poi dei fantasmi del passato mi hanno steso più di quanto farebbe un *linebacker*. È ora di inventarsi una nuova strategia.

Mason Nova è… argh!
Mi ero detta di stargli lontana. Avevo avvertito il mio cuore di *non* innamorarsi di lui. Mi ha ascoltata?
CERTO CHE NO, e adesso sembra che una piramide umana gli sia crollata addosso riducendolo in poltiglia.
Mi dispiace dirtelo, ma **NON** sei tu la mia giocata vincente.

GIOCATA VINCENTE è il secondo libro della serie U of J – Università di Jersey e, dato che riprende dal clamoroso finale in sospeso di ANDARE A SEGNO, non può essere letto come romanzo indipendente. Riuscirà il nostro Casanova, così bello da far male, ad avere una seconda possibilità per riconquistare la sua puffa sfrontata dai capelli arcobaleno? Questo romanzo sportivo è il secondo di tre volumi.

NOTA DELL'AUTRICE

Care lettrici,

GIOCATA VINCENTE È IL SECONDO LIBRO della serie U of J – Università di Jersey. Per seguire la storia come si deve, prima di questo romanzo dovete leggere il primo libro, ANDARE A SEGNO.

#UofJ Series:

1. Andare a segno (Kay and Mason)
2. Giocata Vincente (Kay and Mason)
3. Giocare sul serio (Kay and Mason)
4. Addio alla panchina (Quinn and CK)

PREFAZIONE

PROFILI INSTAGRAM

CasaNova87: Mason "Casanova" Nova (*tight end*)
QB1McQueen7: Travis McQueen (*quarterback*)
CantCatchAnderson22: Alex Anderson (*running back*)
SackMasterSanders91: Kevin Sanders (*defensive end*)
LacesOutMitchell5: Noah Mitchell (*kicker*)
CheerGodJT: JT (James) Taylor
TheGreatestGrayson37: G (Grant) Grayson
ThirdBaseAdam16: Adam
CheerNinja: Rei
CasermaNJA: la Caserma (palestra di cheerleading)
NJA_Admirals: New Jersey Admirals

SOPRANNOMI

Mason Nova: Casanova / Mase
Kayla Dennings: Kay / PF / Baby / Puffetta
E (Eric) Dennings
CK (Chris) Kent
Em (Emma) Logan
Q (Quinn)
JT (James) Taylor <TVTTB JT: Ti Voglio Tanto Tanto Bene JT>
T (Tessa) Taylor

G (Grant) Grayson
D (Dante) Grayson
B (Ben) Turner

PLAYLIST

- "Haunted"- Kelly Clarkson
- "Dark Side"- Bishop Briggs
- "Hate (I Really Don't Like You)"- Plain White T's
- "Blurry"- Puddle Of Madd
- "Notice"- Little Mix
- "Malibu Nights"- LANY
- "All Around Me"- Flyleaf
- "Wasabi"- Little Mix
- "Guys Don't Like Me"- It Boys!
- "Haunted"- Taylor Swift
- "Trust Issues"- Olivia O'Brien
- "Up & Down"- Dana Dentata
- "Make You Miss Me"- Sam Hunt
- "Break Up With Your Girlfriend (I'm Bored)- Ariana Grande
- "Just A Man"- SoMo
- "Unsteady"- X Ambassadors
- "The Heart Wants What It Wants"- Selena Gomez
- "Nights Like This"- Kehlani feat Ty Dolla $ign
- "Fuck Apologies"- JoJo feat Wiz Khalifa
- "Call You Mine"- The Chainsmokers feat Bebe Rexha
- "My Kinda Party"- Jason Aldean
- "Human"- Rag'n'Bone Man
- "Frustrated"- R.LUM.R
- "Low"- Greyson Chance

- "Sound Of Your Heart"- Shawn Hook
- "Suffer"- Charlie Puth
- "Brokenhearted"- Karmin
- "Don't Stop"- 5 Seconds of Summer
- "Close To Me"- Ellie Goulding with Diplo
- "Never Really Over"- Katy Perry
- "Dangerously In Love"- Destiny's Child
- "Falling"- Harry Styles
- "Just A Friend"- Biz Markie
- "STFU & Hold Me"- Liz Huett
- "Hallucinate"- Dua Lipa
- "Pom Poms"- Jonas Brothers
- "A-YO"- Lady Gaga
- "I Love Me"- Demi Lovato
- "F.F.F."- Bebe Rexha feat G-Eazy
- "Teenagers"- My Chemical Romance
- "Distraction"- Kehlani
- "Ruin My Life"- Zara Larsson
- "Play With Fire"- Sam Tinnesz feat Yacht Money
- "Castle"- Halsey
- "Thunderstruck"- AC/DC
- "Unstoppable"- The Score
- "BLOW"- Ed Sheeran feat Chris Stapleton
- "How To Start A War"- Simon Curtis

FIND PLAYLIST on Spotify.

"*È stato un errore.*"

Continuare a ripetere quelle parole nella mente non riesce ad attenuare il dolore che mi provoca il loro ricordo.

"*È quello che sto cercando di dirti,*" l'ho implorato. È davvero ironico… Il donnaiolo dell'università, Mister Casanova, che accusa *me* di averlo tradito.

"*No. Intendo questo,*" ha detto, indicando noi due.

Scoppio nuovamente a piangere per la maniera insensibile con cui ha definito la nostra storia.

"*Questo è il motivo per cui non prendo impegni con le ragazze.*"

Altre lacrime, *molte* altre lacrime.

"*Ooof. Ma che…?*"

Quasi non mi accorgo di essere a terra… Sono talmente confusa che non mi rendo conto del dolore, né del rumore di un'altra persona che si inginocchia al mio fianco…

"*Mi stai lasciando?*"

Perfino ora rabbrividisco per quanto suonavo patetica.

"*Sì.*"

Una parola. Una sillaba. Una sola risposta, e lui è sparito.

"*Kay?*"

Aspetta...

Mi hanno chiamata ad alta voce. L'ho sentito con le mie orecchie, giusto?

"Kay?"

Conosco quella voce.

"Kay?"

Perché JT mi sta chiamando in quel modo? Non mi chiama quasi mai così, non da quando ha coniato il mio soprannome, PF.

PF.

Solo a pensarci mi si accappona la pelle.

"Dimmelo tu, P. F." Mason sputa fuori le lettere del mio soprannome, scandendole come se fosse offeso.

Com'è stato possibile che solo due lettere rappresentassero la fine di una parte tanto vitale di me stessa?

"Kay, c'è qualcosa che non va?"

Tutto.

"Oddio, Kay," dice Em, accovacciandosi al mio fianco.

"Perché è qui nell'ingresso? Sta male?" domanda Q chinandosi dalla parte opposta di Em.

Sono ancora nell'ingresso di casa?

Hmm...

Mi domando da quanto tempo io sia qui. Se loro sono tornati, vuol dire che la partita è finita; devono essere trascorse diverse ore. Davvero sono rimasta ferma nello stesso punto per tutto questo tempo?

Sta succedendo di nuovo: il crollo, la confusione, la perdita totale del senso del tempo, l'incapacità di parlare, la chiusura in me stessa. È come se fosse una vecchia abitudine che non sono in grado di spezzare.

Il crollo, per quanto debilitante, non è la cosa peggiore: è *questo* che mi spaventa. Pensavo di essere diventata più forte, di aver imparato a gestire la situazione, di non essere più vittima del peso schiacciante delle mie emozioni.

"Kay, parlami." Mi sembra di sentire delle mani forti afferrarmi le spalle ma, ancora una volta, quasi non le percepisco; mi sembra di essere un fantasma che galleggia a mezz'aria e guarda la scena dall'alto.

"Kayla, che accidenti sta succedendo?"

Sento delle dita afferrarmi il mento e alzarmi la testa fino a sollevarmi il viso dal pavimento. Mentre la confusione si dipana, un nuovo flusso di lacrime inizia a scendermi lungo le guance, mentre incrocio con lo sguardo un paio di occhi color whisky.

Osservo quegli stessi occhi guardare le lacrime che mi cadono sul petto, come un rubinetto che perde e che non riesco a chiudere.

"Perché stai piangendo?"

Perché…

Non rispondo. Non riesco nemmeno a pensare; come faccio a esprimerlo a voce?

"Em, controlla Instagram," ordina JT, che sta cercando di fare del suo meglio per ricostruire quello che è successo senza avere a disposizione tutti i pezzi del puzzle.

"È vero che sei stata bullizzata, almeno? O era una balla che ti sei inventata per evitare che postassi una nostra foto sui social?"

"Non è emerso nient'altro, da quando hanno capito che lei è PF Dennings dei New Jersey Admirals."

Il mio corpo reagisce in modo talmente pavloviano che rabbrividisco al solo sentire quel nome. Chiudo gli occhi per cercare di scacciare il dolore, ma poi li riapro con forza; mi ancoro di nuovo al presente e mi concentro sul mio più caro e vecchio amico.

"Non capisco." JT, dalla frustrazione, si passa una mano tra i capelli. "Non può essere in queste condizioni senza alcun motivo. Dev'essere accaduto qualcosa."

È solo il mio cuore che si è spezzato.

"Dobbiamo chiamare Mason?" chiede Q.

Sobbalzo, stretta tra le braccia di JT. Perché sto lottando contro questo torpore? Dovrei arrendermi, lasciare che mi porti via di nuovo, così smetterei di soffrire.

"Non risponde." La voce di Q sembra provenire dall'interno di un tunnel, ma riesco comunque a capire che sta parlando con JT.

Ovvio che non risponde.

"Riprova," ordina JT.

Dovrei dire loro di non disturbarsi; tanto non cambierà nulla. Mase… *No!* Non è più Mase; adesso è Mason, e non risponderà. Ha chiuso con me.

"Mi stai lasciando?"

"Sì."

"Kayla, te lo giuro, se non apri la bocca e mi dici quello che è successo, chiamo subito E."

Quella minaccia è sufficiente a far esplodere l'ultima bolla di cupezza che mi avvolge.

"Potete smetterla di chiamarmi Kay o Kayla? Mi state facendo impazzire."

JT si affloscia come un palloncino sgonfio, cade in avanti, mi preme con la testa contro il basso ventre mentre gli sbuffi d'aria increspano il tessuto dei miei pantaloni della tuta.

"JT è soltanto un amico. Per me è un fratello, proprio come E."

"Già... È esattamente questo che dice la troia, in quella canzone di Biz Markie, quando invece sta già uscendo con un altro."

"Cazzo, Kay." Le braccia di JT si stringono intorno ai miei fianchi, aggrappandosi a me come se fosse lui ad avere bisogno di un'ancora di salvezza, non io.

"Mi hai chiamata di nuovo Kay." Sollevo una mano e inizio a passargliela tra i capelli scuri e ramati della nuca. Questo gesto sembra tranquillizzarlo, ma lo faccio più che altro per rendermi conto che lui è reale. Per quanto io ed E siamo legati, per me JT è sempre stato un porto sicuro.

La nostra amicizia non sarà convenzionale, ma è puramente platonica. JT è a tutti gli effetti mio fratello, anche se non di sangue.

Mason non è il primo a pensare che tra me e JT ci sia dell'altro. Ma pensarlo e crederci sono due questioni diverse. So che ci sono delle parti del mio passato che non gli ho ancora raccontato: per esempio come sono andate male le cose dopo la morte di mio padre, gli eventi che mi hanno spinta a eliminare il mio profilo Instagram... Ma dopo tutte le storie che gli ho raccontato su me e JT, e di come siamo cresciuti insieme... come è potuto giungere a una conclusione tanto sbagliata?

"...non volevi postare una foto di noi due per timore che l'altro tuo ragazzo lo scoprisse."

Non sono una bugiarda, e di certo non sono una che tradisce. Il fatto che Mason mi accusi di entrambe le cose è ciò che mi ferisce più nel profondo. Certo, ho tenuto segrete alcune parti del mio passato. Era un modo per proteggere me stessa, per non fare la vittima agli occhi degli altri, per tenere il mio cuore al sicuro.

Bei risultati che mi ha portato.

"Cos'è successo?" prova nuovamente JT.

Sia Em che Q tentennano, incerte sul da farsi. Non le biasimo. Sanno del tracollo che ho avuto ai tempi delle superiori, ma vederlo con i loro stessi occhi è tutta un'altra storia. Per quanto la scena che stanno vedendo sia brutta, non è neppure lontanamente comparabile al momento peggiore che ho vissuto.

"J," mormoro quell'unica lettera, a riprova della mia disperazione. È raro che io lasci cadere la T nel suo nome, tanto quanto è raro che lui mi chiami Kay.

JT mi solleva, imprecando sommessamente, e mi stringe in grembo. Il mio naso sfiora la pelle nuda che emerge dal colletto a V della maglietta e dalla felpa della sua uniforme da cheerleader, il suo familiare profumo di sudore ed eucalipto mi trattiene dallo scivolare oltre l'orlo del collasso totale.

"Cosa posso fare? Di cosa hai bisogno?" mi chiede in tono angosciato, facendosi carico dell'afflizione che mi pervade.

"Casa," singhiozzo.

Non posso restare qui, nel luogo in cui ho iniziato a innamorarmi di Mason, circondata da ricordi tanto banali quanto ancora carichi di significato.

"Va bene." JT si alza da terra tenendomi tra le braccia, con la facilità con cui può farlo solo una persona abituata a lanciare ragazze sopra la propria testa. Poi, segue Em fino alla mia camera da letto.

Il gradito sollievo del morbido piumino d'oca contro la schiena, dopo ore passate sul pavimento, non dura a lungo: i ricordi iniziano a turbinarmi nella mente.

Io e Mase—cazzo! Mason—che studiamo insieme.

M-A-S-O-N che mi chiede di essere la sua ragazza.

La prima volta che abbiamo dormito insieme.

La prima volta che abbiamo fatto l'amore.

Merda! Devo andarmene da qui.

Sia Em che Q si affacciano sulla porta, i loro sguardi preoccupati rimbalzano tra me distesa sul letto e il mio migliore amico che si aggira nella stanza. JT prende un borsone con i miei vestiti per la notte, la mia borsetta e le mie chiavi, poi mi mette le classiche Converse bianche e nere.

Mi sfugge uno stridulo di dolore quando prova a infilarmi la felpa di Mason. Mi guarda con aria confusa, ma per fortuna non fa domande e prende la mia felpa dell'Università di Jersey dal guardaroba.

Tira le corde del cappuccio per farmelo aderire bene alla testa e a nascondermi il viso. Mi stringo forte al suo fianco e lui si mette in spalla entrambe le mie borse e la propria, che aveva appoggiato davanti alla porta; fatto ciò, ci dirigiamo fuori dall'appartamento.

A un certo punto, mi sembra di sentire JT dire che più tardi avrebbe chiamato le altre ragazze, ma è l'ultima cosa di cui sono cosciente. Non mi rendo neanche conto del tragitto verso l'auto e del viaggio di quasi un'ora verso casa, è un altro dei tanti buchi nella mia memoria.

Torno nuovamente al presente quando sento una mano stringere la mia, per poi sbattere le palpebre fino a quando non riesco a mettere a fuoco la casa dei Taylor. Inclino la testa e cerco di rispondere al sorriso di incoraggiamento di JT con uno di gratitudine. Non so se sono riuscita a esprimermi, ma questa è una delle tante cose che dimostra quanto bene lui mi conosca. Non gli ho ancora detto niente riguardo alla fine della mia relazione con Mason, eppure ha capito lo stesso che non riuscivo ad andare a casa mia, a pochi isolati di distanza.

Pinky è ferma nel vialetto con il motore acceso, il calore che esce dalle bocchette del condizionatore mi arruffa i riccioli pendenti attorno al viso, mentre JT attende che io sia pronta a scendere dall'auto.

Annuisco in maniera quasi impercettibile; JT prende le borse, esce dalla macchina, gira attorno alla Jeep e apre la portiera per farmi scendere.

Tende le braccia e io mi ci getto in mezzo, stringendo tra le dita il tessuto della sua felpa dell'Università del Kentucky. Quanto gli voglio bene; non batte ciglio nemmeno quando nota che gliel'ho sporcata di muco e lacrime.

Stretta tra le sue braccia, a un certo punto i brividi che mi scuotevano il corpo iniziano a placarsi. Una volta che mi sono calmata a sufficienza, mi dà una pacca sulla schiena e mi lascia andare.

Il rumore della porta che si apre avverte i presenti del nostro arrivo. Pochi secondi dopo papà Taylor compare nell'atrio.

"Jimmy, ragazzo mio." Papà Taylor corre ad abbracciare JT con un gesto automatico; tuttavia, non appena mi vede, il suo tono gioviale scompare immediatamente. "Chi devo uccidere, questa volta?"

Quella domanda protettiva, detta d'istinto, mi fa arricciare le labbra.

"Papà," lo ammonisce JT.

"Vieni qui, cara."

Mi dirigo verso di lui senza alcuna esitazione, permettendogli di stringermi nel suo abbraccio paterno. Dal momento che era il migliore amico di mio papà, per me è sempre stato un secondo padre. La loro grande amicizia è ciò che ha spinto me e JT a diventare inseparabili.

"Volete mangiare qualcosa?" dice, mentre ci conduce verso la parte posteriore della casa, dove si trova la cucina.

Non ho voglia di mangiare, mi sento lo stomaco talmente annodato che mi è passata la fame, ma lo seguo comunque e mi accomodo su uno degli sgabelli davanti al ripiano della cucina. Concentro tutta la mia energia sul respiro, farei qualsiasi cosa per impedirmi di arrendermi alla depressione che sento insorgere dentro di me. Ancora non riesco a credere che tutto ciò stia accadendo davvero.

"Accidenti, Kay." Tessa corre verso di me non appena mi vede. Devo essere davvero messa male, se entrambi i Taylor mi chiamano Kay.

"E io cosa sono, invisibile?" esordisce JT, in risposta allo sguardo supplichevole che gli rivolgo da sopra la spalla di T e che vuol dire: *Ti prego, non riesco a comportarmi da essere umano in questo momento.* "Niente abbracci per me?"

"Sei un idiota," replica T, ma poi mi lascia andare per dirigersi da lui.

Entrambi i fratelli Taylor sono un perfetto miscuglio dei loro genitori. JT ha preso gli occhi marroni chiaro della mamma, mentre quelli blu profondo di Tessa sono gli stessi del padre. I capelli castano intenso di JT derivano da un mix di quelli del padre, un tempo di un ricco color castano e ora grigi alle tempie, e le stesse ciocche rossicce di Tessa.

"Andiamo." JT lascia andare T e mi tende la mano.

Con i Taylor non devo preoccuparmi di apparire maleducata; seguo JT su per le scale, allontanandomi senza dire una parola.

Conosco la strada verso la camera da letto tanto bene quanto quella che conduce alla mia; la porta è ancora socchiusa dall'ultima volta che ho dormito lì, quando loro padre era di turno alla caserma dei pompieri. Mentre mi avvicino al letto mi tolgo le scarpe, lasciandole in disordine sul pavimento. Mi levo la felpa e la butto a terra.

Mi infilo sotto le coperte, seppellendo il volto nel cuscino. JT si infila di fianco a me e mi avvolge con il suo corpo, cullandomi con il suo calore. Ho perso il conto di quante volte io e JT abbiamo dormito insieme. La maggior parte dei genitori tiene i propri figli lontani dagli altri quando sono malati, ma non le nostre mamme: l'unico modo per far dormire uno di noi due era che anche l'altro fosse presente nel letto.

Proprio come tanti anni fa, la sensazione che qualcuno mi abbia infilato la mano nel petto e stritolato il cuore nel pugno inizia a svanire, anche se di tanto in tanto mi sfugge ancora qualche lamento.

"Devo sapere cos'è accaduto, Kay."

Cazzo! Odio il fatto che continui a chiamarmi Kay.

"Mason…" dico con voce spezzata, soltanto pronunciare il suo nome mi procura dolore fisico. "…mi ha lasciata."

"…che cosa?" sibila JT, inspirando tra i denti. A quanto pare non si aspettava quella risposta.

"Crede che non gli permettessi di postare foto di me e lui sul suo account Instagram perché temevo che tu le avresti viste." L'immagine dei brillanti occhi verdi di Mason colmi di rabbia mi balena nella memoria, dilaniandomi come un coltello arroventato.

Era arrabbiatissimo. Terribilmente crudele.

"Cosa?" L'incredulità nella voce di JT lenisce un po' il mio dolore.

"È convinto che io e te siamo una coppia e che io mantenessi due nomi, PF e Kay, così che potessi tradirvi entrambi."

Più a lungo parlo, più sento la rabbia scaturire lungo il suo corpo. Anche se, tecnicamente, io sono un mese più vecchia di lui, JT si è *sempre* comportato come se fossi io la sorella minore, *esattamente* come E. Francamente, è proprio questo che rende la reazione impulsiva di Mason ancora più dolorosa.

Se solo si fosse fidato di me e mi avesse parlato, invece di saltare a delle conclusioni affrettate.

È questo…

È questo che mi fa star male da morire: il modo in cui ha pensato subito al peggio senza concedermi la possibilità di spiegarmi.

Maledetti social media. Li *odio*. Perché Mason ci è così fissato? Smetteranno mai di essere la rovina della mia esistenza? Non hanno già causato abbastanza danni nella mia vita?

"Ha detto che è stato un errore mettersi con me." Tiro su con il naso, cercando di liberarmi del muco che mi impedisce di respirare. La federa del cuscino è già intrisa delle lacrime che ho ricominciato a far scorrere non appena mi sono rifugiata nella sicurezza della camera da letto di JT. "Se non altro, almeno lui non mi voleva usare per avvicinarsi a E."

"*Figlio di puttana*," impreca JT sottovoce. "Lo ucciderò."

Per quanto apprezzi il suo istintivo impulso di intervenire in mia difesa, non riesco più a pensare a niente. Chiudo gli occhi, mi sento allo stesso tempo intorpidita e dolorante. Mi metterò a dormire, cercando disperatamente un po' di sollievo, anche se solo per qualche ora.

CAPITOLO 2

MASON

Dolore.

Il volto sorridente di Kay sul profilo Instagram di JT.

Non sento nient'altro che dolore.

Perché lui può postare delle foto di Kay, quando lei impedisce a me di fare lo stesso? Come può essere giusto?

Mi sento il corpo indolenzito per essermi punito prima in sala pesi e poi durante gli allenamenti, ma è il mio cuore quello che soffre di più. Gli manca Kay.

Merda… a *me* manca Kay.

PF Dennings. JT Taylor e PF Dennings, @CheerGodJT e @FlyerQueenPF, hanno vinto diversi titoli mondiali.

PF Dennings.

L'allenatrice dei New Jersey Admirals PF Dennings.

Dal momento che ho bisogno di smettere di pensare a *qualunque cosa* che riguardi Kay—mi ha ingannato, questione chiusa—non appena esco dal suo dormitorio mi dirigo al primo negozio di alcolici sulla strada e mi prendo la bottiglia di Jameson più grossa che riesco a trovare.

È ancora come la storia di Chrissy/Tina.

Non ho detto a nessuno di quello che è successo. Invece,

arranco lungo le scale della confraternita in compagnia della mia bottiglia di whisky irlandese e mi chiudo in camera.

P... F... P... F... Cazzo.

Visto che non ho bisogno di cadere nella tentazione di controllare i post che parlano di "Kay" e del suo "amico", spengo il telefono e mi accingo a ubriacarmi, cercando il conforto che solo una buona dose di ebbrezza può offrirmi.

Che schifo.

#Capitolo3

UofJ411: Ci sono delle novità #Gossip #LaMisteriosaRagazzaDi-Casanova

RICONDIVISO: foto tratta dal profilo Instagram di JT che ritrae lui e Kay con l'uniforme degli Admirals, dopo aver vinto i mondiali—CheerGodJT: Io e @FlyerQueenPF siamo imbattibili!!! Amo questa ragazza!!! #CampioniDelMondo #MondialiDiCheerleading #NessunoComeNoi #SiamoIMigliori #TVTTB

@The_book_queen: Il suo nome non è PF. Andavo alle superiori con lei. Il suo nome è Kayla Dennings. #LaMisteriosaRagazzaDi-Casanova

@The-mumma-life: Ah, certo. Non è forse imparentata con Eric Dennings dei Baltimore Crabs? #LaMisteriosaRagazzaDiCasanova

UofJ411: È tutto vero #Fratelli #LaMisteriosaRagazzaDiCasanova

Vecchia foto di E, nella sua uniforme da football della Penn State, mentre stringe tra le braccia Kay, che sorride e indossa la casacca numero 87 della Penn State University

@_The_art_of_reading_: Oh merda! È proprio sua sorella. Guardate

questa foto di quando lui giocava per la Penn State #SorellaDelNemico #LaMisteriosaRagazzaDiCasanova
@UnCheckedOther: Che sia una spia per i Nittany Lions? È per questo che esce con @CasaNova87? #AgenteSegreto #LaMisteriosaRagazzaDiCasanova
@Work2play: Siamo sicuri che sia la stessa ragazza, almeno? #CheSiaUnaFakeNews? #LaMisteriosaRagazzaDiCasanova
@Lala_powergirl: Ha scelto @CasaNova87 perché anche lui indossa il numero #87? #NumeroMagico #LaMisteriosaRagazzaDi-Casanova

UofJ411: Abbiamo trovato la prova che @FlyerQueenPF e Kayla Dennings, la sorella minore di Eric Dennings, sono DAVVERO la stessa persona. #MaGuardaCheSorpresa #LaMisteriosaRagazzaDi-Casanova
Vecchia foto di E assieme a Kay, che indossa la sua uniforme dei New Jersey Admirals e fa delle facce buffe rivolta alla telecamera
@_Bdsmbutch: Sì, è proprio la stessa ragazza. #MisteroRisolto #LaMisteriosaRagazzaDiCasanova

CAPITOLO 4

KAYLA

Vengo risvegliata dal profumo del caffè e dal rumore di qualcuno che si alza dal letto. Per pochi beati secondi, l'unica cosa che mi infastidisce è di dover lasciare il mondo dei sogni; ma quando vedo le pareti azzurre della camera da letto del mio migliore amico, il ricordo degli eventi di ieri mi cade addosso come un'incudine in un vecchio cartone animato.

Il video di me e JT che facciamo acrobazie all'Huntington.

La gente che scopre che io sono PF Dennings.

Mas- Mason che mi lascia.

"È stato un errore."

Seppellisco nuovamente il viso nel cuscino, desiderosa soltanto di rimettermi a dormire per dimenticare tutto ancora una volta. Mi sento l'intero corpo indolenzito, come se avessi trascorso l'intera giornata di ieri a fare ginnastica.

Sento una mano gentile lisciarmi quello che deve essere un groviglio di capelli riccioli, spostandoli dietro il mio orecchio. "PF" dice JT, pronunciandolo *pffff* nella sua solita maniera esagerata. Almeno non ha ripreso a chiamarmi Kay. Lo prendo come un buon segno.

Fatico a riaprire gli occhi. Sono rossi e doloranti per aver pianto fino ad addormentarmi, e probabilmente sono così gonfi che ricordano quelli di Will Smith nel film *Hitch*.

JT sospira quando un ronzio riempie la stanza. Mi rendo conto che si tratta di un telefono, anche se non saprei dire se sia il suo o il mio.

"So che non vuoi, ma devi alzarti. È tutta la mattina che tuo fratello sta chiamando."

Mi metto a sedere, mi scosto il resto dei capelli dalla faccia e accetto con gratitudine la salvezza liquida che JT mi porge. Stringo tra le dita la tazza di papà Taylor, che recita: *Sono un pompiere e un padre, niente mi spaventa.* In questa famiglia non abbiamo solo le magliette, di buffo.

"Immagino che tu gli abbia detto quello che è successo con… Mason." Pronunciare il suo nome fa male tanto quanto ieri.

Merda! Il primo giorno da single fa schifo esattamente come il giorno in cui ci si è lasciati.

Non si dice che il tempo guarisce tutte le ferite? Beh, allora che si dia una mossa. Lo so, lo so, non sono razionale. Perdonatemi. Ho il cuore spezzato e sono in astinenza da caffeina. Almeno sono matura a sufficienza da non dire che questa è la peggiore disgrazia che mi sia capitata, ecco.

"No." JT lascia suonare a vuoto un'altra chiamata. "Viste tutte le altre cose che stanno accadendo, non pensavo che avesse bisogno di sapere *quella* informazione specifica. Ricordo bene come si è comportato dopo la storia con *lui*," pronuncia quella parola come uno sputo, sapendo bene che non si deve mai dire il nome del mio ex in mia presenza, "e non voglio essere io quello che lo manderà in crisi."

Quando si tratta di me, mio fratello non è la persona più razionale di questa Terra, poco ma sicuro. So per certo che E non può fare nulla nei confronti di Mason, ma a suo tempo, quando ha cercato di far perdere la borsa di studio al mio ex, non ha certo permesso che un piccolo dettaglio come la razionalità si mettesse di mezzo.

Sono abbastanza meschina da provare delusione per il fatto che i rigidi regolamenti della NCAA, quattro anni fa, non abbiano permesso a E di ottenere il suo scopo.

Sussulto quando finalmente mi rendo conto delle altre parole che ha pronunciato JT. Alzo lo sguardo con cautela e, dalla faccia che fa lui, quasi come se avesse succhiato un limone, gli domando impaurita: "Cosa intendi con 'tutte le altre cose che stanno accadendo'?"

Abbassa lo sguardo sullo schermo spento del suo telefono, poi nuovamente verso di me. "Sei stata smascherata."

Il modo in cui sceglie di formulare la frase mi scatena una risatina per la prima volta. Ciò mi dà speranza. Ieri per me è stata davvero una brutta, *brutta* giornata, ma almeno adesso so di essere cresciuta, seppur di poco, rispetto alla ragazza che ero alle superiori; se così non fosse, a quest'ora sarei ancora nascosta sotto le coperte di JT.

"Stai cercando di dirmi che *non* hai tenuto la Kayla Dennings imparentata con Eric Dennings nascosta in un ripostiglio nel sottoscala?"

"Sei proprio un potteriano." Mi strofino via il sonno dagli occhi, anche se facendo ciò provo una punta di dolore che mi fa sussultare.

"Proprio come te. Non vado all'Espresso Patronum per conto mio, sorella. Sei sempre *tu* quella che mi ci porta."

Oh, quanto amo la caffetteria di Lyle. È veramente un luogo felice. Rimane solo il fatto che pensare a quel posto, così come alle altre cose che avevo in comune con Mason, ha solo l'effetto di farmi tornare in mente lui, *di nuovo*.

"Andiamo." JT allunga la mano verso di me. "Alzati. Bevi il caffè, poi facciamo quello che possiamo per impedire a E di venire qui e riportarti fino in Maryland caricandoti di peso."

Da quando papà è morto, E ha fatto molte cose nel tentativo di "prendersi cura di me", ma chiamare Jordan Donovan le batte tutte. Alla faccia della reazione esagerata.

Non appena entro a casa dei Taylor, mi viene da pensare che, a giudicare dall'altezza dei tacchi a spillo che indossa, dal taglio netto dei pantaloni a quadri bianchi e neri, dalla camicia di seta bianca e dalla giacca di pelle nera da motociclista, si capisce che la regina delle pubbliche relazioni è una forza della natura con cui è meglio non scherzare.

Dire che mi sento malvestita, con i miei leggings neri, le calze e una delle felpe dell'Università di Jersey di JT, è dir poco.

Non ho avuto molte interazioni con Jordan nel corso degli anni, nello specifico da quando ha iniziato a curare le relazioni pubbliche di E; ma il sorriso che mi rivolge quando entra è pieno di affetto materno, nonostante non abbia nemmeno trent'anni.

Dal momento che, per quanto lo desideri, so bene che non c'è modo di evitare quella conversazione, la accompagno in cucina.

JT è appoggiato contro il ripiano, intento a digitare senza sosta sullo schermo del telefono. Con tutta probabilità sta messaggiando con E, evitandomi di dover fingere di voler affrontare la conversazione con mio fratello.

Non appena entriamo alza lo sguardo, smette di muovere le dita e lancia una rapida occhiata per accertarsi che io stia bene, prima di riprendere a scrivere sul telefono. Anche se è stato JT a insistere affinché mi occupassi io di questo incontro, resta nelle vicinanze nel caso abbia bisogno di lui.

"Ascolta." Jordan si accomoda su una delle sedie di legno, si sistema la giacca e apre la cover di un iPad che io non mi ero neppure accorta avesse tirato fuori. "Ti dirò senza tanti giri di parole che tuo fratello ha *un sacco* di…" Si interrompe, come se stesse pensando al modo migliore per esprimere quelle che, ne sono certa, sono le pretese di mio fratello, "…*opinioni* su come dovremmo gestire la tua maggiore presenza sui media di recente."

"Ne sono certa," rispondo scuotendo la testa, mentre occupo la sedia perpendicolare alla sua. "È un modo politicamente corretto per definire i troll di internet."

"Sono una professionista," sorride e mi fa l'occhiolino. Ancora una volta, il suo atteggiamento calmo e sicuro di sé mi impedisce di strapparmi la pelle al solo pensiero dei social media.

So che sembra stupido preoccuparsi di ciò che gli altri postano su internet riguardo a me, ma ho toccato con mano il danno che ciò può infliggere a una persona. Mason potrebbe anche aver cercato di banalizzare ciò che ho passato…

"È vero che sei stata bullizzata, almeno? O era una balla che ti sei inventata per evitare che postassi una nostra foto sui social?"

…ma niente può negarlo, non importa quanto lui dubiti di me o del bullismo che ho vissuto.

Credo che E abbia esagerato a chiamare Jordan? Sì, l'ho già detto. Ma allo stesso tempo, se non fossi preoccupata che gli altri sappiano che sono sua sorella, non avrei tenuto segrete alcune parti della mia vita.

Una mano rassicurante si stringe al mio polso. "So che Eric non mi ha assunta fino a quando gli eventi non hanno iniziato a prendere una brutta piega, ma ricordo bene gli articoli e le *storielle*," il disprezzo che si nasconde dietro questa parola mi dice tutto quello che devo sapere riguardo alla sua opinione sui giornali di gossip, "che abbiamo contribuito a seppellire nelle ultime pagine dei motori di ricerca. Anche se non ci vuoi per nient'altro, i miei uomini continueranno a svolgere il loro lavoro."

I titoli dei giornali e gli articoli delle riviste mi passano nella testa come un montaggio cinematografico. Il dramma che ha circondato i dettagli della morte di papà e il processo che ne è seguito, combinato con il tradimento di Liam e il conseguente bullismo… tutto si è sommato in una storia degna di un pessimo sceneggiato televisivo. Meno male che Netflix non ne ha fatto una serie. Rabbrividisco al solo pensiero.

"Ciò è un bene." Lo è, davvero. L'ultima cosa che voglio è che la gente si ricordi della mia sofferenza e della portata del mio esaurimento. Se solo il ritorno di tutte quelle storie gonfiate, e spesso totalmente inventate, fosse l'unica questione con cui devo fare i conti…

"Ma la mia paura più grande è come i troll su internet influenzeranno la mia vita. Ho eliminato *tutti* i miei profili social da anni, eppure… eccoci qua."

È la diretta conseguenza del fatto che le persone stanno facendo dei post su di me, ripescando vecchie foto e robe simili per renderle ancora rilevanti. Mi sono già costati l'uomo che amavo; che cos'altro possono portarmi via?

"Ci sono alcune scuole di pensiero su come gestire al meglio la situazione, posso fornirti fatti e statistiche fino allo sfinimento." Mentre si appoggia alla sedia, negli occhi nocciola le compare un bagliore quasi malizioso. "Eric è stato *molto* chiaro riguardo a quel che pensa che tu dovresti fare, ma… alla fine, la decisione spetta a te."

Scommetto che sia una descrizione molto edulcorata per riferirsi al comportamento di mio fratello. Durante gli allenamenti mi ha fatto un numero impressionante di telefonate. Per fortuna JT ha filtrato tutte le chiamate, perché posso solo immaginare le tonnellate di cose che E sarebbe stato capace di dirmi.

Odio la sensazione di essere costretta a prendere una decisione che dovrebbe essere irrilevante, dato che nel mondo ci sono problemi ben più gravi.

Sento lo stomaco contorcersi, il bagel che sono riuscita ad accompagnare a fatica alla mia seconda tazza di caffè minaccia di ritornare su, mentre vengo investita dai ricordi delle scuole superiori.

Le compagne che mi mettono all'angolo nel bagno delle ragazze.

Gli scherni: "Se ti scopo per bene, credi che tuo fratello potrà mettere una buona parola per me con i talent scout dell'università?"

I bisbigli: "Che tenera, credevi di essere abbastanza per poterti accalappiare uno come Liam Parker."

I telefoni costantemente puntati nella mia direzione, in attesa del prossimo momento da trasformare in un meme o in una GIF.

Sotto lo spesso cotone blu mimetico della felpa, sento che mi sta venendo la pelle d'oca e il sudore inizia a colarmi lungo la schiena.

Una volta ero la tipica ragazza che faceva amicizia con chiunque. Potevo ritrovarmi in una qualunque situazione sociale e sarei sbocciata.

A eccezione della donna seduta vicino a me, sarebbe difficile trovare una sorella più orgogliosa del proprio fratello, o più veloce nel vantarsi dei suoi successi.

Poi papà è morto.

Io e mio fratello ci sosteniamo ancora a vicenda, ma lo facciamo solo in privato.

Non sono la prima figlia che ha perso il padre, e purtroppo non sarò l'ultima. Ma la sua morte è stata la scintilla che ha incendiato la mia vita privata.

Liam non mi ha semplicemente tradita a livello sentimentale. No, mi ha tradita al livello più elementare della decenza umana.

Chi è stata la prima fonte per la stampa e i paparazzi, ansiosi di ricevere notizie e fotografie esclusive su una delle migliori selezioni della NFL? Liam Parker. Se solo fossimo riusciti a dimostrarlo.

Quella che è iniziata come una normalissima storia riguardo a come un astro nascente del football sia fuggito con la fidanzata del college per ottenere la custodia della propria sorella minore, presto è diventata una raccolta di storie assurde e clamorose su come Eric Dennings si sia assunto la responsabilità della sorella con tendenze suicide.

Ero estremamente depressa, specialmente durante la prima settimana dopo che abbiamo saputo della morte di papà. Perfino adesso ho un vuoto completo nella mia memoria. Anche se all'epoca non avevo tentato il suicidio, ai media interessava più vendere copie e spazi pubblicitari che dire la verità e rispettare il dolore della nostra famiglia.

Emetto un sibilo mentre sento le mani prudere. JT solleva lo sguardo verso di me e posa gli occhi sulle mie mani mentre distendo le dita. Alcune gocce di sangue segnano i palmi, dove le unghie si sono conficcate con tanta forza da perforarli; JT mi porge un tovagliolo per pulirmi.

Non ci piace discutere, e nemmeno riflettere, sui dettagli degni di una soap opera che riguardano le circostanze della morte di papà. Il fatto che la stampa li abbia usati per vendere più copie era un discorso, farci i conti… un altro.

Ma il motivo per cui sono fuggita dai social, per non tornarci mai più, è vedere i miei momenti di dolore più intimi trasformati in meme per il divertimento dei miei compagni di scuola.

"Eric mi ha spiegato, a *grandissime* linee, come tu abbia separato le tue identità per minimizzare il rischio di essere riconosciuta." Jordan inizia a scorrere le schede aperte sull'iPad. Non appena intravedo Instagram distolgo lo sguardo, incapace fisicamente di guardarlo. "Vorrei poterti dire che ritengo sia possibile per te continuare in questo modo." Deglutisce vistosamente, mentre i suoi occhi passano dallo schermo a me.

Se lei è nervosa di esprimere ciò che è pagata per dire, come diavolo dovrei sentirmi io? Non sono sicura di poter reggere un'altra bomba mediatica. Dopo quello che è successo ieri, faccio fatica a rimanere tutta intera. I miei frammenti spezzati sono tenuti insieme dallo scotch, e pure economico.

"Ma dal momento che tu esci con un celebre giocatore della squadra di football della tua università, l'interesse nei tuoi confronti," clicca sull'hashtag #LaMisteriosaRagazzaDiCasanova e scorre i post, "è destinato ad aumentare proprio *a causa* della segretezza che hai mantenuto."

Ti pareva.

Viviamo in un'epoca in cui le persone si sentono autorizzate a conoscere tutto degli altri. Se accade che quell'altro sia una celebrità—Mason non è certo una celebrità al di fuori dell'ambiente universitario, ma sappiamo tutti che un giorno lo sarà—allora le persone comuni si sentono in *diritto* di conoscere tutto.

L'invenzione di internet ha reso quelle informazioni più semplici da trovare e immediatamente disponibili. Il problema è che dà anche a coloro che dovrebbero tenersi le loro opinioni per sé la possibilità di vomitarle senza conseguenze. O almeno, senza conseguenze per sé stessi.

"So che probabilmente E ti ha chiesto di inventare una dozzina di piani di emergenza, perché sapevamo *tutti* che una cosa del genere sarebbe potuta accadere." Faccio un respiro profondo, certa che le prossime parole che pronuncerò mi taglieranno come un rasoio. "Ma quanto cambierebbero le vostre strategie, se io *non* uscissi con Mason?"

"Mi stai lasciando?"

"Sì."

Dio, quanto odio ricordarmi della mia nuova condizione da single.

"Cosa vuoi dire?"

In lontananza sento la porta d'ingresso aprirsi e chiudersi; T dev'essere tornata da scuola.

"Secondo la tua opinione professionale... se io non fossi più collegata a Mason, quanto velocemente credi che scenderebbe l'interesse verso di *me*?"

"Non starai pensando di lasciare Mason per questo, vero, Kay?" domanda Bette, spaventata. A quanto pare non era T quella che è entrata dalla porta. Vorrei dire di essere sorpresa che lei sia venuta in macchina fino a qui, ma non lo sono.

È venuta per farmi da mamma. Per quanto vorrei non aver bisogno di lei, è esattamente il contrario. Ne ho assolutamente bisogno. La bambina che c'è in me e che, crescendo, ha sempre voluto solo la sua mamma, piange per la rapidità con cui Bette è arrivata a offrirmi il suo supporto. Non sa nemmeno la metà di quello che è successo, eppure è venuta senza che nessuno glielo chiedesse.

"No." Scuoto la testa, avvertendo la sensazione di dolore sordo lasciata dalle mie ore di pianto.

"Meno male." Bette fa un sospiro di sollievo. Peccato che sia prematuro.

"È stato lui a lasciarmi."

Nascondersi dai ragazzi è più difficile di quanto pensassi. In questo momento sto vagando senza meta, percorrendo ogni piano dell'Huntington come se fossi un fantasma che infesta l'hotel.

Visto che domani c'è la partita, non posso ubriacarmi come ho fatto la scorsa notte; ma sto cercando in ogni modo di mettere a tacere le voci nella mia testa. Ok, in realtà di voce ce n'è una sola: il mio coach interiore è stato tanto eloquente quanto, in certi momenti, sospettosamente silenzioso. È un ossimoro di cui non riesco a venire a capo.

Non ho ancora trovato il coraggio di dare un'altra occhiata a Instagram ma, a giudicare dalle domande che mi vengono rivolte quando la gente mi vede, capisco due cose.

Primo: nessuno si è ancora reso conto che io e Kay ci siamo lasciati.

Secondo: il fatto che Eric Dennings sia suo fratello ora è di dominio pubblico.

"Amico, perché non ci hai detto che Kay è imparentata con Eric Dennings?"

"Porca miseria! Nel Maryland hai incontrato Eric Dennings?"

"Incredibile. Devi raccontarci tutto."

Le domande provenienti dai miei compagni di squadra sono state facili da ignorare, bastava dirgli che non erano affari loro. Quelle provenienti dai miei amici più stretti, invece, non altrettanto.

"Perché Puffetta non risponde alle nostre chiamate?"

"Davvero. Non conosce le nostre tradizioni della sera prima della partita?"

"Sta interferendo con le nostre superstizioni."

Continuavano a ripetermi quelle domande una dietro l'altra, ma io non ho risposto a nessuna. Non so come ci sia riuscito.

UofJ411: Ehm… lo vedete anche voi? #VaiInPanchina #CosaFaCasanova
GIF di Mason a cui scivola il pallone dalle mani
@68blackburnc: Da quando @CasaNova87 perde il pallone? #ManiDiRicotta
@Acolon1729: È la prima o la seconda volta che succede oggi? #HoPersoIlConto #CosaFaCasanova

UofJ411: Dov'è finita? #PrendetelPopcorn #LaRagazzaDiCasanova
foto dei posti allo stadio dove di solito siedono Kay e i suoi amici, ora vuoti
@Annielaurel: Sarà perché @CasaNova87 ha giocato di merda? #LaFidanzataScomparsa #LaRagazzaDiCasanova
@Ash_lovesbooks: Qualcuno conosce gente che frequenta la Penn State? Che sia andata a vedere la loro partita? #DoppioGioco #LaRagazzaDiCasanova

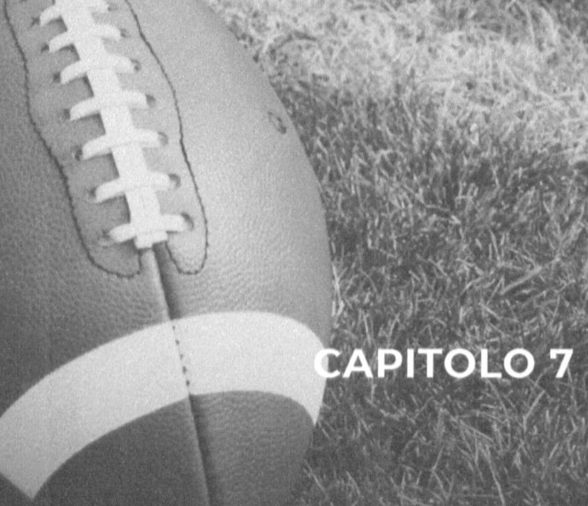

MASON

"**D**obbiamo parlare," dice, o meglio, *esige* Trav, mentre entriamo nella sede dell'Alpha Kappa.

Seguo il mio migliore amico su per le scale, fino alla sua camera da letto, evitando gli altri ragazzi che stanno preparando la festa di stasera. Sollevo un sopracciglio quando vedo che Trav chiude la serratura.

"Non voglio rischiare che qualcuno ci interrompa finché non abbiamo chiarito tutto." Si appoggia al bordo della scrivania incrociando le gambe e le braccia.

Mi accosto contro il muro dalla parte opposta rispetto a lui, copio la sua posizione e lascio uscire un sospiro. Lo sapevo, non gli ho nascosto bene ciò che mi stava accadendo. Siamo migliori amici da troppo tempo, era strano non si fosse accorto della minima alterazione nel mio atteggiamento. Per quanto non mi piaccia ammetterlo, essermi lasciato con Kay mi sta condizionando in modo significativo.

Cala il silenzio, ognuno è in attesa che l'altro parli per primo. Non ho idea di cosa voglia dirmi Trav, ma non sono dell'umore giusto per avere una sessione di analisi psicologica con lui.

"È a causa di Kay?" Il suo nome mi travolge come il placcaggio che ho ricevuto nel corso della terza azione.

Appoggio la testa contro il muro, incapace di sostenere ancora il contatto visivo con Trav. "Cosa è a causa di Kay?"

"Odio quando cerchi di fare il finto tonto," risponde, emettendo una risata fredda. "Sembra che ti sia già dimenticato che ero presente anch'io, quando hai perso la testa negli spogliatoi."

Lo schiocco del palmo della mia mano contro la parete bagnata risuona come un gong.

Scaglio con forza il flacone di shampoo fuori dal box doccia, facendolo scivolare sul pavimento.

"Credevo che saresti andato da Kay a chiarire le cose..." inizia Trav, squadrandomi da capo a piedi, "ma dal momento che negli ultimi due giorni ti sei comportato da miserabile figlio di puttana, inizio a sospettare che tu non l'abbia fatto e stia lasciando che la situazione si aggravi."

Due giorni... soltanto? Sono trascorse solo quarantotto ore da quando mi sono lasciato con Kay?

"Ma va', fratello. Stai esagerando," gli dico, cercando nuovamente di lasciar cadere il discorso. Non voglio *assolutamente* parlarne.

"Nova, stai dicendo talmente tante cazzate che non ci credi nemmeno tu." Si allontana dalla scrivania e inizia a camminare. Non so quanto sia utile, la stanza è talmente stretta che riesce a fare solo due passi prima di doversi girare nell'altra direzione. "Porca troia!" Trav si sbatte una mano sulla coscia. "È con *me* che stai parlando. Perché mi stai mentendo?"

Dopo forse una dozzina di giri, riprende la posizione iniziale e mi lancia uno sguardo infuocato. Non mi difendo dall'accusa che vedo nei suoi occhi perché, in tutta franchezza, non ci riesco. Quando scoprirà tutti i dettagli, le cose non potranno che peggiorare.

"Sono un idiota." Mi afferro il cappello e lo butto sul letto, passandomi una mano tra i capelli.

Trav, da stronzo qual è, si mette a ridere. "Questa non è una novità. Quello che voglio veramente sapere è come sia possibile che il ragazzo che non ha mai perso il pallone in una partita collegiale, nella partita di oggi lo abbia perso per ben *due volte*," dice alzandomi due dita davanti agli occhi.

Eccolo, il vero calcio nelle palle. Gli Hawks hanno perso la loro prima partita della stagione; una partita di campionato, per di più. Ho giocato da schifo. Se devo essere onesto, sono stupito che il coach Knight non mi abbia messo in panchina. Per la prima volta *in assoluto*, il mio cuore non era sul campo. Invece, era da qualche parte sul pavimento, dove è finito dopo che mi è stato strappato dal petto. E sì, prima che mi facciate la predica come il mio coach interiore, sono perfettamente a conoscenza di essermi inflitto io stesso quella ferita.

"So che è una domanda stupida, perché tu giochi bene nelle partite in trasferta, ma è successo tutto a causa del fatto che Kay non era sugli spalti?"

*Te l'avevo detto che le ragazze non portavano altro che guai, ma NOOO, non hai voluto ascoltarmi. Scommetto che Brantley ti sta facendo esplodere il telefono. Che cosa dirà il tuo futuro agente, riguardo alla partita schifosa che hai giocato oggi? *si tocca il mento* Non mi sorprende che tu sia troppo fifone per accendere il telefono.*

"Magari non aveva in programma di venire oggi? Non aveva da fare le sue robe da cheerleader assieme a quel suo amico che è arrivato in città?"

Alla sola menzione del suo "amico", stringo i pugni e mi sale in gola un ringhio cupo.

Non credi che sia ora di tirare fuori le palle e dirgli quello che hai fatto? Il mio coach interiore è uno stronzo.

"Ho lasciato Kay."

"COSA?!" esclama Trav balzando in piedi. "Perché diavolo avresti fatto una cosa tanto stupida?"

"*Adesso, quello che io voglio sapere davvero, Kayla, ammesso che ti chiami davvero così...*"

"Perché lei è esattamente come Chrissy!" urlo, riversando su Trav tutta la mia frustrazione.

"Col cazzo che lo è." Nonostante abbia detto una parolaccia, il suo tono è calmo e piatto.

"Guarda tutti i segnali." Colpisco il muro di cartongesso talmente forte che il suono rimbomba per tutta la stanza. Trav, gliene rendo merito, non batte ciglio davanti alla mia perdita di controllo.

"Mi hai davvero fregato."

Un profilo Instagram segreto.

Segreti e ancora segreti.

Kay che viene elencata come dipendente con un nome diverso.

Kay che viene reclamata su Instagram da qualcuno che non sono io.

Elenco tutte queste cose, e vedo l'espressione di Trav scurirsi sempre di più.

"Sai cosa?" Trav scuote la testa, deluso. "Hai ragione." Visto? Non sono solo io. "Avrei dovuto immaginarlo. Mi dispiace."

"Non è colpa tua, amico. Almeno questa qui non ha cercato di rovinare la nostra amicizia."

La situazione è già difficile di per sé. Non so cosa farei, se dovessi temere anche della tenuta del mio legame con Trav.

Però...

Per quanto sia stata brutta la storia di Chrissy/Tina, io non la amavo. Ovvio, il mio uccello e il mio cuore immaturo da adolescente erano convinti di sì, ma era solo perché all'epoca non sapevo distinguere la passione dall'amore.

È questo che peggiora le cose. L'amore che provo— provo, al presente —nei confronti di Kay è talmente forte che avrebbe potuto rivelarsi *l'unica* cosa capace di distruggere la mia lunghissima amicizia con Trav.

Questo che cosa dice di me?

"Non mi sto riferendo a Kay. Mi sto riferendo al fatto che avrei dovuto immaginare che *tu*," mi preme con fare aggressivo l'indice contro il petto, "avresti messo *lei*," preme ancora il dito, facendolo rimbalzare indietro con forza, "sullo stesso piano di Tina."

Cosa cosa cosa?

"Sono passati quattro anni, Mase. Smettila di permettere a quella troia di rovinarti l'esistenza. Non ne vale la pena, per Tina."

"Ma Kay..."

"Kay *non* è la fottuta Christina Hale. Lei non sta fingendo di essere Kay con te e PF con i suoi amici."

Ricomincia a camminare per la stanza, questa volta è ancora più agitato. Borbotta sottovoce, si passa la mano tra i capelli e qualche volta arriva al punto di mollare un pugno al muro lui stesso. Per quanto la storia di Chrissy/Tina mi abbia fatto male, e me lo fa ancora, Trav è stato colpito due volte più duramente.

"Non hai pensato nemmeno per un secondo che forse la ragione per cui la palestra l'ha elencata come PF sia *a causa* del fratello? Tu credi che alla gente non importi, ma in questo momento Instagram sta *esplodendo* di post che parlano di lei."

Sento l'intestino agitarsi, la bile salirmi in gola. "Cosa vuoi dire?"

"L'hashtag #LaMisteriosaRagazzaDiCasanova ha superato di gran lunga #CosaFaCasanova."

"Sanno già chi è... perché mai dovrebbero usare ancora quell'hashtag?"

Sento la preoccupazione salirmi alla base del cranio non appena mi ricordo che E aveva accennato di poter chiedere aiuto alla sua addetta alle pubbliche relazioni, se si fosse rivelato necessario. Kay si è messa a ridere, come se il fratello stesse semplicemente esagerando, ma...

Che ci fosse sotto dell'altro?

Accidenti, Kay! Perché non mi hai mai raccontato nei dettagli come sei stata bullizzata?

Ma sei sei stato tu a dirle che quella del bullismo era una balla.

VAFFANCULO di tutto cuore, coach interiore.

"Voglio dire, non fraintendere..." La voce di Trav interrompe la mia discussione con me stesso. "Vogliono ancora sapere tutto riguardo alla nostra ragazza, perfino che marca di dentifricio usa: in questo momento i pazzi complottisti ci stanno dando dentro."

Una parte di me, che non immaginavo esistesse ancora, riprende vita non appena il mio migliore amico descrive Kay come la *nostra* ragazza. Fanculo a me e alle mie conclusioni affrettate. Trav era con me quando ho perso la testa, eppure mi sono tenuto tutto dentro e mi sono lasciato cadere nel baratro.

"E quali complotti potrebbero mai inventarsi?" Alzo gli occhi al cielo: tutta questa storia è ridicola.

"Tipo che lei usciva con te con l'idea di mollarti, farti stare male e dare alla Penn State un vantaggio su di noi, stronzate del genere."

A quelle parole stringo i denti, emettendo un suono stridulo che mi rimbomba nel cranio.

"Cosa c'è?" chiede Trav davanti alla mia espressione che vuol dire '*Oh, merda!*'

Quella teoria sta per peggiorare.

Adesso comincio a capire perché il fratello di Kay era preoccupato per la stampa. A nessuno interessa la famiglia di un atleta, a meno che i familiari non siano famosi a loro volta, ma una cosa del genere? Dettagli succulenti che possono gettare benzina sul fuoco della rivalità tra squadre? Accidenti, ho perso il conto di quante volte Brantley ha insistito affinché usassi tutte le armi a mia disposizione per aumentare le vendite di biglietti e riviste.

"Ai tempi delle superiori, Kay usciva con Liam Parker."

Gli occhi blu di Trav si allargano fino quasi a uscirgli dalle orbite. Immagino che non si aspettasse che gli dessi *quella* risposta.

"Beh... ora sì che siamo in un dramma degno delle Kardashian." Fa sempre il simpaticone, ma accetto volentieri un po' di leggerezza in questo momento. "Ok, fratello." Prende la sedia della scrivania, si accomoda e tira fuori dal cassetto una penna e un taccuino. "Metti il culo lì e raccontami tutto dall'inizio." Indica il letto, su cui ho sistemato le coperte quanto basta per dare l'impressione di averlo rifatto. "Avrò bisogno di *tutti* i dettagli di come l'hai lasciata, per aiutarti a risolvere la situazione."

"Devo iniziare a chiamarti Cupid1, invece di QB1?" ironizzo, mentre faccio come mi ha detto, riprendendo in mano il cappello che avevo gettato sul letto.

"Hmm..." Si gratta il mento come se stesse pensando intensamente. "Cazzo, sì, mi piace. Ora raccontami tutto nei dettagli."

Obbedisco. Gli racconto ogni accusa che le ho proferito.

"Mi hai detto che non ti piace mostrare la faccia nelle foto."

"A parte quando ti sei messa la mia felpa e quando ci sediamo vicini in classe o a pranzo, tieni tra noi due la stessa distanza che tieni tra te e i tuoi amici."

Poi ancora, tutti gli insulti che le ho rivolto, tutti i modi in cui l'ho sminuita riguardo ai suoi problemi con i social media e a ciò che ha passato.

"Ti ho offerto una soluzione facile per tappare la bocca agli hater. Dovevi soltanto fare un bel sorriso alla telecamera, eppure ti sei rifiutata."

"È vero che sei stata bullizzata, almeno? O era una balla che ti sei inventata per evitare che postassi una nostra foto sui social?"

Confesso tutto a una delle poche persone di questo mondo che non mi giudicherà.

"A un certo punto le ho fatto anche un applauso sarcastico. Merda, l'ho fatto davvero." Non sono soltanto un idiota, sono anche uno stronzo e un coglione.

Magari Trav non mi sta giudicando, ma alza comunque gli occhi al cielo: una reazione che, ne sono certo, ha preso da Kay.

"Sei davvero un fottuto idiota, Mase."

"Lo so." Afferro il cappello e me lo rimetto in testa all'incontrario.

"Per tua fortuna, aiutare te serve a realizzare un mio scopo più egoista, quindi sì, accetto il lavoro come tuo Cupid1."

So benissimo quale potrebbe mai essere il suo scopo egoista, ma glielo chiedo lo stesso.

"Perché... in quanto tuo migliore amico, probabilmente rientro nella categoria delle persone a lei sgradite. Inoltre, non ho la minima intenzione di rinunciare alla cucina di Puffetta."

L'assurdità dell'affermazione di Trav riesce a strapparmi la prima vera risata dopo giorni. Questo ragazzo ragiona sempre e solo con lo stomaco.

"Questa sì che è una vera mentalità da migliore amico," commento.

"Pensala come vuoi." Fa spallucce. "Non è un rischio che intendo correre."

Annuisco: è inutile discutere. D'altra parte, abbiamo argomenti più importanti di cui parlare.

È ora di mettere a punto un piano per riconquistare la mia ragazza prima che sia troppo tardi.

CAPITOLO 8

KAYLA

"PE, dove sei?" La voce di JT riecheggia nel corridoio di casa dei miei e Herkie, invece di aspettare, salta giù dal divano per andare incontro al mio amico.

Non mi disturbo a rispondergli. Tanto ci troverà in meno di un minuto.

"Oh, bene. Bette ti ha sistemato i capelli," esclama JT quando mi vede raggomitolata nell'angolo del divano, con i capelli appena lisciati che mi cadono lungo le spalle.

Non ho avuto il coraggio di impedire a Bette di prendersi cura di me, in fondo non mi costava nulla permetterle di darmi una spuntatina. In più, farsi lavare i capelli da un'altra persona è una delle cose migliori in assoluto.

Mi sento uno schifo, ma almeno ho i capelli a posto. La vera domanda è perché ciò interessi a JT.

"Se questo è un tuo subdolo tentativo per convincere Bette a tagliarti i capelli, sai che basta chiederglielo."

"Oooh, ottimo piano." JT punta entrambi gli indici verso Bette. "Tu puoi metterti al lavoro su questi," indica la propria testa, "mentre lei va a prepararsi," indica me.

"Prepararmi?" Scuoto la testa in maniera tanto aggressiva che mi si scompiglia l'acconciatura. "Io non vado da nessuna parte."

"Oh, invece sì." Mi afferra la mano e mi tira fuori dal solco che ho scavato nel divano col mio sedere. "Andiamo da King, su questo non hai diritto di esprimere la tua opinione."

Questo spiega i suoi jeans scuri, la maglietta con gli strappi e le Vans.

"Non sono dell'umore di andare a un Ballo Regale." Concentro tutti i miei sforzi per respingere le mani che mi premono sulle spalle, cercando di impedirgli di guidarmi su per le scale.

"Peccato, davvero un peccato, PF." Non ho bisogno di guardarmi indietro per sapere che sta sogghignando. "Ora vai a cambiarti, e ricorda che questa è una serata di gare automobilistiche." Non si ferma fino a quando non raggiungiamo la porta della mia camera da letto. "E vedi di fare qualcosa," mi volta verso di sé e agita un dito a due centimetri dalla mia faccia, "per questo disastro."

Immagino che il periodo di dolcezza a seguito della fine della mia relazione sia terminato. Se la situazione lo richiede, JT è uno specialista delle maniere forti. Non posso biasimarlo: ho dei bei cerchi intorno agli occhi e ho dovuto mettermi più di una maschera refrigerante per ridurre il gonfiore e non terrorizzare gli altri stamattina alla Caserma, nonché dosi massicce di collirio per controllare il rossore intorno alle iridi.

"Tu *sì* che mi vuoi bene, fratello."

"Piano col sarcasmo, sorella." Mi fa girare nuovamente su me stessa e mi dà una pacca sul sedere, spingendomi in camera da letto. "Hai mezz'ora di tempo per prepararti, poi ti trascino fuori a forza, che tu sia pronta o no."

Trenta minuti più tardi, vestita in maniera appropriata con un paio di jeans neri aderenti, Converse bianche e nere, maglietta bianca col scollo a V e una giacca di pelle, sono seduta sul sedile del passeggero di Pinky mentre JT guida verso casa di King.

La mia Jeep rosa acceso sembra un pugno in un occhio, in mezzo a quel mare di auto color nero opaco, parcheggiate nell'enorme piazzale vuoto degli edifici che fungono da base per Carter King e la sua Royalty Crew.

Il falò, un classico di questi Balli Regali, arde in tutto il suo splendore. T e Savvy sono già qui, assieme agli altri liceali, abbastanza lontani dal falò così che il fumo non provochi a Savvy un attacco d'asma.

JT mi prende sottobraccio e mi conduce verso il punto in cui stanno tenendo banco Carter e il suo secondo in comando dal nome più che appropriato, Wesley Prince. JT prende uno dei posti liberi intorno al fuoco e mi tira a sé.

Il mio amico chiacchiera tranquillamente con gli altri ragazzi, mentre io mi limito a salutarli con un cenno. Sono riuscita a tenere duro durante le esercitazioni di *stunting*, ieri con i Marshals e oggi con gli Admirals—con questi ultimi è stato molto più difficile, vista la presenza dei gemelli Roberts—ma la mia voglia di interazione sociale è pari a zero.

Forse non sono un'assidua frequentatrice di questi eventi, come lo è JT quando è a casa—fino a quando T e Savvy non hanno iniziato a partecipare a loro volta, io ero solita stare con loro—ma nessuno sembra essere infastidito dal mio silenzio. Una delle cose che preferisco dei Royals è la loro mancanza di giudizio e di frivolezza.

Dato che tra noi e King ci sono due anni di differenza, non abbiamo frequentato molto lui e il suo gruppo, al di là del nostro legame di amicizia con T e Savvy. Ma quando alla Blackwell Public gli eventi hanno iniziato a prendere una brutta piega e il bullismo è andato fuori controllo, JT ha preso in mano la situazione e ha cercato di stringere più amicizia con il Re (scusate il gioco di parole) della Blackwell.

In quanto membro di una delle famiglie fondatrici della città, Carter ha legami che vanno dall'ufficio del sindaco fino ai vecchi pettegoli alla fermata dell'autobus. Ha più influenza, e oserei dire potere, di quanto si possa credere; parliamo pur sempre di una persona che ha a malapena raggiunto l'età legale per bere alcolici.

Al di fuori delle corse automobilistiche, ovviamente clandestine—ne ha ereditato la gestione e in pochi anni l'ha fatta crescere fino a farla diventare il più grande circuito dello Stato e degli altri due confinanti—nessuno si chiede davvero in cosa siano coinvolti attivamente i Royals.

Sospetto che la ragione per cui JT mi ha trascinata a questa serata sia per ricordarmi che, nonostante Carter sia più un amico suo che mio—ecco perché non lo chiamo CK—è comunque un amico. Non potevano fare niente per quanto riguardava ciò che circolava su internet, ma King e i suoi Royals sono stati quelli che hanno posto fine al bullismo che avveniva tra le mura della Blackwell Public.

Perfino dopo che Carter si è diplomato, Wes ha continuato a rispettare il "decreto di protezione" dei Royals. Quindi, essere trascinata a un Ballo Regale, invece di lasciarmi affogare in una vaschetta di gelato, è il modo di JT per ricordarmi che ci sono persone che mi copriranno le spalle, quando domani sera lui dovrà tornare in Kentucky.

Quando parte *Wasabi* delle Little Mix, capisco che T e Savvy hanno preso il controllo della console del DJ; se non fossi così depressa mi butterei in una danza improvvisata con loro. Invece, le terminazioni nervose che mi avrebbero fatto battere i piedi a terra e roteare i fianchi si sono spente, tanto che le mie gambe penzolano ai lati della sedia.

Il fuoco schiocca e scoppietta come una ciotola di Rice Krispies. La mia attenzione è attratta dalle fiamme arancioni e rosse che danzano: osservo il modo in cui il calore tremola sulle lingue di fuoco dell'alto mucchio di legna accatastata.

Sono libera di distrarmi, ma non so se ciò sia un bene o un male. È bello non dover fingere che sia tutto a posto quando non è affatto così, solo che, ogni volta che ho troppo tempo per riflettere, i miei pensieri corrono verso Mase—*cazzo!*—Mason.

Sono arrabbiata.

Sono ferita.

Se mi diceste che mi sono cresciuti i dotti lacrimali al cuore vi crederei, visto che sembra che anch'esso stia letteralmente piangendo per il dolore della sua mancanza.

Immagino che farò meglio ad abituarmi alla mia nuova realtà.

CAPITOLO 9

MASON

Nel momento in cui io e Trav usciamo dalla sua stanza con un piano per riconquistare Kay, di sotto la festa degli Alpha è in pieno svolgimento. Mi blocco bruscamente sulla soglia, tanto che Trav mi rimbalza addosso.

"Oh, merda," sussurra Trav alla vista di Grant Grayson, che ci fulmina con lo sguardo mentre sta per aprire la porta della propria camera da letto.

Negli ultimi giorni sono stato talmente perso nei miei pensieri che non ho nemmeno riflettuto sulla mancanza di comunicazione da parte sua. Mi ha avvertito di non ferire la sua migliore amica, ed è esattamente quello che ho fatto. La sua risposta, o meglio, l'assenza di una sua risposta, è un chiaro indicatore di quale parte ha deciso di prendere in questa storia.

Sembra proprio che abbia deciso di stare con le sorelle, invece che con i fratelli, eh?

Rimaniamo a fissarci l'un l'altro in silenzio, fino a quando il rumore di alcuni passi veloci non precede l'apparizione di Em in cima alle scale. "Oh, bene." Getta uno sguardo nella mia direzione ma lo sposta istantaneamente, dando a Grayson tutta l'attenzione. "Sei tornato."

Da sopra la testa di Em, gli occhi scuri di Grant incontrano i miei; ma anche lui decide di ignorarmi e si rivolge invece all'amica. "Sei ancora qui?"

"Ti stavo aspettando. JT sapeva che ti saresti arrabbiato un po' perché non ti abbiamo detto prima cosa stava accadendo, quindi ti do io un passaggio." Em mette le mani sulla schiena di Grayson per spingerlo in camera sua non appena lui apre la porta. "Adesso sbrigati e cambiati."

"Le hai parlato?" sento Grayson chiedere, non appena spariscono dentro la stanza.

"No. JT ha detto che ha messo il telefono in un cassetto e non l'ha più toccato da giovedì."

Alla disperata ricerca di qualsiasi informazione riguardante Kay, mi affretto ad attraversare il corridoio e a infilare il piede nello stipite prima che la porta della camera di Grayson si chiuda del tutto.

"Che cosa vuoi, Mason?" chiede Em con tono sprezzante, incrociando le braccia.

"Andate a trovare Kay?" le domando, per nulla intimidito dalla sua ira.

"Certo che sì. Gli amici," si avvicina, punzecchiandomi a ogni parola, "sono sempre presenti l'uno per l'altro nel momento del bisogno."

Accidenti a me.

Oh, ragazzo. Hai commesso un fallo gigantesco.

"Credi che io e lei dovremmo fare a gara a chi ti considera più stupido?" mi sussurra Trav nell'orecchio, ma con voce non abbastanza bassa da non essere sentito, a giudicare dal modo in cui Em ha arricciato le labbra.

"Ho mandato tutto a puttane," ammetto, non per la prima volta durante questa serata; e probabilmente non per l'ultima, se riuscirò a convincere Em a rivelarmi dove stanno andando.

"Hai detto bene," sbuffa lei.

Grayson, per nulla disturbato dalla nostra presenza, inizia a spogliarsi. "Faccio male a essere infastidito per il fatto che non me l'abbia detto?" chiede a Em, mentre si infila un paio di jeans scuri.

"Non voleva rovinarti il weekend con la famiglia." In risposta, Grayson grugnisce per il disappunto. "Se può farti sentire meglio, JT ha detto che Kay non ha parlato nemmeno con il fratello. Ha risposto lui a tutte le telefonate."

"Ancora non riesco a credere che abbia accettato di uscire, stasera." Grayson si infila una maglietta pulita.

"Dubito che JT le abbia dato una scelta." Em ci dà le spalle, continuando la conversazione come se io e Trav non esistessimo. "Sta lavorando sul quadro d'insieme."

"Quanto andranno male le cose, quando lui tornerà in Kentucky?"

"Non lo so." Em fa spallucce. "Ma da quel che mi è stato detto…"

Il sapore del rame mi riempie la bocca, mentre mi mordo la lingua tanto forte da far uscire il sangue nel tentativo di trattenermi dal chiederle di terminare quella frase. Odio il fatto che mi stia perdendo non solo delle pagine, ma degli interi capitoli della storia di Kay.

Grayson si chiude la zip della felpa nera e si avvicina a Em. I suoi due metri fremono di rabbia trattenuta a malapena, quando mi vede. Lui ed Em adottano una posa simile, con le braccia incrociate al petto e uno sguardo minaccioso; ancora una volta, mi ricordo che lui sarà anche mio fratello all'interno della confraternita, ma a sua volta considera sé stesso uno dei fratelli di Kay.

"Con te farò i conti un'altra volta," dice Grant, passandomi oltre. Sento un bisogno frenetico scorrermi lungo il corpo e decido di correre il rischio: allungo il braccio e blocco Grayson.

"Dov'è?"

"Hai perso il diritto di chiederlo," sbotta Em. Questo lato duro, da mamma chioccia, è una novità.

"Emma." Lascio trasparire sul viso ogni grammo di angoscia che sto provando. "So che non me lo merito," inspiro profondamente e recito una preghiera silenziosa, "ma non riuscirò a sistemare le cose da solo."

Cazzo! Perfino con dell'aiuto, c'è il rischio che il danno che ho inflitto sia troppo grande.

"Io…" Mi porto le mani al petto, allargando i palmi sul cuore. "Io *devo* riuscire a rimettere tutto a posto. *Vi prego.*" Deglutisco a fatica. "Vi prego, aiutatemi."

Chi immaginava che il silenzio sarebbe stato tanto assordante? È pesante, e si prolunga al punto che non riesco più a sopportarlo.

Alla fine Em si scambia con Grayson uno sguardo che non riesco a interpretare bene, prima di tornare a concentrarsi su di me con un sopracciglio inarcato e un sorrisetto. Probabilmente dovrei prestarci attenzione, ma la mia voglia di arrivare a Kay è troppo forte.

"A tuo rischio e pericolo."

CAPITOLO 10

Un mormorio eccitato si diffonde in tutto il piazzale, mentre un brusio di trepidazione pervade l'atmosfera. Ciò è sufficiente a farmi uscire dal mio stato di asocialità. Dal mio posto non riesco a capire cosa stia succedendo, ma dal modo in cui la folla si sta accalcando mi fa ritenere che ad aver movimentato la situazione sia un nuovo arrivato. Non sono la sola ad aver notato il cambiamento. Cercano tutti di non darlo troppo a vedere, si limitano a piegarsi in avanti sulle sedie, con i gomiti appoggiati sulle ginocchia, ma tutti i Royals intorno al falò sono in stato di massima allerta.

"Hai invitato gente della BA?" mi rivolgo a Carter, visto che è lui a dirigere lo spettacolo; è la prima volta da quando siamo arrivati che apro bocca.

La BA, Blackwell Academy, è la scuola privata più costosa ed esclusiva dello Stato. Si dà anche il caso che si trovi dalla parte opposta della città rispetto alla Blackwell Public, dove tutti noi ci siamo diplomati. La rivalità tra le scuole e i loro studenti è profonda come un rancore familiare vecchio di generazioni.

Fortunatamente per loro, il denaro non ha odore e Carter permette anche a loro di venire alle gare. A giudicare dalla reazione di tutti, chiunque sia arrivato deve avere una macchina talmente bella da rivaleggiare con quella di King.

"No." Stringe la mandibola così forte da farne risaltare il profilo. Carter King incarna il perfetto esempio di cattivo ragazzo da cui le madri mettono in guardia le figlie. Ha un'aria che ricorda Cam Gigandet, con i capelli biondi e corti nascosti sotto un berretto nero, la maglietta nera aderente, i jeans strappati, delle Jordans classiche (per le quali G ucciderebbe) e la giacca di pelle. "Dal momento che sei qui, non volevo rischiare di avere in giro troppi sconosciuti. Prenderò i soldi di quegli idioti il prossimo fine settimana."

Questa volta rimango senza parole dallo shock.

Carter ridacchia alla vista della mia espressione sconvolta. "So che non siamo amici per la pelle, Dennings, ma," alza il collo per guardare alle mie spalle, dove sento Savvy ridere con T, "tu sei *sempre* stata buona con mia sorella, e sai che cosa provo nei confronti della mia famiglia."

Vengo travolta da un'emozione inaspettata. I fratelli King non saranno orfani come me, ma con un padre che è morto quando Savvy era piccola e una madre che non vincerà mai il premio di genitore dell'anno, è stato Carter a prendersi la maggior parte delle responsabilità dei fratelli minori. Dal momento che anch'io sono cresciuta in una dinamica familiare non convenzionale, non mi è mai passato per la testa di non accettare Savvy come nostra sorella.

"Questa serata serve a ricordarti che ci sono persone che ti coprono le spalle. Non te lo devi dimenticare, come hai fatto per un certo tempo alle superiori." Carter mi guarda con un'alzata di sopracciglio che vuol dire: *'Faresti meglio ad ascoltarmi'*. Io annuisco prima ancora di rendermene conto. Non è una cosa di cui parliamo apertamente, ma apprezzo il modo in cui ha usato la sua influenza per me.

Però…

Se non sono arrivati quelli della BA, allora chi è?

A un certo punto vedo Em, Q, CK e G farsi largo tra il mare di persone, ma non sono loro a creare scompiglio. No, l'onore spetta all'adone con il cappello all'incontrario che cammina alle loro spalle.

Ma che diavolo?

Il mio cuore martoriato sussulta alla vista di un Mason così dannatamente bello. Indossa un paio di jeans scuri, la trama della maglia Henley verde gli aderisce ai muscoli dell'addome scolpito, mentre completano il look la giacca di jeans strappata e il berretto da baseball bianco.

Sebbene la sua presenza sia sufficiente a farmi andare in tilt, è la sua auto a scatenare gli appassionati di motori qui presenti.

"Em," sibilo, afferrandole la mano con una stretta mortale e abbassando la mia amica alla mia altezza.

Sotto di me JT grugnisce, credo di avergli dato una gomitata nelle parti basse a causa dei miei movimenti bruschi.

"*Cosa* ci fa *lui* qui?" Mi guardo attorno e trovo quegli occhi verde acqua ancorati su di me, come se Mason riuscisse a vedere attraverso il corpo di Em. Tutto il desiderio e la dolcezza che c'erano in loro evaporano nell'istante in cui si accorge che sono seduta in grembo a JT, ma sono troppo impegnata a riprendermi dalla sua presenza per concentrarmi su quel cambiamento.

"A quanto pare," Em si lancia un'occhiata alle spalle, "Casanova ha voglia di morire." Non mi sfugge il modo in cui ha ripreso a chiamarlo con il vecchio soprannome.

"Direi," esclama Tessa, da qualche parte alle mie spalle.

"So che tu sei il Re, Cart, ma forse in questo caso devi fare la parte della regina che urla: 'Tagliategli la testa!'," suggerisce Savvy al fratello mentre si dirige verso di lui.

"Non adesso, Sav," l'avverte Carter.

Sento uno sbuffo e il mio sguardo si volge a sinistra, dove vedo Trav giungere al fianco di Mason. La sua presenza è un altro pugno nello stomaco: mi ricorda che non ho perso solo un fidanzato, questo weekend.

Ci sono altri diverbi, ma li ignoro: sono troppo concentrata su Mason. L'agonia del mio cuore rende doloroso il solo guardarlo.

"Questa è una festa privata," dichiara Carter.

"Va tutto bene, King." Gli allungo una mano sul ginocchio per impedirgli di alzarsi. Non appena lo tocco, gli occhi di Mason si infiammano e le narici gli si allargano. Può essere geloso quanto vuole, ma quando mi ha lasciata ha perso il diritto di mostrarsi possessivo nei miei confronti. In più gli sto facendo un favore, a tenere sotto controllo Carter. Basterebbe un suo cenno e tutti i Royals gli salterebbero addosso.

"Perché sei venuto qui, Mason?" gli chiedo.
"Sono qui per te."
Di nuovo…
Ma che diavolo?

CAPITOLO 11

MASON

Dopo aver detto a me e Trav di andarci a cambiare, né Em né Grayson ci hanno più rivolto la parola, a parte per dirci di seguirli. Quando, un'ora più tardi, superiamo il cartello che recita *Benvenuti a Blackwell*, non sono sorpreso di scoprire che Kay si trova lì. Quello che mi sconcerta è capire che non stiamo andando a casa sua.

*Forse è meglio così. So che domani il fratello ha una partita, ma se fosse a casa per il weekend? *si toglie il cappello e si gratta la testa* Non credo che sarà tanto disponibile nei tuoi confronti quanto lo è stato Grayson, almeno per ora.*

Sei proprio di grande aiuto, coach, gli rispondo con un ringhio; stringo un po' più forte la leva del cambio, mentre metto la terza per svoltare.

Entriamo in un enorme piazzale che ospita due grandi edifici, uno che sembra un garage e l'altro un capannone; ci sono parcheggiate decine di auto sportive, la maggior parte delle quali verniciate di nero opaco. In mezzo a loro spicca una familiare Jeep rosa shocking.

Seguo la Lexus RX di Em fino a una zona libera sulla sinistra, poi parcheggio. Considerata la reazione di Kay quando ha visto la mia Ford Mustang Shelby GT500 del 1967 la sera del nostro primo appuntamento, avrei dovuto aspettarmi che la gente si accalcasse intorno alla mia auto. Lo stesso vale per l'accoglienza fredda che ricevo da Kay.

Ecco quello che non mi aspettavo.

Il calcio simultaneo allo stomaco, alle palle e al cuore che ricevo alla sua vista. Invece dei riccioli, i lunghi capelli le cadono lisci sulle spalle e i colori delle sue ciocche fanno capolino dalle punte arricciate intorno al rigonfiamento del suo décolleté, messo bene in mostra dalla scollatura della maglietta attillata. La giacca di pelle le conferisce un'aria da motociclista cazzuta.

E poi c'è l'ulteriore colpo di scena di lei seduta in grembo a JT.

Come se non fossi già abbastanza nervoso, c'è anche il modo in cui Mister Cattivo Ragazzo, seduto sulla sedia accanto, prova a comportarsi come se fosse in grado di mandarmi via.

Immediatamente dopo, Kay appoggia la piccola mano su di lui per impedirgli di alzarsi, in un modo che mi sembra assolutamente *sbagliato*. "Sono qui per te."

Alle mie parole, i bellissimi occhi burrascosi di Kay guardano tutt'attorno all'area in cui sta bruciando il falò. "Non avresti dovuto," risponde, senza più guardarmi.

"Possiamo parlare?" Le mie parole suonano come una supplica: in fondo, lo sono.

"Sei serio?" I suoi occhi scattano verso i miei, nelle profondità delle sue iridi grigie si scatena una tempesta.

"Sì."

Infilo le mani in tasca per evitare di prenderla di peso e portarla via.

"*Adesso?* Tu vuoi parlare adesso?" Incrocia le braccia al petto in maniera difensiva.

"Sì." Rispondo con tutta la sicurezza di cui sono capace, anche se dentro di me è tutto alimentato dall'incertezza.

Kay mi guarda come se fossi impazzito, e forse lo sono, ma il suo sguardo vuoto, quasi come se non esistessi, mi sta uccidendo. Cosa non darei, adesso, per ricevere una delle sue alzate di occhi.

La lascio parlare, ma quando apre bocca, non dice quello che voglio sentire.

"No."

Chi poteva immaginare che una sola parola potesse fare tanto male?

"Ti prego," la imploro.

"Ma sei serio?" chiede con voce stridula.

"Andiamo, Skit. Ti pr..."

"NO." Quella parola esce sia come un sussurro sia come un urlo. "Vai a casa, Mason. Non ho intenzione di parlarne qui."

Detesto che mi chiami Mason. Mi sembra di essere tornato ai tempi in cui ci incontravamo le prime volte, quando faceva di tutto per impedirmi di avvicinarmi a lei; come se smettere di usare l'abbreviazione del mio nome fosse solo un altro modo per tenermi a distanza.

Non lo sopportavo all'epoca, di certo non lo sopporto adesso. Gonfio il petto e incrocio le braccia. Io non vado *da nessuna parte.*

"Dennings." Mister Cattivo Ragazzo—credo che prima lei lo abbia chiamato King—stringe tra le dita una piccola tessera nera, simile alla chiave di una stanza d'albergo. Quando Kay gli rivolge lo sguardo, lui fa un cenno con il mento verso l'edificio che sembra un magazzino.

Credo che il mio cuore smetta di battere, mentre Kay fissa il piccolo pezzo di plastica.

"Grazie, King." Emette un sospiro, rilassandosi, e afferra la tessera senza nemmeno guardarmi, mentre si alza in piedi e si incammina verso la struttura.

Tutti gli occhi sono puntati su di me, mi guardano chiedendo: *Beh? Le vai dietro o cosa?*

Con un respiro profondo e uno sguardo di incoraggiamento da parte di Trav, mi metto a seguirla: afferro la porta con una mano un secondo prima che si chiuda.

Mi fermo sulla soglia, facendo un altro respiro profondo e pregando di trovare le parole giuste che possano riparare al mio errore madornale.

"Kay?" La mia voce rimbomba all'interno del vasto magazzino, mentre vengo colpito dall'odore di cuoio e olio per motori, nonché delle fantastiche moto sportive e da una Camaro color nero opaco su cui Kay si è appoggiata.

I miei passi vacillano di fronte al suo aspetto stravolto: ha i piedi puntellati sul paraurti, i gomiti appoggiati sulle ginocchia divaricate e il viso sepolto tra le mani.

Vederla in questo stato mi fa sentire come se ogni mio muscolo fosse indolenzito e avessi bisogno di una doccia fredda.

Quando la chiamo non si muove. A dirla tutta, non reagisce

per niente fino al momento in cui non appoggio un fianco alla macchina e allungo una mano per toccarle la schiena.

"Non farlo," mi supplica con voce strozzata.

"Per favore, Kay."

Volta di scatto la testa, guardandomi con uno sguardo letale. "Cosa c'è, Mason? Cos'altro vuoi da me me?"

Ancora a chiamarmi col mio nome intero. Ingoio il rospo e le chiedo: "Possiamo parlare? *Per favore?*"

I suoi occhi si allargano dallo stupore. "Parlare? *Parlare?* Mi stai prendendo in giro?"

Sento dei brividi scorrermi sotto la pelle. Ho ammesso a me stesso e agli altri di aver fatto una cazzata, ma non credo di averne compreso la portata fino a questo momento. Non avevo mai visto Kay così… sconvolta.

"Ti prego?"

"Cos'è cambiato?" Abbassa lo sguardo, facendo scorrere il pollice avanti e indietro sulle sottili strisce di vernice metallizzata viola che decorano il cofano della macchina. "Io volevo parlarti l'altro giorno, sei tu che non me l'hai permesso. Non ti interessava cosa avevo da dire, o il fatto che potessi spiegarti tutto. Non ti interessava che quel post fosse stato frainteso. *No.* Ti interessava soltanto il fatto che fosse stato pubblicato sui social. Quindi per favore, *per favore*, dimmi perché dovrei lasciarti parlare, quando tu non mi hai dato la stessa opportunità."

Le sue parole, e il dolore che percepisco in esse, frantumano il mio cuore già spezzato.

"Senti." Mi metto le mani dietro la nuca per impedirmi di toccarla di nuovo. "Mi dispiace, va bene?"

"Ti *dispiace*?" squittisce, ogni segno della sua sofferenza mi trafigge come un attizzatoio incandescente.

"Sì, Kay." Metto nelle mie parole ogni grammo di sincerità di cui sono in grado. "Ho mandato tutto a puttane, lo so."

"Eccome."

Odio il fatto che continui a non guardarmi.

"Sai cos'è che non capisco?" dice, sollevando finalmente la testa in modo da darmi l'opportunità di vederla in viso, ha gli occhi arrossati. "Tu," mi indica, "hai inseguito me," indica sé stessa. "*Tu* sei quello che ha cercato *me*." Indica nuovamente me e poi sé stessa. "*Tu* sei quello che ha voluto entrare nella *mia* vita."

Ha ragione. Sono stato attratto da lei dal primo momento in

cui l'ho vista, perfino quando credevo che stesse con un altro. Se pensa che mi arrenderò dopo averla avuta, averla amata, aver saputo come ci si sente a essere amati da lei, allora si sbaglia di grosso.

Due giorni fa, i fantasmi del mio passato mi hanno spinto ad arrendermi. Adesso basta. È ora di lasciare il passato al suo posto: nel passato. Recupererò il pallone e correrò verso il *touchdown* più importante della mia vita: il mio futuro.

"So benissimo di essere stata tutt'altro che perfetta nella nostra relazione." Seppellisce le mani tra i capelli, le dita si aggrovigliano nelle ciocche lisce con uno scatto. "Ero spaventata e ho tenuto dei segreti per via delle mie paure, ma non ti ho *mai* mentito."

"Adesso, quello che io voglio sapere davvero, Kayla, ammesso che ti chiami davvero così..."

Scuoto la testa per allontanare quel ricordo. "Lo s..."

Alza le mani per interrompermi. "Eppure è esattamente quello che mi accusi di fare."

"È vero che sei stata bullizzata, almeno? O era una balla che ti sei inventata per evitare che postassi una nostra foto sui social?"

Apro la bocca per parlare, ma non mi esce nemmeno una parola. Sinceramente, non so cosa dire. Decido di confessare la verità. "Non sei l'unica che ha tenuto dei segreti."

"Quali segreti potrai mai avere, da spingerti a venire al mio dormitorio solo per accusarmi di tradimento dopo aver visto una foto di me e JT dove mostro la mia faccia? Una foto di cinque anni fa era la tua grande prova che io usavo un alter ego per... cosa? Avere una storia clandestina con te?" Si dilunga nel tentativo di capire le mie ragioni. "Ma se ci pensi, questo non ha senso, visto che tu eri presente durante alcune delle mie videochiamate con JT. Davvero i social sono così importanti per te che sei disposto a credere al mio amore solo se viene mostrato online a tutti?"

"Ti ho offerto una soluzione facile per tappare la bocca agli hater. Dovevi soltanto fare un bel sorriso alla telecamera, eppure ti sei rifiutata."

"Alle superiori uscivo con una ragazza che, come te, non era molto presente sui social." La mia spiegazione interrompe il suo fiume di parole. "Al contrario di te, però, lei aveva degli account e mi permetteva di postare delle foto di noi due sui miei."

"Mi hai detto che non ti piace mostrare la faccia nelle foto."

"All'epoca non ci avevo fatto caso, ma postava solo scatti in cui mi baciava sulla guancia, o altre dove si copriva il volto usando uno dei miei cappelli."

Sento l'istinto di tirare un pugno a qualcosa. Adesso sono io quello che non riesce a guardare Kay. Non volevo certo fare un parallelo tra la nostra storia e quella che ho avuto con Chrissy, figuriamoci dover spiegare tutto a Kay.

"Quello che allora non sapevo era che faceva così perché io non ero l'unica persona con cui usciva." Deglutisco e mi costringo a cercare i suoi confortanti occhi grigi. "Lei usciva anche con Trav."

"Come?" Kay balbetta di fronte alla mia confessione, la mandibola allentata, gli occhi che sbattono per la confusione. "Com'è possibile?"

Perché eri uno stupido diciassettenne che si faceva comandare dall'uccello. Oggi il mio coach interiore è davvero, davvero gentile con me.

"Si chiamava Christina Hale, e andava a scuola in un'altra città."

"Visto il modo in cui Trav è sempre stato presente nella nostra relazione, trovo difficile credere che voi due non parlavate delle ragazze con cui uscivate."

"Oh, ne parlavamo." Emetto una risata fredda. "Io gli dicevo tutto di Chrissy, e lui mi diceva tutto della sua ragazza: Tina."

KAYLA

Wow.

Non credo di trovare le parole, in questo momento.

Tra tutti i modi in cui Mason avrebbe potuto spiegare la reazione impulsiva che ha portato alla nostra rottura, questo non me l'aspettavo proprio.

Quanto vorrei che fosse il nostro unico problema.

"Ti prego, Kay. Lascia che rimetta le cose a posto."

Quando Mason prova ad avvicinarsi di nuovo, mi allontano dalla Camaro. Non posso permettergli di toccarmi. Se lo facesse crollerei, *non posso* permettere che accada qui.

Non in pubblico.

Non dove gli altri possono vederci.

Anche se qui sono al sicuro, è comunque troppo rischioso.

"Mi dispiace, Mason." E mi dispiace *davvero*. "Ma non puoi."

"Cazzate!" sbotta.

Le suole delle mie Converse scricchiolano contro il cemento verniciato, mentre inizio a camminare per tutto il garage. Quando Mason impreca faccio l'errore di girarmi a guardarlo, accidenti a lui. Perché, appoggiato contro la macchina, ha un aspetto tanto affascinante? Sarebbe tutto molto più facile se non fossi maledettamente attratta da lui.

Oppure, sai, se tu non fossi innamorata di lui. La mia cheerleader interiore alza gli occhi al cielo in maniera così plateale che, se fosse un cartone animato, gli occhi le sarebbero usciti dalle orbite.

"Mason..."

"PIANTALA di chiamarmi Mason."

I frammenti del mio cuore si riducono in polvere. Vuole che lo chiami Mase. Non posso. *Devo* pensare a lui come a Mason. Ho *bisogno* della distanza che quel nome crea tra il donnaiolo del campus che era un tempo e l'uomo che possiede il mio cuore.

Per quanto vorrei che non fosse così, lui lo possiede ancora; se gli ultimi due giorni non fossero mai accaduti, mi getterei verso di lui e mi farei avvolgere dalle sue braccia forti e muscolose.

Ma sono accaduti, quindi non posso.

"Dovresti andartene."

Ti prego, ti prego, ti prego, vattene prima che io perda il controllo.

"Te l'ho detto," si allontana dalla macchina, "non me ne vado finché non avrò rimesso tutto a posto."

"Se vuoi che io ti perdoni, allora ti perdono. Non mentirò dicendo che non sono ferita, perché fa veramente male, ma adesso capisco perché sei saltato a quelle conclusioni." Lo guardo con diffidenza mentre inizia a muoversi.

"E mi dispiace. *Santo cielo*, piccola, mi dispiace tantissimo di averti fatto soffrire." Continua a muoversi; per ogni passo che avanza verso di me, io ne faccio due indietro.

"Ti credo, ma quando mi hai lasciata... non mi hai semplicemente spezzato il cuore." Reprimo un singhiozzo prima che possa uscire. "Hai distrutto una parte di me che aveva a malapena la forza di stare con te."

"Cazzo! Non dire così." Percorre lo spazio restante tra noi. Un mugolio, che assomiglia più a quello di un animale ferito che a quello di un essere umano, mi esce dalla bocca quando lui mi stringe il viso tra le grandi mani, con le dita che mi si aggrovigliano ai capelli alla base del cranio.

Merda. Perderlo è stato difficile. Non credevo nemmeno che sarei sopravvissuta. Ma ora? Dopo aver affrontato per quasi tre giorni quello che considero il mio peggior incubo, secondo solo alla morte di papà, mi rendo forse conto solo ora di doverlo allontanare perché capisco di non essere abbastanza forte per stare con un personaggio così in vista? Straziante. Come se mi avessero scuoiata viva e immersa in una vasca di acido.

"Ognuno ha i propri demoni, Mason. L'unica differenza è che i miei non stanno solo vincendo… hanno già vinto."

Sollevo le mani: prima di trovare la forza di toccarlo veramente, la punta delle mie dita gli si posa sul petto per un secondo. A quel tocco sento il fuoco divampare nelle vene, per poco non perdo la risolutezza nel fare ciò che mi sono prefissata. Il respiro profondo che inalo per farmi forza provoca più dolore che altro, quando mi fa arrivare nei polmoni l'inebriante profumo del suo sapone.

"Forse, se me ne parlassi, se non ci fossero più segreti tra noi, potrei aiutarti a combatterli." Mi tira più vicina a sé, ignorando i miei tentativi di allontanarlo.

Non so cosa mi spaventi di più: rivelargli i miei segreti o permettergli di aiutarmi.

Sento gli occhi bruciare, non riesco più a trattenere le lacrime.

Quando Mason me le asciuga con il pollice, sento le ginocchia cedere.

Le dita mi si intorpidiscono mentre tiro fuori ogni grammo di determinazione di cui dispongo per rimanere salda nella mia decisione.

"La ragione per cui ho cercato in tutti i modi di resisterti è perché non pensavo di essere in grado di sopportare il rischio di stare insieme a qualcuno nella tua posizione."

L'attenzione costante.

La gente che investiga sul mio presente e sul mio passato.

I giudizi e gli scherni.

"Ce la puoi fare, piccola."

Scuoto la testa, liberandomi finalmente dalla sua presa e balzando via prima che possa raggiungermi di nuovo.

Si sbaglia.

Lui ha bisogno di qualcuno che sarà al suo fianco durante i momenti fantastici che avverranno nella sua vita.

Uno dei miei più grandi rimpianti è quello di essermi chiusa in una stanza d'albergo invece di assistere alla selezione della National Football League con E. Quando è stato scelto non ho potuto abbracciarlo, né congratularmi con lui. Certo, aveva Bette al suo fianco, ma il modo in cui, una volta tornato nella nostra suite, mi ha abbracciata un po' più stretta e un po' più a lungo ha reso evidente quanto lui si sentisse deluso.

Mason merita di avere al suo fianco la persona con cui vorrà festeggiare, una volta arrivato il suo momento. E *non* sono io, quella persona.

"Non posso. Sono troppo debole." *Troppo terrorizzata a morte di crollare sotto il peso della pressione.* "Prima o dopo te ne saresti reso conto tu stesso."

CAPITOLO 13

MASON

No.

No, no, no, no, no.

Non lo accetto.

Kay crede che i suoi demoni abbiano vinto? Crede che potranno portarla via da me?

Magari non sono molto religioso, ma posso comunque fare la parte del dannato prete ed esorcizzare quei bastardi.

Certo, sono stato io a mandare tutto all'aria all'inizio; ma la ragione principale per cui è bastato solo un calcio in culo da Trav per rimettermi in ordine le idee, è perché nel mio profondo sapevo che non ci saremmo mai dovuti separare.

E ora? Niente, *niente* ci potrà dividere.

Quando provo a toccarla di nuovo, lei si allontana da me e si dirige verso la porta, letteralmente scappando. Io resto immobile al mio posto, il rumore dei cardini che si chiudono è violento come un colpo di pistola.

Crede che uscire con me sia rischioso? Certo, tutte le relazioni sono rischiose a modo loro, ma crede davvero di essere troppo debole per stare con me?

Deve aver perso completamente la testa.

Non c'è una sola persona a questo modo che sia migliore per

me di Kayla "PF" Dennings, e glielo dimostrerò. È giunta l'ora che il mio coach interiore si inventi una strategia per realizzare il touchdown più importante della mia vita: quello per riconquistare il cuore di Kay.

La partita è iniziata e io gioco sempre per vincere.

L'aria fredda della notte mi sfiora le guance, ma il sangue nelle vene mi ribolle troppo perché io me ne accorga. Controllo l'area alla ricerca di Kay, ma prima che riesca a trovarla vengo intercettato da JT. Non assomiglia per niente al ragazzo simpatico e allegro che ho visto sui social. No, la persona che mi sta di fronte sembra incazzata come una bestia.

È vestito in modo simile alla maggior parte dei presenti, con jeans e giacca di pelle; per l'ennesima volta mi domando che razza di gente frequenti Kay.

Mi fissa con lo sguardo duro, le braccia conserte, le sopracciglia in un'unica linea che gli attraversa la fronte. Per quanto io abbia qualche centimetro di altezza e qualche chilo in più rispetto a lui, Trav aveva ragione: JT ha la stazza di un giocatore di football.

"Mi sto davvero stancando di vederla piangere," dice JT, andando subito al sodo.

"Vuoi smetterla di fare il bravo ragazzo?" lo rimprovera la ragazza dai capelli rossicci, che riconosco come sua sorella Tessa, mentre balza al suo fianco.

"Tess," la rimprovera JT.

"Non provarci nemmeno, Jim," gli risponde, incrociando a sua volta le braccia.

"Secondo me, Tess vuole che ti comporti di più come si sta comportando mio fratello," aggiunge una bionda, fermandosi all'altro lato di JT.

"Non ci penso nemmeno, Savvy," dice JT e Tessa ribatte: "Al diavolo i Royals. Voglio che lui si comporti come farebbe E."

Faccio del mio meglio per nascondere la reazione al pensiero di ciò che E vuole sicuramente farmi per aver spezzato il cuore della sorella.

JT alza gli occhi al cielo… ovviamente; dopotutto, Kay è la sua migliore amica. "Wes!" urla voltandosi all'indietro. "Puoi aiutarmi a tenere a bada la mini Royal, per favore?"

Un altro ragazzo vestito con la giacca di pelle, dotata di nervature e toppe sui gomiti come quelle che indossano i motociclisti, si unisce a noi. "Sei tenero, se credi davvero che lei mi darà retta."

JT ridacchia come fa qualunque fratello maggiore che conosce i drammi che comporta avere una sorella minore. "Quantomeno puoi distrarla portandola alle corse."

Il tizio, Wes qualcosa o come diavolo si chiama, dà a JT una pacca sulla spalla, ma scuote la testa. "Non posso, fratello. King corre stasera. Sono io il responsabile della serata."

Quel commento fa sì che JT sposti la sua attenzione da me e la dedichi interamente a Wes. "Carter non corre *mai* in queste gare minori. Perché sta gareggiando?"

"Beh, quando la tua ragazza…"

Sentire che Kay viene chiamata la ragazza di qualcuno che non sia io mi fa quasi ringhiare. Tessa e Savvy ridacchiano molto divertite, e vedo un sorrisetto piegare i bordi della bocca di JT, che mi osserva con la coda dell'occhio.

"…ha iniziato ad andare a caccia di tequila e a comportarsi come ai tempi del liceo, King ha pensato che il modo migliore per farle smettere di pensare a questo tizio per un po' fosse una gara." Wes mi indica, ma mi fa troppo male lo stomaco al pensiero di Kay che si diverte a giocare a *Fast and Furious*.

"Kay è al sicuro con questo tale King?" chiede Trav avanzando alla mia sinistra, pronto a sostenermi in caso di necessità.

"Sì." JT emette un respiro pesante. "Carter è il miglior pilota di tutto lo Stato. Ma porca puttana," si passa una mano tra i capelli, "meno male che questo fine settimana c'è solo Bette."

Ciò mi prende in contropiede. Quando eravamo a casa loro, Bette non ha parlato di fare visita a Kay mentre c'era anche JT. Significa che c'è anche E?

"Bette è qui?" chiedo, domandandomi se devo prepararmi a ricevere più di un calcio nel sedere.

"Aspetta." Solleva un dito a mezz'aria e si rivolge a Wes. "Cosa intendevi dire, quando hai detto che si sta comportando come ai tempi del liceo?"

"Sai…" Wes fa ruotare la mano. "Il modo in cui si ritirava in sé stessa, trascorreva giorni interi senza parlare," mette le dita a V e le punta verso gli occhi di JT, "e ti guardava con occhi vitrei."

È vero che sei stata bullizzata, almeno?

Chiudo gli occhi per quanto suonavo arrogante, perfino nei miei ricordi. Giorni? Kay ha trascorso dei *giorni* interi senza parlare? Cosa è potuto mai accadere per provocare una reazione del genere?

"So che non ha detto... beh... *niente*, fino a quando non si è presentato *lui*." Wes indica nuovamente me. "Ma questa volta è diverso."

"Cazzo." JT inizia a massaggiarsi la fronte.

"Cosa c'è che non va?" Trav chiede prima di me; lo sento muoversi, pronto a contrastare qualsiasi cosa osi minacciare Kay.

JT si guarda attorno. La folla si è ridotta sensibilmente dal momento che, a quanto pare, sta per iniziare una gara, ma comunque non siamo soli. "Non voglio parlarne qui; l'unico motivo per cui non ti prendo a calci in culo per il modo in cui l'hai sfottuta riguardo al bullismo che ha subito, è perché non conoscevi la storia fino in fondo."

Fanculo a tutto. Io *devo* sapere che cosa ha passato.

"Non ho intenzione di raccontartelo." *Merda.* "Non spetta a me." *Merda doppia.* "Ti dirò questo, e non te lo ripeterò una seconda volta, quindi ti conviene aprire quelle fottute orecchie."

D'istinto vorrei chiedergli chi cazzo si crede di essere per osare parlarmi in quel modo, ma gli ho già dato abbastanza motivi per non piacergli: non ho bisogno di mancargli di rispetto anche apertamente.

"Kay..."

"Non le piace quando la chiami Kay," lo interrompe Tessa.

"Zitta, Tess." Lei mima l'atto di chiudersi le labbra con la zip. "Comunque..." JT la guarda di sbieco. "Kay è la mia *famiglia*." Si allontana, facendo una manciata di passi prima di tornare indietro. "Ti sarai anche arrabbiato a sentirla chiamare *la mia ragazza*, ma non farti illusioni, lei è mia."

Col cazzo che lo è. Questa volta suono quasi bestiale, il forte braccio di Trav che mi preme contro il petto è l'unica cosa che mi impedisce di stendere a terra questo tizio.

Lentamente, JT solleva entrambe le mani e fa un passo indietro. "Rilassati, Cavernicolo." Il fatto che usi il soprannome che mi ha affibbiato Kay mi sorprende. "Non voglio dire che lei è mia nello stesso modo in cui lei è tua... e lei *è* tua. Voglio dire che lei è per me ciò che è per E. Non me ne frega un *cazzo* del legame di sangue. Quella ragazza è mia sorella, e *sempre* lo sarà."

Devo riconoscerglielo, a ogni parola che esce dalla sua bocca —ok, *forse* non *ogni* parola, ma avete capito cosa intendo—si sta guadagnando il mio rispetto. E ha ragione, lui dà la stessa impressione di E o di Grayson. *"JT è soltanto un amico. Per me è un fratello, proprio come E."* Kay ha cercato di dirmi la stessa cosa, ma la mia risposta da stronzo è stata: *"Già... È esattamente questo che dice la troia, in quella canzone di Biz Markie, quando invece sta già uscendo con un altro."*

Io e JT ci fissiamo l'un l'altro, respirando profondamente, entrambi in stallo per la stessa ragazza: uno in qualità di fratello; l'altro, se il cielo lo vuole, in qualità di fidanzato. So solo che, nel momento in cui il mio sguardo gli fa intendere che ho compreso le sue parole, abbassa la guardia e tutto il suo corpo si sgonfia.

"Ora... per quanto Kay lo neghi e cerchi di respingerlo in tutti i modi, lei ti ama."

Anche se quelle parole non provengono da Skittles, è sempre bello sentirle. Il nodo nelle mie viscere, ormai una presenza costante, si scioglie sensibilmente.

"Hai una possibilità, per quanto minuscola, di rimettere le cose a posto e riaverla."

"Lei..." mi schiarisco la gola, le emozioni stanno avendo la meglio. "...mi ha detto di essere troppo debole per stare con me."

"E tu ci credi?" Se lo sguardo potesse uccidere, sarei morto in questo preciso istante.

"Cazzo, no."

Annuisce in approvazione.

"Lei non è debole. È solo che... non si è completamente ripresa dall'ultima volta."

Devo davvero parlare faccia a faccia con Kay e costringerla a dirmi tutto quello che è successo dopo la morte del padre. Non posso venirne a capo con una strategia adeguata, se non conosco ciò con cui ho a che fare.

"Avrai *un sacco* di lavoro da fare, e a volte ti sembrerà una battaglia persa. Non dovrai solo affrontare quello che sta accadendo adesso, con gente che cerca di scoprire del marcio su di lei per il semplice motivo che è insieme a te: dovrai affrontare anche diversi problemi del suo passato."

"Affronterò il mondo intero, se sarà necessario. Non mi arrenderò. Kay è *mia,* e non permetterò a una singola anima su questa Terra di impedirle di essere al mio fianco, dove deve stare."

UofJ411: Più che amici? #AmiciDiLetto #LaRagazzaDiCasanova
foto di G che esce dall'appartamento di Kay con un borsone sulle spalle
@AshWonderWoman: @TheGreatestGrayson37, ma @CasaNova87 sa che hai passato la notte a casa della sua ragazza? #SoDoveHaiDormitoIeri #LaRagazzaDiCasanova

UofJ411: Come mai è così triste? #EccoUnKleenex #LaRagazzaDiCasanova
foto di Kay con gli occhi rossi dal pianto, seduta al tavolo della biblioteca
@Beccalynn1010: Credo che si siano lasciati. Guarda qui ^^ Stava decisamente piangendo #TiServeUnFazzoletto #LaRagazzaDiCasanova

UofJ411: Manca qualcuno… #DicciDoveSeiFinita #CosaFaCasanova #LaRagazzaDiCasanova
foto del gruppo di amici a pranzo: ci sono tutti tranne Kay

@Behawks87: Perché non mangia più con loro? #NonSonoPiùAmici #CosaFaCasanova #LaRagazzaDiCasanova

UofJ411: Che sia un addio? #GuaiInParadiso #CosaFaCasanova #LaRagazzaDiCasanova
GIF di Kay che si allontana da Mason
@Ladyjanegray75: Io non mi allontanerei mai da te @CasaNova87 #LaRagazzaDiCasanova

CAPITOLO 15

KAYLA

Nascosta nel parcheggio, ascolto *Elvis Duran and the Morning Show* attraverso gli altoparlanti di Pinky, ma nemmeno le battute di Greg T riescono a porre freno al nervosismo che mi consuma. Mi restano quindici minuti prima di dover entrare a lezione, il che significa che solo quindici minuti mi separano da Mason.

Non mi illudo che la strategia di arrivare in ritardo a lezione, per poi andarmene qualche minuto prima della fine, funzionerà ancora come l'altro giorno. Mason è troppo testardo.

Mi telefona? Io lascio squillare a vuoto.

Mi manda messaggi? Io non li apro nemmeno.

Si presenta al mio dormitorio? Io vado a dormire dai Taylor, le notti in cui il loro padre non lavora.

Perché non se ne va e basta?

Poi c'è quell'altro *problema*, penso, mentre il mio sguardo corre verso la borsa a tracolla appoggiata sul sedile del passeggero.

Non ho idea del perché me la sia portata dietro. Non lo so… probabilmente temevo che, se l'avessi lasciata dai Taylor, il loro padre sarebbe riuscito a trovarla in un modo o nell'altro; a quel punto sarebbe entrato in modalità allarme rosso.

È già abbastanza brutto essere il soggetto principale dei post dell'account Instagram UofJ411. Le congetture, le indiscrezioni, la gioia assoluta all'idea che Mason sia di nuovo sul mercato.

Non mi sarei mai aspettata che, a seguito della rivelazione della mia identità, le cose prendessero questa piega. Grazie alla rivalità tra le due università, le notizie riguardo alla mia relazione con il *tight end* degli Hawks sono giunte alle orecchie dell'*ultimo* Nittany Lion che volevo ne venisse a conoscenza.

Un'altra occhiata all'orologio mi ricorda che, se ho intenzione di andare a lezione, è il momento che abbandoni la sicurezza della mia Jeep.

Ragazzaaaaa, porta il culo fuori dalla macchina, mi rimprovera la mia cheerleader interiore.

Mi aggiusto attorno al collo la sciarpa a stampa chevron bianca e nera, facendo scorrere il cotone sottile tra le dita.

Mi risistemo in testa più volte il cappello nero degli Yankees, prima di arrendermi e aprire la portiera per uscire dalla macchina.

Ovviamente, ad aspettarmi fuori dalla sala c'è Mason Nova. *Accidenti a lui.* Odio il fatto di non riuscire a negare quanto sia figo, appoggiato contro il muro con il suo classico cappellino al contrario, i piedi incrociati e le mani nelle tasche della felpa dell'Università di Jersey.

Dentro di me si insinua un dubbio: lo affronto o fuggo? Ma prima che riesca a prendere una decisione, Mason solleva lo sguardo e i suoi bellissimi occhi verdi incrociano i miei, scatenandomi dei brividi lungo la spina dorsale.

"Ehi, piccola." La voce lascia la sua gola e scende dritta fino al mio petto.

Non posso farcela. È troppo difficile.

Mi volto per scappare, ma la mano di Mason, grande come una zampa d'orso, mi stringe il braccio, avvolgendomi completamente il bicipite e impedendomi di battere in ritirata.

"Non credo proprio. Non questa volta." Dà un *leggero* strattone, sempre conscio di quanto io sia molto più piccola di lui.

A meno che io non voglia dargli battaglia, non ho altra scelta se non quella di seguirlo a lezione... ma non appena entriamo scopro che non mi ha condotta nella nostra aula, bensì in una vuota.

"Per quanto mi piaccia vederti con la mia felpa addosso, devo dire che anche con la giacca di pelle non sei niente male." Afferra il bavero della giacca, tenendomi di fronte a sé.

"Mason." Gli metto le mani sul petto, bloccando i gomiti per mantenere la massima distanza possibile tra noi.

"Cosa devo fare per farti ricominciare a chiamarmi Mase?"

Perché una richiesta tanto semplice mi fa così male al cuore?

"Mason." Cerco di scansarmi, ma mi sta stringendo la giacca troppo forte.

"Skittles."

Squittisco al sentire il soprannome che mi ha dato, la sensazione di familiarità è più profonda di quanto pensassi.

Il cuoio della giacca scricchiola mentre lui rafforza la presa, le punte dei miei piedi si sovrappongono alle sue mentre sono costretta ad avanzare lungo l'ultimo centimetro che ci separa.

Abbasso la testa, cercando il riparo che mi offre la visiera del cappello per nascondermi da quegli occhi chiari che riescono a vedermi attraverso.

Quasi come se mi avesse letto nel pensiero, il mio cappello sparisce, cadendo a terra con un morbido tonfo, e il caldo respiro di Mason danza sulla mia fronte, seguito dal bacio più dolce, delicato e straziante.

Ormai incapace di trattenerlo, lascio uscire un singhiozzo e inizio a piangere. Come se non stessi già lottando abbastanza, Mason non si allontana, anzi, si piega in avanti per appoggiare la sua fronte contro la mia.

"Mi manchi, piccola." Le sue parole sono un sussurro, ma riesco a sentire quanto siano sincere.

Anche a me manca. Tantissimo. Dormo a malapena, il cibo ha perso il sapore, vado avanti (si fa per dire) a colpi di caffeina, l'unico momento in cui sento un briciolo di pace è quando sono alla Caserma (per quanto sia un sollievo passeggero, dal momento che vedere i gemelli mi fa pensare a lui).

"Devi lasciarmi andare, Mason."

"No."

Cocciuto bastardo.

"T-ti prego."

Non so quanto ancora posso reggere prima di crollare del tutto. Ogni cellula del mio corpo desidera fondersi con il suo, ogni mio respiro si riempie dell'aroma inebriante del suo bagnoschiuma.

È troppo.

Lui è troppo.

"Non sono adatta te."

Non riesco a togliermi dalla testa quelle stesse parole, scritte col pennarello nero.

Ho dovuto indovinare la taglia, quindi spero di averla presa giusta. Credo che lui meriti di sapere che razza di disastro tu sia. A meno che... le voci non siano vere e abbia già capito da sé che non sei adatta a lui. Finalmente si è reso conto che stare con qualcuna come TE può rappresentare soltanto un suicidio per la carriera. Dopotutto, sei SEMPRE la figlia di tua madre.

Quell'ultima riga del biglietto allegato al pacco che mi ha mandato Liam... quella sì che mi ha fatto *davvero* male.

"Col *cazzo* che non sei adatta a me," ringhia Mason, completamente ignaro del mio tumulto interiore.

Si allontana tanto velocemente che sento una ventata d'aria. Quando finalmente riesco a guardarlo, scrutando attraverso i riccioli sciolti che mi sono caduti davanti al viso, l'unico modo in cui posso descrivere la sua espressione è *folgorante*.

Si dirige verso la porta e io non so se tirare un sospiro di sollievo o implorarlo di non andarsene. Sono un disastro. Voglio che resti, ma al tempo stesso ho bisogno che se ne vada.

Le lacrime continuano a scendermi a fiumi sulle guance, sinceramente mi stupisco di non essermi disidratata a causa di tutti i litri che ho pianto nell'ultima settimana.

Mi si ferma il respiro quando lo vedo prendere uno zaino, che non mi ero nemmeno accorta avesse con sé; soltanto che, invece di raccoglierlo e andarsene, lo sento aprire la zip e lo vedo tirare fuori qualcosa.

"So che tutto questo è stato causato da un mio errore. Avrei dovuto parlarti prima di Chrissy, mi prendo la piena responsabilità di questo. Accidenti..." Mette la mano libera dietro la nuca, poi fa una lunga pausa prima di continuare. "Forse, se lo avessi fatto, non avremmo mai litigato dopo che su Instagram sono stati caricati i post di quel maledetto di Adam."

No, non è così. Il problema di quella discussione non era il suo passato: era il mio.

Solo il mio.

Dopotutto, sei sempre la figlia di tua madre.

"Mason."

"Per favore, Kay." Stringe il tessuto nero tra le mani, premendolo contro l'addome. "Farò tutto quello che serve perché tu ti fidi nuovamente di me, ti prego, *ti prego*, dammi soltanto un'altra possibilità."

Cazzo!

Odio tutto questo.

Odio. Tutto. Questo.

I miei singhiozzi diventano incontrollabili; già mi immagino i nuovi meme che ispirerei, se qualcuno mi vedesse in questo momento.

"Te l'ho già detto, Mason." Le mie parole sono soffocate dal moccio che mi intasa il naso a causa del pianto sfrenato. "Ti perdono. Questo," indico noi due, "riguarda me, non te."

Merita di conoscere la verità, ma ancora non trovo la forza di raccontargli tutti i dettagli. Dovrei semplicemente dirgli cosa cercare su Google, così potrebbe leggere gli articoli con i suoi occhi. Sì, Jordan e i suoi uomini li hanno seppelliti nelle ultime pagine dei motori di ricerca, ma esistono lo stesso. Internet vive per sempre.

"Ti amo, Kay."

Visto? La mia cheerleader interiore si sistema la coda di cavallo e mi lancia un'occhiataccia. *Lui ti ama e tu ami lui. Smettila di fare la martire del cazzo e raccontagli tutto. Raccontagli T-U-T-T-O. Magari, con lui al tuo fianco, sarai in grado di dimenticare il passato.*

"Abbiamo lezione." È una scusa debole, ma è l'unica che mi viene in mente.

"Fanculo la lezione. Non lasceremo questa stanza finché non sarai di nuovo mia." Poi, senza aggiungere altro, dispiega quello che ha in mano e me lo porge.

Porca puttana! Non anche lui.

Davanti a me compare una semplice maglietta a girocollo nera. Sul retro, nel caso non l'abbiate immaginato, ci sono scritti NOVA e #87 a caratteri cubitali rossi e bianchi. Poi Mason gira la maglietta per mostrarmi la parte anteriore: *Il mio ragazzo è il re del campo da football, ma io sono la regina del suo cuore,* con la parola 'cuore' non messa per iscritto ma simboleggiata da un cuore rosso tracciato con le stringhe del pallone da football. A quel punto, mi cedono le ginocchia cedono e cado a terra.

Il corpo di Kay si accartoccia in un modo completamente inedito; non ho mai visto una persona cosciente avere una reazione del genere. È come se stesse collassando completamente su sé stessa.

Vederla piangere mi ha lacerato le viscere, come se qualcuno le avesse prese a calci con delle scarpe con i tacchetti.

Ma questo? Questo mi fa uscire di senno.

In un attimo sono al suo fianco, ignorando il modo in cui le ginocchia mi sbattono contro le piastrelle fredde; poi la tiro in grembo, stringendola a me.

Sento il suo corpo vibrare contro il mio, tanto trema sotto il peso dei singhiozzi. Non era il tipo di reazione che mi aspettavo, non so come aiutarla.

Le faccio scorrere una mano su e giù lungo la schiena, sfiorandole i capelli con le dita come quando voglio farla addormentare, ma niente di tutto questo sembra servire; riesco solo a farla piangere ancora di più.

Sono stato io, mi sussurra una voce nella testa.

Faccio l'unico gesto possibile in quel momento: la stringo a me più forte, appoggiandole il viso sulla testa e respirando quel profumo di menta piperita che mi è tanto mancato nell'ultima settimana.

"Detesto vederti in questo stato, piccola."

Nulla. Nessuna risposta.

Il vecchio me, il Casanova del campus, non si sarebbe mai ritrovato a riversare i suoi sentimenti su una donna emotiva. Ma al nuovo me, quello che sa di avere bisogno di Kay, non frega niente. Lei è tutto per me e, dato il suo amore per le magliette buffe, ho pensato che farne una su di noi fosse il modo migliore per dimostrarglielo.

Odio tutto questo. Pensavo che fosse doloroso vedere il modo in cui le si afflosciavano le spalle e come nascondeva il viso per ripararsi dai chiacchiericci su di noi; ma vederla in questo stato e non avere idea di come aiutarla… non mi sono mai sentito così impotente in tutta la mia vita. Perfino il mio coach interiore non dice niente.

"Vuoi che chiami E?" Dubito di essere la persona preferita del fratello in questo momento, ma farei qualunque cosa pur di aiutarla.

"Fossi in te non lo farei." Finalmente parla, facendo sciogliere i nodi che mi si sono formati tra le scapole. "Credo che abbia trascorso l'ultima settimana a trovare modi per prenderti a calci in culo attraverso il telefono."

"Cazzo, piccola," esclamo con una grande risata di sollievo.

Non si è ancora staccata da me: finché me lo permetterà ho tutta l'intenzione di godermi la sensazione di averla tra le braccia. Poi, quasi come se mi avesse letto nel pensiero, la sento irrigidirsi e infine sgusciare dalla mia presa come un granchio.

"Skittles." Mi allungo verso di lei, ma Kay scatta verso il leggio, nascondendosi lì dietro per sfuggire alla mia presa.

"Fottuti stronzi." La sua voce è rotta dal pianto. "Chi vi credete di essere, per pensare di poter usare delle magliette contro di me?"

Eh?

"Davvero, fanculo a tutti e due," esclama schiaffeggiandosi la coscia.

Tutti e due? Ma di chi sta parlando?

Certo, la mia amicizia con Grayson sta attraversando un momento di crisi dopo che ho rotto con la sua migliore amica, ma lui non ci proverebbe mai con la mia ragazza: non ho creduto nemmeno per un secondo alle cazzate che la gente dice su Instagram.

Non mi sono mai reso pienamente conto di quanto le mie azioni fossero seguite. Perché alla gente interessa cosa ho mangiato per pranzo in un determinato giorno? Davvero nessuno ha niente di meglio da fare che fomentare drammi? Una volta vivevo per il prestigio e la notorietà in tutto il campus, entrambi scaturiti dalla fama da giocatore di football. Adesso, invece, non altrettanto.

La mia ostinazione nel voler sistemare nuovamente le cose con Kay ha spinto Grayson a non odiarmi più come prima. Mi tiene aggiornato su quanto sta bene Kay o, dovrei dire, quanto non sta bene… allora perché non so di chi altro stia parlando?

"Sai cosa?" domanda lei, rovistando furiosamente nella borsa a tracolla che tiene al petto. "Ecco."

Mi si contraggono i muscoli dello stomaco per l'impatto del suo pugno. Abbasso lo sguardo e noto che stringe una maglietta tra le mani.

"Non pensavo che queste esistessero ancora, ma a quanto pare mi sbagliavo." La pressione sullo stomaco aumenta, mentre lei affonda le nocche in me con ancora più forza, finché non le allento le dita quanto basta per afferrare la maglietta che sta stringendo. "Dubitavi che fossi stata bullizzata a scuola? Credevi che me lo fossi inventato per gioco?"

Ha gli occhi grigi duri come l'acciaio, lo sguardo imperturbabile. Sento la bile salirmi in gola per la ferocia che vi vedo dentro.

"Beh, prova ad andare a scuola e vedere *centinaia* di persone che le indossano."

Assottiglia lo sguardo e lo posa sulla maglietta che tengo in mezzo a noi, sfidandomi silenziosamente a osservarla. Inghiottendo quella che sembra una zolla di terra bloccata in gola, afferro la T-shirt per le spalle e la dispiego.

Che cos'è?

Non sarà…

Merda! Gli occhi gonfi e chiusi, le guance arrossate e umide, la bocca aperta in un lamento: è una gigantografia della faccia piangente di Kay con sopra stampata la scritta *Frignona buona a nulla*.

Chi cazzo metterebbe mai una cosa del genere su una maglietta?

Sei davvero un coglione di prima classe, lo sai, Nova?

Alzo lo sguardo, pronto a offrirle le mie scuse, questa volta dal profondo dell'anima… ma proprio come ha fatto per tutta la settimana, Kay è sparita.

 KAYLA

Ieri ho fatto una cosa che non è da me: ho saltato la lezione.

A mia discolpa, ho avuto un mini collasso: se fossi andata a lezione, non sarei riuscita a seguirla in nessun caso.

Comunque, sono letteralmente scappata sia da Mason, sia dai sentimenti veri e reali che provo ancora per lui. Lo amo. Lo amo proprio come Bette ama E, ma al contrario della mia fantastica cognata io non ho la forza per affrontare la tempesta che incombe su di noi.

Perciò ho fatto ciò che mi riesce meglio: fuggire e nascondermi.

Innanzitutto, sono andata alla Caserma. Ovviamente. È la mia seconda casa, in quel posto mi sento al sicuro. Inoltre lì riesco a distrarmi e ad allontanare la mente dalle cose a cui non voglio pensare.

Mason.

Il mio cuore spezzato.

Instagram.

Pacchi indesiderati con oggetti che mi ricordano un passato che vorrei poter dimenticare.

Chiamate e domande da Jordan riguardo a cosa fare per… *tutta* questa storia.

Mio fratello che sta perdendo la testa.

JT che mi sostiene virtualmente.

Mason.

Mason.

Mason.

*Perché lo stai respingendo? Lui ti vuole ancora. Si è scusato, ha detto che ti ama. Porca miseria! *tira fuori la maglietta da dietro la schiena* Hai visto questa? L'hai vista? L'hai vista? *indica la scritta con la mano* Questo ragazzo è più innamorato dei personaggi dei romanzi rosa di Tessa.*

Abbasso lo sguardo e maledico sia la mia cheerleader interiore che me stessa, alla vista del tessuto nero che mi copre il petto. Sì, sto indossando *la* maglietta, quella che mi ha portata al collasso, la stessa che agisce come antidoto al veleno che Liam ha depositato sulla mia soglia.

Dopo aver saltato e volteggiato fino a non riuscire più a muovermi, e dopo aver aiutato ad allenare le Marshal, sono tornata dai Taylor. Ormai incapace di stare da sola, o in un qualunque posto in cui Mason sa che potrebbe trovarmi, ho trascorso delle *ore* a parlare con entrambi i fratelli Taylor.

Mentre mi addormentavo, sempre indossando *la* maglietta, ho messo insieme abbastanza pezzi della vecchia Kay da arrivare a credere che ce l'avrei potuta fare, che sarei potuta stare insieme a Mason.

Poi mi sono svegliata e mi sono ricordata *precisamente* dei motivi per cui devo stargli lontana.

#Capitolo18

TightestEndParker85: Fermi tutti. *emoji con il segnale dello stop* Sto sognando? @CasaNova87 stai davvero uscendo con il mio scarto? #CiSonoStatoInsiemePrimalo
collage di due immagini: una foto di Liam e Kay sorridenti, ai tempi in cui uscivano insieme; di fianco, un'istantanea di Mason in tenuta da football durante una partita, con aria turbata

UofJ411: *emoji con gli occhi a palla* *emoji dall'espressione sconvolta* #HoUnSaccoDiDomande #CosaFaCasanova #LaRagazzaDiCasanova
***RICONDIVISO—*collage di due immagini: una foto di Liam e Kay sorridenti, ai tempi in cui uscivano insieme; di fianco, un'istantanea di Mason in tenuta da football durante una partita, con aria turbata—*TightestEndParker85: Fermi tutti. *emoji con il segnale dello stop* Sto sognando? @CasaNova87 stai davvero uscendo con il mio scarto? #CiSonoStatoInsieme-Primalo**
@Lagerlefsebookblog: La trama si complica #DatemiDeiPopcorn #CosaFaCasanova #LaRagazzaDiCasanova
@Lala_powergirl: Che l'Università di Jersey fosse la sua seconda

scelta? A quanto pare la ragazza di @CasaNova87 ha un debole per i Nittany Lions #DicciAChiSeiFedele #CosaFaCasanova #LaRagazzaDiCasanova

@Lonniegallahan: Non pensate anche voi che questa partita si stia trasformando in una telenovela? #SentoOdoreDiDrammi #AndareASegnoNonSoloNelFootball #CosaFaCasanova #LaRagazzaDiCasanova

TightestEndParker85: Ehi @UofJ411 ho un sacco di storie da raccontarti #PotreiScriverciUnLibro

GIF di Liam che aggrotta le sopracciglia con un ghigno sornione

@TheQueenB: Ti CONVIENE che siano delle storie succose #SonoTuttaOrecchie

@UofJ411: Racconta #TiAscoltiamo

CAPITOLO 19

MASON

"**A**ncora nessun progresso con Kay?" mi domanda Alex, mentre ci accomodiamo nella taverna non appena tornati dall'allenamento.

I ricordi della giornata di ieri mi scorrono nella mente.

Kay che cerca di scappare da me.

Kay che mi dice di lasciarla andare. *Sì, come no.* Aspetta e spera.

Kay che piange, ogni sua lacrima è come acido sulla mia anima.

Infine il ricordo che mi ha perseguitato in tutte le ore di veglia, per poi inseguirmi nei sogni: Kay accartocciata sul pavimento.

"Ieri le ho parlato." Certo, la conversazione non è andata *affatto* come speravo, ma dopo giorni che mi evitava, almeno è stato un passo avanti... peccato che poi mi sembra che abbiamo fatto dei *grossi* passi indietro.

"Che cosa ha detto della maglietta?" domanda Trav. Tutto quello a cui riesco a pensare è: '*Quale delle due?*'

Grayson è l'unica persona a cui ho mostrato la maglietta che mi ha dato Kay. Non so perché non ne ho parlato a nessun altro, ma una parte di me pensa che sarebbe un tradimento, se lo facessi senza permesso.

A giudicare dal sorriso raggiante sul volto di Trav, si sente super-fiero per avermi aiutato a trovare il negozio su Etsy a cui ho commissionato la maglietta. Una volta che Kay sarà di nuovo mia, lo prenderò *assolutamente* in giro per il fatto che era anche solo a conoscenza dell'esistenza di Etsy.

"L'ha presa." Non è una bugia. Ha preso la maglietta, ma loro non sanno della reazione che ha avuto quando gliel'ho mostrata.

Sento il telefono vibrarmi in tasca, ma non rispondo quando vedo che mi sta chiamando Brantley... di nuovo. Non ho bisogno di un altro discorso di incitamento riguardo alla partita di domani. Quella della scorsa settimana è stata un'anomalia. Per quanto non abbia ancora riconquistato Kay ufficialmente, ho la mente lucida e le mie prestazioni non saranno condizionate dal mio cuore spezzato.

"Capisco che alla tua ragazza piacciano le magliette buffe e cose del genere," dice Kevin, chinandosi sul tavolo da biliardo per tirare un colpo, "ma spero davvero che tu abbia in mente un piano migliore."

"Giusto," concorda Noah, brontolando quando Kev manda in buca la palla numero otto.

Ora più che mai, penso, mentre mi ritornano in mente le parole che Kay mi ha detto ieri. *"Fottuti stronzi. Chi vi credete di essere, per pensare di poter usare delle magliette contro di me?"*

"Quello che voglio dire," la voce di Kevin mi tira fuori dai ricordi, "è che dobbiamo essere certi che tu abbia rimesso la testa a posto. L'ho vista al campus l'altro giorno, ed è corsa a nascondersi in biblioteca così velocemente che giuro di aver visto una nuvola di polvere dietro di lei."

"Concordo," aggiunge Alex mentre scorre il menù di *Madden NFL*. "Che eviti te è un conto, ma che eviti noi? No, non va bene."

Vorrei incazzarmi con loro per il fatto che stiano ironizzando su qualcosa che io prendo tanto seriamente, ma non posso. Sono stati incredibilmente solidali con me, nella mia battaglia per riconquistare Kay.

Ci sono delle volte in cui vorrei che lei mi parlasse, così potrei dirle come si sentono i ragazzi. So che temeva che i miei amici cercassero di usarla per il fratello ma, a parte alcune domande quando la notizia è venuta fuori, sembra che a nessuno di loro importi niente. Erano più preoccupati del fatto che la loro amica non fosse presente.

"Non penso che prendere lezioni di corteggiamento da un gruppo di scapoloni mi aiuterà molto," dico, mentre lascio squillare a vuoto un'altra telefonata. *Mamma mia, stasera Brantley non molla.*

"Amico." Alex scoppia a ridere. "Non posso credere che tu abbia appena detto *corteggiamento*."

"Pensala come vuoi, bello." Faccio spallucce. "Io la amo."

Alex abbassa il ghigno di scherno e diventa serio. "Rispetto, amico." Mi allunga il pugno e io lo batto.

"Ehi, fratelli, questa è *troppo* bella," esclama Adam, mentre entra nella taverna con altri due confratelli Alpha.

Quando noto il sorriso beffardo che gli si apre in volto non appena mi individua, mi si rizzano le antenne. Vorrei poterlo cacciare, ma in quanto Alpha ha il diritto di trovarsi qui tanto quanto noi.

"Penso che dovremmo fissare delle nuove scommesse per la partita contro la Penn State." Agita un braccio verso la parete di fondo, verniciata di nero a mo' di lavagna; lì gli Alpha Kappa segnano le quote per le partite di ogni settimana. "Credo proprio che apriremo un nuovo mercato." Indica qualcosa sul telefono, ma mi costringo a ignorarlo.

Quando Adam fa capolino, ho appena preso il controller da Alex per giocare a *Madden NFL*. "Che ne dici, Casanova? Vuoi essere la nostra fonte interna?"

"Ma di che cazzo stai parlando?" Mantengo l'attenzione sullo schermo; non merita che mi volti verso di lui.

Adam scoppia nuovamente a ridere come una iena e, quando finalmente mi giro verso di lui, noto che si sta sfregando le mani dalla gioia. Se si mettesse il mignolo in bocca, sarebbe la perfetta imitazione del Dottor Male di Austin Powers.

Prima che lui possa rispondere, la porta della taverna che conduce verso l'ingresso si apre con un *BANG!* e un Grayson dall'aria decisamente incazzata fa il suo ingresso.

L'istinto mi mette subito in allarme e mi fa alzare dalla sedia.

"So che domani devi partire presto per l'Huntington, ma potresti prestarmi la Shelby?"

Non mi aspettavo quella domanda. "Perché?"

"Em era troppo impaziente per aspettare che finissi gli allenamenti, quindi adesso mi serve un modo per raggiungere Blackwell."

Perché? Perché dovrebbe aver bisogno di andare a Blackwell?

"C'è qualche problema con Kay?" È l'unico motivo che mi viene in mente.

Trav è il solo di cui mi sia mai fidato a lasciar guidare la mia bambina, ma non è la Shelby che mi fa puntare i piedi, pronto all'azione.

"Oh, questa è bella." Adam applaude. Sì, il figlio di puttana applaude.

"Chiudi quella cazzo di bocca, Adam," sbotta Grayson. Non so se sia per la parolaccia o per il suo comportamento tanto inusuale, ma non importa: qualunque cosa sia successa, adesso Adam gli dedica tutta la sua attenzione. "Sta bene. Devo solo andare da lei."

Col cazzo che sta bene. Il coach Knight mi farà a pezzi per questo, ma non esiste che io non vada con Grayson.

"Dimmi. Cos'è. Successo." sbotto a mia volta, tirando fuori le chiavi della macchina dalla tasca.

A parte tendere il muscolo della mascella e attanagliare il telefono tra le dita così forte che temo possa rompere lo schermo, Grayson non reagisce.

"G?" senza volerlo lo chiamo con il soprannome che gli ha affibbiato Kay. Di solito non lo chiamo in questo modo, ma non l'ho mai visto… così… sul punto di esplodere.

"A quanto pare…" muove la mascella da una parte all'altra mentre riflette su cosa dire, "tutti i post su te e Kay, incluse tutte quelle cazzate sull'uscire con il nemico, sono giunti fino alla Penn State."

Fottuto Instagram. Comincio a capire perché la mia ragazza lo detesti così tanto.

"Che è successo? Sono venute fuori altre foto di lei che fa il tifo per E alle sue partite?"

"Oh, merda. Non lo sapevi?" chiede Adam ridendo ancora di più, e io sono *a tanto così* da dargli un pugno in faccia. "Tipico."

"Non sai davvero quando tenere la bocca chiusa, eh?" dice Grayson con sguardo infuocato.

Mentre mi scervello per capire cosa possa essermi sfuggito, l'atmosfera nella stanza si fa pesante. Brantley non è l'unico che ho evitato. A parte controllare se Kay mi ha mandato un messaggio—non ha mandato niente—non ho guardato le notifiche.

"Grayson, che succede?" Adesso Trav si è alzato in piedi ed è giunto al mio fianco.

Ancora silenzio, questa volta giuro di aver sentito uno scricchiolio provenire dalla mano che regge il telefono, ma quando Grayson mi porge il telefono per guardare lo schermo vedo che è intatto.

Proprio come l'ultima volta che mi è apparso il volto sorridente di Kay su una pagina Instagram, inizio a vedere rosso.

Liam Parker. È quel figlio di puttana di Liam Parker che ha postato la foto; e per aggiungere il danno alla beffa ha perfino le palle di definirla il suo scarto? È morto. M-O-R-T-O.

"Oh, merda," impreca Trav.

"Cos… ohhh," dice Alex mentre si alza dal divano.

Kevin e Noah si avvicinano e appena vedono il telefono hanno una reazione simile; all'improvviso, le quattro settimane che ci separano dalla partita contro la State sembrano un'eternità.

"Trav, ho bisogno che tu dica al coach Knight che ho avuto un'emergenza familiare, ma sarò all'hotel prima del coprifuoco." Indico con il mento verso la porta, dicendo silenziosamente a Grayson *'Muoviamoci'*.

"Che tenero, pensi davvero che andrai senza di me." Trav mi batte una mano sulla spalla, mettendosi al mio fianco.

"Davvero, Nova, a volte ti dimentichi che siamo una squadra," dice Kev, e anche gli altri concordano.

Mi blocco, incontrando lo sguardo di tutti i miei compagni di squadra tanto sul campo quanto fuori. Non do nemmeno peso alle stronzate di Adam. Con lui farò i conti più tardi.

"**N**on dovresti lasciarmi bere, quando sono in crisi?" frigno, incenerendo Carter con lo sguardo quando mi strappa di mano la bottiglia di tequila e la sostituisce con una di acqua. "Non è scritto nel manuale dell'amicizia o qualcosa del genere?"

È la seconda volta nel giro di una settimana che King mi impedisce di affogare i miei problemi nell'alcol, e questo non mi piace.

"Puoi guardarmi storto quanto vuoi, Dennings, ma non sei *molto* intimidatoria, visto che raggiungi a malapena l'altezza minima per salire sulle giostre del luna park."

Alzo gli occhi al cielo e mi allontano dal bancone. Se non mi permette di bere, gli *conviene* almeno lasciarmi mangiare un po' di gelato.

"È così piacevole vedere qualcuno che *non* è intimidito da te." Wes tenta di nascondere un sogghigno dietro la mano, ma fallisce clamorosamente. Parla lui, poi. King sarà anche… beh, il re dei Royals, ma Wes è altrettanto temuto, se non di più.

Mi sono commossa quando sono venuti qui. Certo, sono venuti solo perché JT ha chiesto loro di darmi un'occhiata, ma il sentimento non cambia.

"Non sei un bravo monarca, se non sai che non devi sostituire il suo alcolico preferito con dell'H2O." Em sposta Carter di lato e si allunga sul bancone per porgermi una tazza di caffè dall'aspetto molto familiare, decorata a tema Harry Potter. Devo essere messa peggio di quanto pensassi, se prima di arrivare si sono fermati all'Espresso Patronum. Non ho il coraggio di dirgli che il caffè del mio locale preferito finisce solo per farmi pensare a Mason.

King incrocia le braccia al petto, le maniche della maglietta nera gli si stringono intorno alla parte superiore dei bicipiti. Abbassa la testa verso Em, guardandola con uno sguardo che ha fatto pisciare sotto uomini molto più grossi di lei. Soltanto che, il cielo la benedica, Em lo sfida inarcando perfettamente una delle sue sopracciglia.

I due si sono incontrati solo un paio di volte, ma ogni volta che si trovano a meno di tre metri di distanza l'uno dall'altra la tensione nell'aria è palpabile.

"Ferma lì, Dennings," ordina Carter quando cerco di andarmene. Mi fermo, ma non mi volto; mi limito a inclinare il mento di lato per guardarlo da sopra la spalla.

"Non voglio assolutamente parlarne, King." Emetto un sospiro profondo. So di cosa vuole discutere, ma non sono dell'umore. Non è nemmeno ora di cena e questa mi sembra già la giornata più lunga della mia vita.

Ho dato di matto.

Ho pianto secchiate di lacrime.

Ho spinto Bette a venire qui… *di nuovo.*

Mi sono incontrata con Jordan Donovan alla sede della All Things Sports per impedire a E di dare in escandescenze.

Poi mi sono anche incazzata.

Perché Liam non può farsi gli affaracci suoi?

Credevo di essere cresciuta. Pensavo di aver rimesso insieme la mia vita in una maniera che sarei stata in grado di gestire. Negli ultimi mesi ho cercato (il più delle volte fallendo) di fare i conti con l'attenzione indesiderata sui social media; ma ora che Liam è coinvolto sento come se la mia vita stesse collassando come un castello di carte.

"Dennings…"

"No, King." Mi volto di scatto, sollevando una mano per interromperlo. "Non posso esprimere quanto ti sia grata per ciò che hai fatto alle superiori. So che sei abituato a essere il regnante supremo," *ooops, forse l'ho detto con tono troppo sarcastico*, "e per quanto la tua autorità ora si estenda al di fuori di Blackwell, *questa*," agito il telefono, "è una faccenda che devo gestire per conto mio."

Detto ciò giro i tacchi, lascio Em e Carter ai loro bisticci e mi dirigo in salotto a bere il mio caffè, scegliendo il posto libero accanto a CK. Non mi chiede se sto bene o come me la sto cavando; si limita a passarmi un braccio intorno alle spalle e a lasciarmi accoccolare al suo fianco, dicendomi silenziosamente che lui è presente e mi guarda le spalle.

Abbasso lo sguardo verso la mano, sugli anelli con pietre che mi adornano tutte e cinque le dita: *devo proprio trovare uno smeraldo per CK*. Quegli anelli sono un promemoria fisico di tutte le diverse persone che mi sostengono.

Loro non sono gli unici che sarebbero pronti a esserci per te.

Non apprezzo il fatto che la mia cheerleader interiore tiri fuori Mason in un momento come questo. Più penso a lui, più le possibilità che io pianga di nuovo aumentano. Per togliermi ogni dubbio sulla decisione di stargli lontana, apro il messaggio che ho ricevuto questo pomeriggio.

> SCONOSCIUTO: Oh cavolo! Quell'account UofJ411 è DAVVERO interessato a conoscere TUTTO quello che c'è da sapere su di te. Da dove potrei cominciare? Magari… potrei fare un accordo con le persone che ci sono dietro. Ricordi quando E ha cercato di farmi revocare la borsa di studio, e per questo motivo durante il mio primo anno non ho giocato quasi mai? Scommetto che potrei sfruttare l'account per tirare fuori tanta di quella merda sul tuo preziosissimo Casanova da creare uno scandalo così grande che gli farà mancare la selezione. *emoji che pensa* Oh, quante possibilità ci sono…

Col cazzo che glielo permetterò. Mi *rifiuto* di consentire a Liam di screditare Mason sui social prima ancora che la sua carriera abbia inizio. Una squadra ci pensa due volte prima di rifiutarsi di selezionare un giocatore, ma avere una reputazione problematica ed essere visto come un potenziale incubo per le pubbliche relazioni può contribuire a rimandare la selezione, causando un danno da milioni di dollari.

Non voglio che ciò accada a Mason. Ha troppe questioni in ballo, ha un futuro troppo radioso davanti a sé perché qualcosa (o qualcuno) del mio passato glielo rovini.

Che importa se il mio cuore rimarrà infranto, se ciò significherà che i sogni di Mason potranno avverarsi?

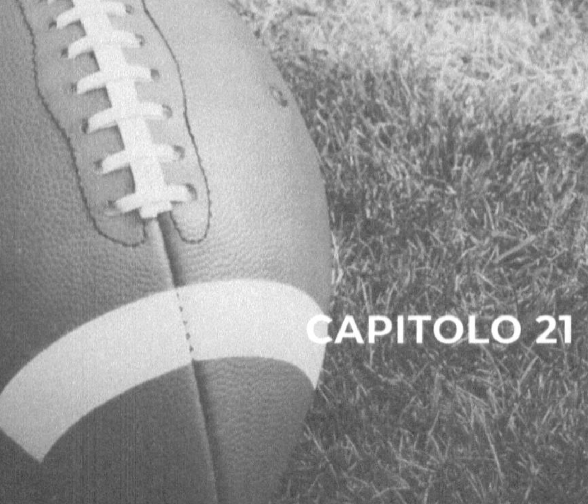

CAPITOLO 21

MASON

Non premere al massimo sull'acceleratore della Shelby è una vera impresa. Per fortuna a Trav non dispiace correre un po', in questo modo accorciamo il viaggio verso Blackwell di dieci minuti.

"Quando vedrà che vi ho portati con me si incazzerà di brutto," dice Grayson, mentre parcheggio la macchina a due case di distanza da quella dove intravedo la Jeep di Kay ferma nel vialetto.

Non perdo tempo a rispondergli; scendo dall'auto e incontro gli altri davanti a quella che, mi spiega Grayson, è la casa dei Taylor.

"Sentite." Grayson si blocca, lasciando il pomello della porta e voltandosi verso di noi. "Questa non è una delle solite serate che trascorriamo al suo dormitorio. Siamo qui per limitare i danni e impedire a Kay di perdere del tutto la testa. Siamo tutti qui in quanto *amici* di Kay: *non* fate cazzate."

Rivolge lo sguardo al vialetto, è solo a quel punto che noto la Corvette nero opaco e la Kawasaki Ninja parcheggiate vicino a Pinky. *La serata sta prendendo proprio una bella piega.*

Attende che tutti facciamo cenno di avere compreso e a quel punto, senza bussare, apre la porta e mette piede in casa.

Sono il primo a entrare dopo di lui, e scruto ogni volto il più velocemente possibile. Em è la prima a salutare Grayson, mentre alle spalle di lei vedo un gruppo di altre persone.

Tessa Taylor e la sua amica bionda hanno un'espressione a metà tra una specie di mezzo cipiglio e un mezzo sorriso mentre ci guardano dalla cucina, poi vedo i due Royals dello scorso weekend che osservano sospettosi il nostro gruppo.

Guardo meglio, ma ancora non riesco a vedere Kay.

"Lei dov'è?" chiedo a Em, visto che è la più vicina.

"Voi non dovreste tornare presto in albergo?"

Scuoto le mani dalla frustrazione. "Emma," la richiamo con tono più duro.

Sospira, come se mi stesse trovando ridicolo. Potrei anche esserlo, ma ho intenzione di superare tutti gli ostacoli che mi separano dalla mia ragazza.

"È al telefono con il fratello. Datti una calmata."

"Dove?" abbaio.

"Devi calmarti, fratello." Carter viene avanti, ponendosi tra me ed Em. È una mossa difensiva: perfino nel mio stato d'animo tutt'altro che razionale, sono offeso dal fatto che lui possa anche solo pensare che le metterei mai le mani addosso.

Non so cosa fare. Senza Kay mi sento quasi annegare, non credo riuscirò a trovare un modo per riaverla senza mettere prima insieme tutti i pezzi mancanti del puzzle.

Al di là del suono della pubblicità dell'ultimo film di Kevin Hart che proviene dalla televisione, nessuno fiata.

Sopra di noi, qualcuno scende le scale, facendo scricchiolare i gradini.

"Puffetta."

Al saluto del mio migliore amico, volto la testa di scatto e vedo Kay ferma sull'ultimo gradino.

I suoi occhi sono gonfi e rossi, enfatizzati ancora di più dal modo in cui si sono allargati nel momento in cui ci ha visti. Mi sto davvero stufando di vederla in queste condizioni.

Quando inclina la testa all'indietro per guardare Trav, la crocchia disordinata le si sposta di lato; poi lui corre verso di lei e la abbraccia. Prima di ricambiare l'abbraccio, Kay rimane ferma per qualche secondo. Restano stretti l'uno all'altra qualche attimo più del solito e, quando finalmente si separano, Kay gli accarezza la guancia. Dallo sguardo che gli rivolge, capisco che sta avendo con lui una sorta di comunicazione silenziosa riguardo a ciò che le ho raccontato dell'intera faccenda di Chrissy/Tina.

Mi sto sforzando in tutti i modi di non essere geloso, ma lo sono. Almeno non mi sto gettando su di loro per separarli a forza, come vorrebbe il mio lato cavernicolo.

"Che ci fate voi qui? Il coach Knight non vi metterà in panchina per non essere in albergo?"

"Ma va là." Kevin agita la mano, poi va ad abbracciarla a sua volta.

"Non può mica mettere in panchina tutti i suoi capitani," aggiunge Alex, aspettando il suo turno per abbracciarla.

"Avevamo comunque un po' di ore prima del coprifuoco." Noah è l'ultimo ad andare verso di lei, prima che i suoi occhi grigi si spostino su di me.

"Mason."

Non so cosa detestare di più: il fatto che mi chiami *ancora* Mason, o il tono scoraggiato con cui pronuncia il mio nome.

"Non dovresti essere qui."

Mi passo una mano sul cappello. Ancora con questa stronzata.

"Col cazzo che non dovrei." Con tre lunghi passi, annullo la distanza che ci separa. "Dove ci sei tu, ci sono io."

"Non puoi." Agita le mani, prima di infilarle nuovamente nelle tasche della felpa dei New Jersey Admirals che ha indosso. *Non dovrebbe indossare quella, dovrebbe indossare la mia.* "Te l'ho detto, non sono adatta a te." Fa un passo indietro, salendo di un gradino.

Mi avvicino a lei per fermarla. L'altezza aggiunta dalle scale la rende solo pochi centimetri più bassa di me, invece dei soliti trentuno. Le stringo il viso con entrambe le mani, appoggiandole i pollici sugli zigomi, poi la guardo dritta negli occhi lucidi.

"Non c'è una sola persona al mondo che sia più adatta a me di te, Skittles." Singhiozza, le sue lacrime calde mi cadono sulle punte dei pollici e mi scivolano giù lungo le dita. "Smettila di cercare di allontanarmi."

"Non ti sto allontanando. Abbiamo chiuso. Non siamo più una coppia. Punto e basta."

Beh, io non lo accetto.

"Lasciarti è stato il più grande errore che abbia mai commesso."

Alle mie spalle sento più di una persona concordare con le mie parole, ma ignoro tutti. Kay è l'unica di cui mi interessi l'opinione.

"Forse le tue ragioni erano sbagliate…" Scuote la testa il più che può, stretta nella mia presa. "Ma è stata la decisione giusta."

"Come?" Fletto le dita, aggrovigliandole nei suoi capelli. "Come puoi dirlo?"

"Perché se stiamo insieme, tutti i miei problemi si riverseranno su di te." Assume un'espressione tormentata. "La priorità dovrebbe essere concentrarsi sulla tua bravura nel football, e su quanto *qualunque* squadra sarebbe fortunata ad averti nella propria rosa. Invece, stare con me ti renderà il bersaglio di molti altri problemi."

"Tu credi *veramente* che me ne fotta qualcosa di ciò che quel pezzo di merda di Liam Parker ha da dire?" Sussulta a sentire quel nome, e io mi faccio avanti fino a toccare il gradino con la punta delle scarpe.

"Onestamente…" abbassa le spalle al punto di rimpicciolirsi di tre centimetri, "non ha importanza quello che pensi."

"Bel modo di prendere a calci un uomo quando è a terra, Puffetta."

"Non adesso, Trav," mormoro in maniera appena percettibile.

"Quello che voglio dire…" la mia ragazza alza gli occhi al cielo, "è che a *noi* potrebbe non interessare quello che *lui* ha da dire, ma…" Si blocca, inalando al meglio che può attraverso il naso intasato. "Ci sono persone là fuori che *vivono* in attesa di ciò che avrà da dichiarare. Non voglio sentirmi responsabile di averti messo un bersaglio sulla schiena."

"Te lo ripeto, piccola…" La tiro a me fino quasi a farla cadere dal suo gradino, sfiorando la sua fronte con la mia. "Non. Me. Ne. Frega. Niente di Liam Parker."

Un altro sussulto.

"Ho capito, Cavernicolo." A sentire il mio soprannome, sento la speranza sbocciare in me. "Ma a *me* sì. *Io* so che cosa è capace di fare per cercare di farci sprofondare. *Io* so bene il modo in cui gli altri *useranno* ciò che *lui* dirà. *Non* riuscirò a rivivere il tutto un'altra volta." La speranza che sentivo appassisce e muore.

"Raccontamelo."

Scuote la testa. "Non posso."

"Kayla." I suoi occhi scattano verso i miei. "Raccontami. Tutto."

Proprio come ieri, sento tutto il suo corpo collassare tra le mie mani; cade sugli scalini e si raggomitola, stringendosi le ginocchia al petto.

Non so te, Nova, ma io sono stanco di non poter fare niente per aiutare Skittles. Dobbiamo inventarci una giocata vincente. Non potrei essere più d'accordo con il mio coach interiore.

Alle mie spalle, sento Grayson allontanare tutti gli altri; mi siedo accanto a Kay, mettendole un braccio intorno alla schiena e avvicinandola al mio fianco.

Per quanto mi sia fisicamente vicina, a ogni secondo di silenzio la sento allontanarsi.

Sento il telefono vibrare da qualche parte nella sua felpa, anche se lei non sembra rendersene conto… beh, né di quello, né del resto.

Al suono di alcuni passi, alzo lo sguardo e vedo Tessa in piedi di fronte a noi, intenta ad armeggiare con il cellulare. I suoi occhi rimbalzano tra me e Kay, le sue labbra si arricciano al punto che i lati delle labbra le diventano bianchi.

"Kay?"

La voce di Kay è leggermente ovattata, ha la testa ancora sepolta in grembo, mentre dice: "Voi Taylor mi fate davvero impazzire quando mi chiamate Kay."

La prima scintilla della sua impertinenza mi fa emettere una risata quasi stupita. È abbastanza per far sì che Kay sollevi la testa, con la sua chioma disordinata che si agita per il movimento.

"Ah sì?" Tessa incrocia le braccia al petto, squadrando Kay con un'espressione che la sembrare più vecchia dei suoi sedici anni. "E come credi che mi senta io, vedendoti in questo stato? So che ti piace dire a Jimmy che io sono la tua Taylor preferita, ma lui è stato l'unico in grado di aiutarti quando eri praticamente in coma."

Cosa cosa cosa?

"Ora stai facendo la drammatica, T," mormora Kay.

"Ah, davvero?" Tessa si mette le mani sui fianchi, guardando Kay come per dirle *Ti sfido a replicare.*

Il mio sguardo rimbalza tra loro due. "Non mi interessa chi, ma è meglio che qualcuno inizi a spiegarmi qualcosa, porca miseria."

Tessa si rivolge nuovamente verso Kay. Quando lei resta in silenzio, raddrizza le spalle e si gira verso di me. "Non importa… potrà arrabbiarsi con me più tardi."

Immagino che si stia riferendo a Kay, ma la mia ragazza non fa nulla per fermare la sua sorellina.

"Quando lo zio Mike è morto, Kay non era semplicemente depressa. Lei… si è chiusa al punto da sembrare uno zombie."

"Tu e Savvy dovreste limitarvi alle commedie romantiche." Ancora una volta, i mormorii di Kay vengono ignorati.

"Non parlava. Mangiava a malapena, e quando lo faceva era solo perché la costringevamo noi. Dormiva solo quando era ormai troppo esausta." Di nuovo, i suoi occhi blu si rivolgono verso Kay. "Il peggio è arrivato quando, dopo giorni che era a letto, siamo riusciti a convincerla a farsi una doccia." Inclina la testa all'indietro per guardare il soffitto. "Erano tutti impegnati a pianificare il funerale, quindi sono trascorse diverse ore prima che qualcuno pensasse di salire a darle un'occhiata."

Mi si forma in gola un nodo grande quanto un pallone da football e sento diffondersi in tutto il corpo un terrore che non riesco a spiegare.

"Non ha cercato di uccidersi," si affretta a dire Tess, avendo intuito quali fossero i miei pensieri.

"Al contrario di ciò che la stampa ha portato la gente a crede-re," mi volto alle parole di Kay. "Ho perso il conto di quante storielle, se così si possono chiamare, sono state scritte su Eric Dennings, astro nascente che deve prendersi cura della sorella con tendenze suicide a seguito della morte del padre."

Stringo gli occhi. Com'è possibile? Certo, i tabloid amano esagerare, ma le notizie devono essere un minimo attendibili, per evitare denunce per diffamazione.

"Perché mai ai paparazzi dovrebbe importare qualcosa della famiglia di un futuro giocatore della National Football League?"

"Non sto parlando soltanto dei paparazzi." Kay scuote la testa. "Tutti i giornali si sono occupati della storia perché ciò che ha compiuto E, il modo in cui si è fatto avanti per me, era perfetto per confezionare una storia strappalacrime."

"Perché non li avete denunciati per farli smettere?"

"Perché ricevevano le informazioni da 'una fonte vicina alla famiglia'." Kay storce la bocca in un'espressione contorta.

"Una fonte?" alzo un sopracciglio.

"Liam." Kay seppellisce il viso tra le mani, i gomiti appoggiati sulle ginocchia, le dita che scavano nei capelli. "Non siamo riusciti a dimostrarlo, ma dopo che ci siamo lasciati ed è venuto fuori il tradimento, è l'unica conclusione a cui siamo giunti."

Mamma mia, più lo conosco e più lo detesto. Mi scrocchio le dita, immaginando quanto soddisfazione mi darebbe metterlo al tappeto quando giocheremo tra qualche settimana. Certo, c'è una piccola possibilità che io metta fine alla mia carriera prima ancora che inizi, ma ho tutta l'intenzione di farlo senza venire beccato.

"Perché?"

"A parte il fatto che al cazzone piacciono i drammi?" Non riesco a non sorridere all'insulto di Tessa. "Il giorno in cui abbiamo convinto PF a farsi una doccia, lui si è fatto vivo poco dopo che l'abbiamo tirata fuori. Non gli importava che ci fossimo resi conto all'improvviso che era rimasta per ore sotto l'acqua ghiacciata, ti giuro che era praticamente in ipotermia…"

"Non ero in ipotermia," interrompe Kay, ma Tessa continua a parlare come se niente fosse.

"…quando finalmente l'abbiamo tirata fuori." La coda di cavallo rossa di Tessa si muove qui e là mentre scuote la testa. "Tutto ciò che ha visto è che JT l'ha tirata fuori dalla doccia e che l'ha vista nuda prima di coprirla con un asciugamano. Anche se Liam si scopava metà della squadra di cheerleader della scuola, probabilmente voleva punire PF perché credeva che la stesse tradendo con Jim."

"Metà della squadra? Davvero?" chiede Kay.

"Ti dico solo come stanno le cose," Tessa fa spallucce e se ne va, lasciandomi con i pezzi del puzzle che spero possano tornarmi utili per rimettere insieme la mia relazione.

Ogni informazione che mi è stata riferita non ha fatto altro che aumentare l'istinto omicida che sento nelle viscere, ma una cosa è certa: Tessa Taylor mi piace molto.

"Ok." Mi levo il cappello, passo una mano tra i capelli e poi me lo rimetto. "Mi sembra che non stiamo andando da nessuna parte." Metto un dito sotto il mento di Kay e giro il suo volto verso di me. "Questo cosa ha a che vedere con noi?"

"Mason…" Quando gracchia il mio nome, inizia a piangere di nuovo.

"Piccola." Quando le sfioro la guancia, mi consola il modo in cui si adagia sul mio tocco. "*Niente* di ciò che mi dirai mi farà cambiare idea su di te."

"Dal momento che sei un giocatore migliore di lui, e soprattutto occupi la sua stessa posizione, Liam userà il nostro rapporto per danneggiare le tue possibilità di selezione."

"Ne dub…"

"Perché non capisci," mi interrompe, alzando la voce per sovrastare la mia.

Amo questa donna, ma mi frustra da morire. Sto cercando di capire; d'altra parte continuo ad avere la sensazione che, perfino dopo aver messo in chiaro tutte queste questioni, ce ne siano molte altre di cui non mi sta parlando.

"Allora spiegami."

"Ti ho dato la maglietta, e sono certa che hai visto il suo post su Instagram." Solleva il mento, ma invece di guardare *me*, fissa un punto appena sopra la mia spalla; ho nuovamente l'impressione che lei non mi stia dicendo tutta la verità. "Sta cercando di sollevare un vespaio. All'epoca sono sopravvissuta a malapena, senza contare gli attacchi di panico incontenibili e il fatto che mi sono isolata da chiunque non fosse della Caserma. Tu…"

Il muscolo pettorale mi sobbalza quando lei posa la mano sopra il mio cuore.

"…hai una grande carriera davanti a te. Legarti a me, una persona che a volte vomita al solo pensiero di essere sotto l'attenzione dei media, non farà altro che ostacolarti." *Perché cazzo ho sempre la sensazione che non mi stia dicendo tutto?* "Come ho già detto… non sono la persona adatta a te, Mason."

All'improvviso si alza in piedi, spazzolandosi via la polvere dal delizioso sedere. Peccato che sia celato dall'orlo della felpa.

"Quindi, per favore, vattene. Batti i Nebraska domani e dimenticati di me."

Senza darmi la possibilità di fermarla, si volta e corre su per le scale, sparendo dalla mia vista.

Vuole che me ne vada? Bene, me ne vado.

Battere i Nebraska? Lo consideri già fatto.

Dimenticarmi di lei? Non ci penso nemmeno.

È la terza volta che provo a farla ragionare. Meno male che gioco a football e non a baseball, almeno significa che mi resta un *down* in più da giocare.

#Capitolo22

UofJ411: Come mai non siete ai soliti posti? #GiocoDelleSedie #CosaFaCasanova #LaRagazzaDiCasanova

foto di Mason e Kay seduti in due file diverse a lezione

@Bellebookblog: Prima della lezione li ho visti parlare, sono piuttosto confusa #CheConfusione #CosaFaCasanova #LaRagazzaDiCasanova

@Bestiesandbooks: Qualcuno ha capito cos'è successo tra loro? #SpiegateciPerchéQuestaDistanza #CosaFaCasanova #LaRagazzaDiCasanova

TightestEndParker85: Oooh @CasaNova87, so che questo weekend hai tenuto testa agli avversari, al contrario di quando voi piccoletti avete giocato nell'Iowa. Peccato che tu non riesca a tenere testa alla ragazza. #NonÈUnGranchéInOgniCaso

***RICONDIVISO—*foto di Mason e Kay seduti in due file diverse a lezione*—UofJ411: Come mai non siete ai soliti posti?** **#GiocoDelleSedie #CosaFaCasanova #LaRagazzaDiCasanova**

@UofJ411: Oh merda! #PrendeteIPopcorn

CAPITOLO 23

KAYLA

"Ehi, T, per te va bene se andiamo alla Caserma un po' prima?" chiedo a Tessa mentre scendo le scale della casa dei Taylor.

"Certo," risponde voltandosi di scatto dal frigorifero aperto, facendo ondeggiare la sua coda di cavallo rossiccia. "Quando sei pronta tu sono pronta anch'io."

Prendo la bottiglia d'acqua che mi porge e afferro le chiavi di Pinky dal gancio sulla parete. "Diamoci da fare."

Durante il viaggio verso la Caserma, T non riesce a rimanere ferma: è ancora emozionata perché nelle ultime settimane le ho permesso di aiutarmi ad allenare le Marshal. Passare più tempo con lei è uno dei vantaggi del coprire tutti i turni extra in palestra che posso, voglio distrarmi. Inoltre, la sua gioia di vivere aiuta ad attenuare un po' il dolore.

Credevo che la prima settimana dopo la fine della mia relazione fosse dura, ma *porca miseria*, non è *niente* in confronto a questa.

Perché Mason non mi lascia in pace? Non ha ascoltato *nulla* di ciò che gli ho detto la scorsa settimana?

No, quello stupido testardo continua a cercare di parlarmi;

Em mi ha detto che si presenta al nostro dormitorio sempre più spesso.

Su Instagram, buona parte della scuola continua a speculare sulla nostra relazione; quando gli ho chiesto di mettere il chiaro le cose sul suo profilo, lui in tutta risposta ha postato la foto di una maglietta con scritto: *Non ho una vita. Il mio fidanzato gioca a football*. Tra le due frasi c'era un enorme fiocco da cheerleader con in mezzo il numero 87 a caratteri cubitali.

Quando l'ho messo di fronte alla questione, Mason mi ha riso in faccia.

"Che c'è?" Fa spallucce. "Non ho messo la tua foto, né ho scritto il tuo nome. Accidenti, non ho nemmeno scritto la didascalia sotto il post. Sono stato il più vago possibile."

A quel punto gli ho dato uno schiaffo, ancora storco le labbra al ricordo di quello schiocco così forte da superare il frastuono degli studenti che entravano a lezione. Poi, quando me ne sono andata furibonda, lo stronzo ha dovuto rovinare tutto mettendosi a ridacchiare. Ha perfino avuto la faccia tosta di farmi l'occhiolino, quando ho scelto di sedermi in una fila diversa dalla nostra solita; ho preso posto in mezzo ad altri due compagni di classe così che lui non potesse mettersi di fianco a me.

"Devo avere paura che tu stasera mi prenda a calci in culo da un capo all'altro del tappetino?" chiede T indicando la canotta che indosso, la quale recita: *'Ripeti con me: SÌ, COACH'*.

Dopo aver chiuso l'armadietto, mi siedo sulla panchina e mi allaccio le scarpe da cheerleader. "Ricordi quando eri tutta sdolcinata e chiamavi Mason il 'perfetto fidanzato da romanzo', come quelli dei libri rosa che divori?"

T deglutisce visibilmente e allarga gli occhi, non riesco a fare a meno di compiacermi.

*Possiamo punzecchiarla? Solo un pochino? *avvicina le punte di pollice e indice* È tutto il tempo che ci bombarda con le sue storie d'amore senza speranza—che io credo avresti dovuto ascoltare, ma chi sono io per dirlo, giusto? *alza le mani* Divertiamoci un po' con la sorellina.*

Ignoro la frecciatina sul fatto che dovrei tornare con Mason, ma alla fine decido di non calcare la mano con T e indico con il mento la porta dello spogliatoio. Lei è stata una persona troppo determinante nell'impedire che la depressione e il panico vincessero e mi trascinassero a fondo come ai tempi del liceo.

"Bene." T mi cinge le spalle con un braccio mentre andiamo alla ricerca di uno spazio per fare stretching. "Ma stasera, mentre terrò la borsa del ghiaccio sui nuovi lividi che mi procurerai, noi due," indica sé stessa e poi me, come se potessi mai fraintendere a chi si stia riferendo, "ci guarderemo *A Cinderella Story*."

Emetto un lamento. Ovviamente doveva scegliere un film dove il protagonista è un giocatore di football.

"Kay." La coach Kris si affaccia dal suo ufficio e, dal momento che non ha usato il mio soprannome, scatto subito sull'attenti. Poi, quando si volta per entrare nuovamente nell'ufficio, mi si rizzano tutti i peli sulla nuca.

La seguo in tutta fretta.

"Il corriere l'ha consegnato pochi minuti fa." Indica un sacchetto regalo con un disegno nero, bianco e verde di Peter Pan, quasi identico al mio tatuaggio. "C'è il tuo nome sopra."

Alla vista di quel sacchetto mi si blocca il respiro. Non ho bisogno di leggere il biglietto per sapere esattamente chi me l'ha mandato, ma a giudicare dal sorriso della coach ho il sospetto che lei, invece, lo abbia letto.

Mason colpisce ancora.

Perché non mi lascia in pace? Lo schiaffo che gli ho dato non era abbastanza forte?

*Avresti dovuto dargli una bella ginocchiata nelle palle. *mi mostra come fare* Gli uomini tendono a recepire meglio il messaggio, quando vengono colpiti nei gioielli.*

"OSSANTOCIELO!" squittisce T nel mio orecchio. "È quello che penso?"

Lei sa tutto delle magliette, ma è la prima volta che mi vede riceverne una.

Mi affondo le nocche nel solco delle sopracciglia. Quello è il tipico gesto che fa emergere il lato adolescenziale di Tessa. Non riesco a proferire parola, quindi mi limito ad annuire.

T, affascinata dall'illustrazione, traccia con il dito la sagoma di Peter e Wendy. "Wow," dice con un filo di voce. "È bellissima, PF. Forse dovresti aggiungere una sfumatura di verde al tuo tatuaggio."

"Ah, ah, quanto sei divertente, T. Possiamo concentrarci su qualcos'altro, per favore?"

Accidenti a te, Mason.

Mi porto una mano dietro l'orecchio, strofinando la zona su

cui ho il tatuaggio. Non ho mai rivelato a Mason quale fosse il suo significato, eppure ha saputo usarlo… contro di me?

Forse si confida di nascosto con T, visto che i suoi gesti romantici continuano a migliorare.

"Non pensarci nemmeno, sorella. *Devi* aprirlo *ora*."

Grrrr. Odio quando mi chiama "sorella", perché il novantanove virgola nove percento delle volte riesce a farmi fare quello che vuole lei.

"No."

"Oh, andiamo," frigna mentre sbircia attraverso la carta velina che spunta dal sacchetto.

"Non se ne parla." Devo essere irremovibile.

Sfortunatamente, T è troppo abituata a fare i conti con me, quindi continua a punzecchiare il regalo.

"OSSANTOCIELO!" urla T saltellando su e giù.

Ho quasi timore di chiederle cosa possa averle causato una tale reazione, ma sono costretta a farlo.

"Che… che cos'è?" Fatico a chiedere.

T si volta verso di me con le mani sul cuore e gli occhi a forma di stella.

"Dentro c'è la scatola di un *anello*," sussurra, quasi avessi timore che, se parlasse troppo forte, l'oggetto svanirebbe nel nulla.

Sento il cervello spegnersi e tutto il mondo intorno a me bloccarsi.

No.

Non è possibile.

Non può essere.

Non c'è la scatola di un anello, in quel sacchetto. Anche se ci fosse, non sta né in cielo né in Terra che *significhi davvero* quello che Tessa crede che voglia dire. Devo porre fine alla faccenda, ora.

"È *soltanto* la scatola di un anello, T. Non c'è bisogno di entusiasmarsi tanto."

"Ma se fosse…"

"Non lo è." La interrompo rapidamente prima che possa terminare la frase.

"Come fai a *sapere* che non lo è?"

"Lo so e basta."

"Come?"

"Tessa," la richiamo con tono di avvertimento.

"Kayla," ribatte lei, incrociando le braccia. Accidenti, perché quando i Taylor usano il mio vero nome riescono a farmi fare tutto quello che vogliono?

Getto le mani in aria e sbuffo. "Vuoi dire *al di là* del fatto che la cosa è *folle*?" Solleva una delle sopracciglia rossicce perfettamente disegnate, quasi a volermi dire: *'No, non mi stai convincendo'*, quindi ci riprovo. "Non siamo in uno dei tuoi romanzi, T. Non sempre c'è il lieto fine."

"Perché no? L'arte imita la vita."

Prima che riesca a fermarlo, mi sfugge un grugnito dalla frustrazione. Questi dannati Taylor sono davvero troppo testardi, per me. "Bene." Incrocio le braccia a mia volta. "E come la mettiamo con il fatto che siamo usciti insieme per soli due mesi?"

"E allora? Tuo fratello non dice sempre che ha capito che Bette era la donna della sua vita dal primo momento in cui l'ha vista?"

Porca miseria. È questo il problema degli amici che conosci da sempre: sanno *tutto*.

"Bene. E allora come la mettiamo, con il fatto che siamo entrambi ancora al college?"

"Anche Bette ed E erano ancora al college."

Un altro grugnito. "Non è la stessa cosa, T. E lo sai."

"Bene. Allora, se non è un anello di fidanzamento, di che *cosa* hai paura? Apri il sacchetto."

Non voglio farlo, anzi, non voglio farlo *per niente*, ma vedo la curiosità negli occhi di Tessa e la preoccupazione in quelli della coach Kris. Se *non* lo apro adesso, la situazione non potrà che peggiorare.

Chiudendo gli occhi e facendo un bel respiro, allungo una mano dentro il sacchetto. Quando con le dita tocco *la scatola*, inizio a respirare affannosamente. La tiro fuori e la metto da parte, non ancora pronta ad aprirla, e frugo nuovamente per tirare fuori la maglietta che sono certa di trovare all'interno.

In mezzo alla maglietta c'è un foglietto piegato, ma lo metto da parte: me ne occuperò dopo.

Dispiego la maglietta e scopro che non è quella che Mason ha postato su Instagram: è una T-shirt bianca a maniche lunghe e collo alto, con le toppe sui gomiti. La sollevo e leggo le parole: *Il mio ragazzo VA A SEGNO più del tuo.* La parola "mio" è circondata da due cuori, mentre la "O" della parola "segno" è un pallone da football. Le lettere sono in nero, mentre i cuori e il pallone da football sono rossi; ovviamente sul retro, a caratteri cubitali, c'è scritto NOVA e #87.

"Oh santo cielo," squittisce Tessa strappandomi la T-shirt delle mani. Deve aver battuto il suo record personale di *Oh santo cielo*. "Questa è come la maglietta che hai creato per G," dice accarezzando le toppe sui gomiti.

"Sono abbastanza certa che sia ispirata a quella."

Dal momento che il giorno della partita di basket tra l'Università di Jersey e l'Università del Kentucky è stato quello in cui tutto è cambiato, non ho mai avuto occasione di indossarla.

"Basta temporeggiare. È ora di aprire la scatola," dice T tenendola nel palmo della mano.

Scuoto la testa. "Non voglio."

"Andiamo, Kay. Cosa c'è nella scatola? *Cosa c'è nella scatola?*" strilla come Brad Pitt in *Se7en*.

Gliela prendo dalla mano così da farla tacere.

Il mio sguardo passa dalla scatola a T e di nuovo alla scatola.

Con un respiro profondo per farmi forza, chiudo gli occhi e sollevo il coperchio.

Apro le palpebre giusto di un millimetro e vedo qualcosa di scintillante racchiuso nel velluto nero.

Oh, grazie al cielo.

Avevo ragione. Non contiene un anello di fidanzamento, ma due anelli da donna: uno adornato con uno smeraldo, la pietra natale di CK—*Come diavolo faceva a saperlo?!*—e l'altro con uno splendido peridoto, i cui riflessi verde chiaro si abbinano quasi perfettamente agli occhi di Mason.

Sono talmente scioccata che la scatola mi cade dalle mani, come se fosse arroventata. *Porca miseria! Porca miseria! Porca miseria!* Non so se riesco a reggerlo, è davvero troppo. Mi serve JT, e mi *serve* ora.

Tiro fuori il telefono dalla tasca, cerco il suo numero tra i miei contatti preferiti e lo porto all'orecchio con mani tremanti. Tutto il mio corpo sussulta, in attesa che lui mi risponda: quando sento partire la segreteria telefonica soffoco un'imprecazione e metto giù la chiamata.

T, che ha raccolto da terra la scatola degli anelli, rimbalza davanti a me in preda all'eccitazione e mi porge il biglietto che ho dimenticato di leggere.

"Ehi, non dimenticarti questo."

Guardo il biglietto come se fosse un cobra sul punto di attaccarmi. Lo prendo solo quando T me lo mette in mano a forza.

Gli anelli sono stati un colpo al cuore. Non sono certa che riuscirò a sopravvivere anche al biglietto.

Skittles,
ho preso ispirazione dalla maglietta che mi avevi mostrato,
quella che avevi fatto per Grayson. Non dirglielo, ma credo
proprio che i palloni da football ci stiano meglio di quelli da
basket.
All'inizio volevo prenderti un anello soltanto per me, ma poi
mi sono ricordato di quella volta che, la prima volta che sei
venuta, CK ti ha rotto le scatole alla sede dell'Alpha Kappa.
Quindi ho pensato di fargli un favore e includere anche lui. So
che avrò bisogno di tutti gli alleati possibili, per convincerti
che siamo fatti l'uno per l'altra.
Non dovrebbe sorprenderti, ma ho deciso di distinguere il mio
anello da quelli degli altri. Se mi concederai l'onore di
aggiungermi alla schiera delle persone più importanti della tua
vita, sappi che l'anello si adatta perfettamente al tuo anulare
sinistro.
Perché, ti chiederai?
Gli anelli indossati su quel dito, di solito, hanno un significato
più importante, e spero che questo possa occupare quel posto
fino a quando non lo sostituirò con qualcosa di più ufficiale.
Ti amo tantissimo, piccola.
<3 Mase

Ossantocielo! Ossantocielo! Ossantocielo!

Merda! Adesso anche la mia cheerleader interiore ha preso a comportarsi come Tessa. Sono rovinata.

Questo per me è davvero *troppo* da reggere.

Tiro fuori nuovamente il telefono e mando un messaggio a JT.

IO: AIUTO!!!

Respirare.

Devo ricordarmi di respirare, perché al momento non lo sto facendo.

Dentro.

Fuori.

Dentro.

Fuori.

Ok, così va meglio. Il cervello ha bisogno di ossigeno per funzionare, lo sanno tutti, e io ho un disperato bisogno di pensare.

I miei occhi sfrecciano qui e là per la stanza in cerca di una risposta.

Il mio attacco di panico viene interrotto dal suono della notifica di una chiamata FaceTime in arrivo; scorro in alto e la accetto.

"Ehi, scusa, ci stavamo riscaldando prima dell'esibizione," esordisce JT.

Accidenti. Mi sono dimenticata che stasera ce ne avesse una.

"Kayla, cosa c'è che non va?" Il tono della sua voce perde tutta la giovialità nell'istante in cui il mio volto e il mio silenzio gli rendono evidente quanto sia isterica in questo momento.

Come sempre, un Taylor che mi chiama con il mio nome intero è tutto quello che mi serve per riprendermi. Ancora incapace di proferire parola, muovo la telecamera per mostrare a JT la scatola degli anelli nelle mani di T.

JT emette un fischio. "Però! Immagino che una sia la pietra natale di Mase."

Riporto la telecamera verso di me e annuisco, talmente shoccata che quando JT chiama Mason con il suo nome abbreviato, non mi fa nemmeno male.

"Wow. Audace."

Annuisco di nuovo.

"Cosa ti serve, Kay?" domanda il mio migliore amico, andando subito al cuore del problema.

"Mi servi tu." Ecco perché non posso stare insieme a Mason. Non sono in grado di gestire i problemi senza appoggiarmi al mio migliore amico. Voglio tantissimo bene agli altri miei amici, ma è JT quello su cui faccio affidamento.

"Ci sono. Riesci a prendere un volo fino a qui?"

"Devo controllare."

"Ti ho prenotato un posto sul volo delle diciannove e cinquantacinque in partenza da Newark stasera," dice la coach Kris dalla sua scrivania.

"Cosa?" le chiedo guardandola confusa.

"Vai a casa. Fai le valigie. Vai a trovare il tuo uomo."

Visto? Tutti sanno che JT è il mio uomo. Non dovrebbe essere il mio ragazzo a occupare quel ruolo? Ennesima dimostrazione che non ritornare insieme a Mason è stata la decisione giusta. Se solo riuscissi a convincere il mio cuore…

"Ma… gli allenamenti?" Chiedo la prima cosa che mi viene in mente, mentre il mio cervello cerca di rimettersi in pari.

"Per favore…" La coach agita una mano verso di me. "In queste condizioni non mi servi. Prenditi il fine settimana. Rimetti la testa a posto e poi ricominciamo lunedì sera."

"Non capisco." Odio il fatto che mi stia sfuggendo qualcosa. Mi sento come se stessi cercando di sommare due più due, ma il risultato fosse cinque.

La coach Kris gira attorno alla scrivania e viene al mio fianco, così che riesca anche lei a vedere JT sullo schermo. "Le ho comprato il biglietto. Sarà da te tra qualche ora."

T mi gira attorno e inizia a spingermi verso la porta. "Chiederò a Carter di venirmi a prendere dopo gli allenamenti."

Mi fermo, poi mi volto per abbracciare sia T che la coach Kris.

"Grazie," sussurro.

"Quand

#Capitolo24

UofJ411: Hai dimenticato la didascalia @CasaNova87 #SpiegatiPerFavore #CosaFaCasanova #LaRagazzaDiCasanova
RICONDIVISO—*foto di una maglietta con scritto sopra: "Non ho una vita. Il mio fidanzato gioca a football. —CasaNova87:*
@Cheril2412: Che cosa significa @CasaNova87? #SpiegaciComeMaiSeiCosìVago
@Christyhearsbooks: Sei tu il fidanzato di cui parla la maglietta? #DicciSeSeiSingleOppureNo
@Cmd427: Quello con il tuo numero dentro è un fiocco da cheerleader? #KaylaDenningsÈUnaCheerleader

TightestEndParker85: Davvero carina @CasaNova87, ma se vuoi ho una maglietta ancora più bella da farti vedere @UofJ411
RICONDIVISO—*foto di una maglietta con scritto sopra: "Non ho una vita. Il mio fidanzato gioca a football. —CasaNova87:*
@TheQueenB: Credo proprio che DOBBIAMO vederla. Non credi @UofJ411?
@UofJ411: Su questo sono d'accordo con @TheQueenB

CAPITOLO 25

KAYLA

Poche ore dopo aver fatto le valigie e aver raggiunto l'aeroporto, giusto in tempo per prendere il volo, mi trovo in piedi fuori dal dormitorio di JT con la mano pronta a bussare alla sua porta.

Nel corso del viaggio ho cercato di convincere me stessa che stavo soltanto andando a passare tre giorni con il mio migliore amico, ma non è affatto così. La verità è che sto scappando: dai miei problemi e da qualunque cosa che rischi di condurmi verso un esaurimento totale. Se solo avessi potuto lasciare indietro anche il mio cuore spezzato…

Toc toc.

La porta si apre e vengo accolta da un petto molto nudo e, soprattutto, molto muscoloso. Alzo gli occhi e incontro un viso altrettanto attraente che mi sorride.

"Beh… ciao, tesoro," dice Harry, il coinquilino inglese di JT, nonché calciatore.

"Ehi, Harry."

Apre la porta per permettermi di entrare, poi si gira: "JT, c'è qualcuno per te, amico."

JT mi ha fatto fare un tour virtuale del suo dormitorio durante una delle nostre videochiamate, ma vedere quel posto di persona mi permette di apprezzarne le dimensioni e la bellezza.

Al contrario del mio dormitorio all'Università di Jersey, il loro si apre direttamente su una cucina abitabile lunga e stretta con banconi da entrambi i lati, collegata direttamente con il soggiorno.

Da questo spazio centrale rettangolare, si diramano a destra le camere da letto e il bagno di JT e Ian, (un altro membro della Blue Squad); a sinistra, invece, si diramano le camere da letto di Harry e Spencer, il quarto coinquilino.

Non mi sorprende, dato che sono tutti maschi, la presenza di un enorme schermo piatto nel soggiorno, così come le console per i videogiochi. Dal momento che ci vivono quattro uomini, sono impressionata da quanto la casa sia bella e accogliente, con il divano a tre posti, i tavolini, l'enorme poltrona e il tappeto a trama blu, bianca e nera.

Sulla destra si apre una porta e ne esce il mio migliore amico, che ci sta asciugando i capelli con un asciugamano. Prima che me ne renda conto, mi ritrovo tra le braccia di JT e lo stringo in un abbraccio da orso come quelli che fa G.

L'asciugamano di JT mi cade sulla testa e, una volta che me ne sono liberata, vedo che il mio amico si sta infilando una maglietta. "Vedo che hai ufficialmente incontrato il Principe Harry."

"Sono sicuro ne sia stata incantata." Harry fa un inchino, tenendo fede al soprannome ispirato alle radici britanniche.

Ignorando le frecciatine che i ragazzi iniziano a tirarsi l'un l'altro, rovisto nella borsa fino a quando non trovo il biglietto di Mason e lo schiaffo contro l'addome di JT, facendogli emettere un lamento. "Giuro che, se stasera non mi lasci bere, ti revoco il titolo di migliore amico."

L'intera stanza esplode in una risata. "Io e Carter ti abbiamo impedito di bere soltanto se il giorno dopo dovevi andare a lavorare. Denunciaci pure, noi volevamo solo impedirti di star male."

Alzo gli occhi al cielo; odio il modo in cui le sue parole suonano razionali, ma tutto ciò che voglio è solo un po' di oblio liquido.

"Che cos'è?" chiede JT piegandosi per raccogliere il foglietto da terra.

"La goccia," gli rispondo mentre porto la borsa nella sua stanza.

"La goccia?" Inarca un sopracciglio.

"Che ha fatto traboccare questo vaso," concludo indicando me stessa.

Perché, quando mi sono trovata ad affrontare la borsa regalo e il suo contenuto, mi è venuto l'istinto di correre all'impazzata come Macaulay Culkin in *Mamma ho perso l'aereo* nel momento in cui scopre che tutti i familiari sono spariti, ma in presenza di JT riesco addirittura a scherzarci sopra?

Dispiega il foglio e lo osservo leggere. Quando ha finito, si passa una mano sulla faccia ed emette un respiro profondo. "Porca miseria. Tanto rispetto."

Sbuffo e incrocio le braccia al petto. "Per chi fai il tifo, tu?"

"Per te." Mi supera e si dirige verso il frigorifero, da cui tira fuori due bottiglie di tequila, delle fette di lime, dei bicchierini e una saliera, per poi sistemarli sul bancone della cucina. "Sempre."

"Ok." Gli prendo la bottiglia ghiacciata e me la stringo al petto con affetto. *La mia salvezza.*

"Ian!" urla JT, tirando fuori una sedia dal tavolo posizionato tra la cucina e il soggiorno.

"Che c'è, amico?" Dato che Ian è concentrato sul telefono, nel momento in cui esce dalla sua camera da letto, non mi vede. Quando alza la testa e mi nota, sorride. "PF." Corre verso di me e, vista la mia bassa statura, mi solleva per abbracciarmi.

"Ciao, Ian." Lo saluto, poi mi siedo al tavolo.

"Sapevi che sarebbe venuta?" domanda a JT, prendendo posto sulla sedia alla mia destra.

"Sì. Non volevo dire niente fino a quando non sarei riuscito a parlare con tutta la squadra." I suoi occhi pieni di dolore incontrano i miei. Odio che stia ancora incolpando sé stesso per il fatto che la mia identità sia stata svelata. "PF è qui per godersi qualche giorno di tranquillità."

"Ricevuto," risponde Ian sfregandosi le mani dalla gioia. "Dunque… tequila?" Annuisco. "Perfetto." Sorride, poi si rivolge verso Harry, seduto sul divano. "Anche per lei, *Altezza*?"

"Zitto, mezza sega," ribatte Harry, occupando l'ultimo posto libero a tavola. "Guarda un po' se i miei mi dovevano chiamare proprio come il principe," grugnisce.

"Poteva andarti peggio, potevano chiamarti William," gli dico, cercando di offrirgli un po' di conforto.

"Vero. A mio fratello è andata peggio."

"Aspetta..." faccio il gesto del *timeout* con le mani. "Tuo fratello si chiama veramente William?"

"Eh, già."

"Oh santo cielo," esclamo tra una risata e l'altra.

"Mamma e papà hanno proprio *dovuto* trasferirsi in America." Mi fa l'occhiolino. "Almeno non ho i capelli rossi come il tuo amico qui."

*Non so te *mi dà una gomitata sul fianco*, ma io credo che di persona sia ancora più affascinante, potrei ascoltarlo per tutto il giorno.*

JT gli rivolge un'occhiataccia, ma io allungo la mano e gli scompiglio le folte ciocche rosse. "A dire il vero, non è rossiccio come il principe. I suoi capelli sono di qualche tonalità più scura."

L'affermazione suscita il primo sorriso sincero del mio amico, e la tensione che sembra avere nelle spalle si attenua. Odio che si senta in dovere di stare all'erta, nel caso in cui io perda la testa. È una delle tante cose che lo rendono un amico eccezionale e, grazie a questo, mi sento abbastanza a mio agio da lasciarmi andare ed essere quella PF che lui definisce la vera me stessa.

"Bene, ci serve un po' di musica," dichiara Ian, e dagli altoparlanti esce la voce di Jason Aldean. Nato e cresciuto nel Kentucky, Ian è a tutti gli effetti un ragazzo di campagna. Con occhi e capelli neri, è il perfetto esempio di uomo alto, scuro e bellissimo. Al di là di Rei, la *flyer* di JT, lui è probabilmente il membro della squadra che conosco meglio.

"Allora, signorine." Batto le mani. "Basta con le chiacchiere, è ora di bere."

"È tosta. Mi piace," dichiara Harry.

Riempio i quattro bicchierini e li distribuisco, ciascuno accompagnato da una fetta di lime. Mi lecco la giuntura tra il pollice e l'indice della mano sinistra e ci metto sopra il sale. Sollevo il bicchiere, faccio un brindisi, lecco il sale e butto giù il contenuto del bicchiere, sentendo il calore dell'alcol bruciarmi in gola. Succhio la fetta di lime e sorrido tenendola tra i denti.

Mi ci vorrà ben più di uno shot per raggiungere il livello di stordimento che desidero, ma è un buon inizio.

Riempio un secondo bicchierino e lo mando giù prima ancora che gli altri abbiano finito il loro primo giro.

"Accidenti, Spencer si arrabbierà quando scoprirà cosa si sta perdendo," commenta Harry, mentre afferra la bottiglia di tequila per riempirsi nuovamente il bicchiere.

Mentre i ragazzi parlano del loro coinquilino mancante, io afferro la bottiglia da Harry e mi preparo un altro bicchiere. Lo mando giù, poi, stringendo la fetta di lime tra i denti, confesso: "Gli ho dato uno schiaffo."

Tre paia di occhi mi guardano confusi e sbigottiti, poi Ian domanda: "A Spencer?"

Scoppio a ridere con la fetta di lime tra le labbra, poi scuoto la testa per farla cadere. "No. A Mason."

"Uno schiaffo giocoso, della serie 'Oh sei proprio uno sciocchino, mio grosso giocatore di football super sexy'?" chiede JT facendo una vocina stridula.

"Quella voce che hai appena fatto," faccio ruotare un dito davanti alla sua espressione compiaciuta, "sarà *meglio* per te che non sia una mia imitazione."

Mi guarda sollevando entrambe le sopracciglia, facendole rimbalzare su e giù come un personaggio dei cartoni animati. Gli rispondo con un'alzata di occhi.

"Continua a fare lo spiritoso, *James*," provo un immenso piacere nel cipiglio che gli causa sentire il suo nome completo, "e sarò più che lieta di darti una lezione." Agito le dita della mano destra.

"E cosa, di grazia," dice JT mettendo il gomito sul tavolo e appoggiando il mento sul pugno, "ti ha spinto a dare uno schiaffo al tuo caro e dolce Romeo?"

"Casanova," mormoro sottovoce, ma a giudicare dal modo in cui gli si sono arricciate le labbra, non devo averlo detto a voce abbastanza bassa. "E gli ho dato uno schiaffo per essersi tenuto sul vago con quel post su Instagram."

"Oh, sì. Tess ci ha mandato quella bellezza di screenshot tanto rapidamente che deve aver superato la velocità della luce." Esplode in una risata.

"*Bellezza?*" strillo.

"Sì... bellezza." Versa il prossimo giro e mi porge il bicchiere. "Chiunque abbia due occhi ha notato che il Dongiovanni si è reso conto di aver commesso un errore."

"Quindi dovrei perdonarlo solo perché mi ha comprato dei regali?" Mordo la fetta di lime con molta più aggressività di quanto mi aspettassi.

JT scoppia in una risata, poi grugnisce quando la tequila gli esce dal naso. "No. D'altra parte, non ti faresti *mai* corrompere da dei regali. Quello che voglio dire è... pensa a tutte le cose che ha fatto da quando si è dato una svegliata."

Dedico tutta la mia attenzione al bicchiere vuoto, facendolo girare lentamente in maniera distratta. JT, intanto, inizia a contare sulla punta delle dita tutti i gesti romantici di Mason.

"Ha rischiato la vita presentandosi a casa di King..."

"Quanto sei drammatico, non conosce neanche la reputazione dei Royals."

"Bene." Sbuffa alla mia replica sarcastica. "Ha rischiato la vita chiedendo a Em di aiutarlo." Inarca un sopracciglio e piega la testa, quasi a volermi dire *'Ti sfido a contraddirmi.'*

Decido di concederglielo e annuisco, perché Em ha un lato protettivo veramente feroce.

"E poi, la prima T-shirt che ti ha regalato era talmente perfetta che l'hai indossata per dormire." *Accidenti! Perché gli racconto tutto?* "E il fatto che si sia tenuto sul vago, beh, quella è stata una bella mossa. Quanto vogliamo scommettere che sul retro c'erano scritti il suo nome e il suo numero?"

Ne sono certa. Il solito cavernicolo...

Mi scappa un colpo di tosse quando il soprannome che gli ho dato si insinua nel mio subconscio.

"La mia preferita, però..." Afferra la mia mano sinistra, facendo scorrere il pollice avanti e indietro sulla pietra acquamarina che porto per lui sull'indice, poi sull'ametista al dito medio, e infine fermandosi sull'anulare nudo. "Non ha preso un anello solo per lui. No... si è ricordato di una conversazione che hai avuto con CK e si è assicurato di includere anche lui."

Guardo il suo dito sfiorarmi il pollice nudo della mano destra. Del liquido gelido mi cade sulla mano, quando sollevo lo sguardo vedo che Ian sta alzando dei bicchierini traboccanti di alcol per cercare di allentare la tensione. Ne afferro uno e lo mando giù per far tacere la mia cheerleader interiore, la quale concorda totalmente con JT sul ritornare insieme a Mason.

Passano le ore e noi continuiamo a darci dentro con gli shot. Io più di tutti quanti, perché: primo, la mia missione è quella di ubriacarmi; secondo, loro domani hanno gli allenamenti, io invece no.

Fatti fuori tutti i superalcolici, giochiamo la partita di *Preferiresti?* più divertente della mia vita. Prima che me ne renda conto, si sono fatte quasi le due del mattino.

Mi alzo un po' incespicando, con il cervello annebbiato al punto giusto, e ridacchio nel modo tipico degli ubriachi felici.

"PF." È una mia impressione o JT sta trascinando il mio nome *Pffff* in ottocento sillabe?

"Obiettivo raggiunto!" urlo, gettando le braccia in aria e facendo una danza allegrotta per celebrare la mia sbronza.

Durante la mia performance si apre la porta del dormitorio, ma siamo troppo impegnati a punzecchiarci a vicenda per farci caso.

"Gran bello spettacolo, tesoro," si complimenta Harry per il modo in cui reggo l'alcol.

"Davvero, PF, te la cavi alla grande, specialmente per qualcuno sotto il metro e cinquanta." Ian mi mette un braccio intorno al collo e mi abbraccia.

"Sono più di un metro e cinquanta." Mi spingo via da lui e inciampo all'indietro contro JT, che per sicurezza decide di tenermi stretta al suo fianco.

"Ma fammi il piacere," sbuffa JT. Ha ragione, maledetti centoquarantanove centimetri. *Non potevo proprio crescere di altri due, eh?*

"Ehi!" Piego la testa all'indietro e fingo disappunto. "Tu dovresti essere dalla mia parte."

"Sempre." Mi bacia la sommità della testa. "Adesso è ora di andare a letto," dice spingendomi verso camera sua.

"Guastafeste."

"Sì, certo. Domani mi ringrazierai."

"Cavolo. Se avessi saputo che facevate una festa, sarei rimasto qui e avrei risparmiato un po' di soldi." Una voce profondissima interrompe le nostre risate.

Sbircio dietro il braccio di JT e vedo un altro ragazzo muscoloso, alto e sexy.

Porca miseria, ma per vivere qui è obbligatorio essere belli? Gnam! Forse è la tequila che parla, ma sono piuttosto d'accordo con la mia cheerleader interiore.

"Oh eeeeeehiiii, tu devi essere il giocatore di baseball," dico con tono alticcio.

Il bel moretto mi fa un sorriso ammiccante, se non fossi tanto presa per Mason potrei addirittura ricambiarlo con interesse. Invece, tutto quello che riesco a offrire è il sorrisetto di una ragazza allegramente ubriaca.

"Esatto, sono Spencer. E tu chi saresti, bellezza?"

"No no no." JT mi spinge nella sua camera da letto. "È ora di andare a nanna, PF. Di' buonanotte."

"Buonanotte, ragazzi," canticchio.

Una volta entrata in camera di JT, lui se ne va per permettermi di indossare il pigiama. Mi levo la canotta e vado alla ricerca della maglietta che indosso di solito per dormire ma, quando la tiro fuori dalla borsa, quasi mi cade dalle mani nell'istante in cui mi rendo conto che è la maglietta di Mason.

Porca puttana.

Devo averla presa senza pensarci. Non esiste che la indossi per andare a dormire.

Rigirando il tessuto tra le mani, apro la porta. "J."

A sentire il suo nome abbreviato si volta di scatto, tutta l'apprensione che provava prima torna a farsi sentire. "PF?"

Stringo la maglietta tra le dita e la tengo di fronte a me come se fosse un calzino puzzolente. "Mi serve una maglietta per dormire."

Osserva il cotone grigio che stringo tra le mani e la tensione nelle spalle gli si allenta. "E quella cosa ti sembra, un paio di pantaloni, forse?"

Uno svantaggio di essere tanto intimi quanto lo siamo io e lui è che non abbiamo peli sulla lingua.

"Ah, ah, ah," fingo di ridacchiare. "Lo so che *questa*," la scuoto, "è una maglietta, ma dopo che l'avrò bruciata mi mancherà la parte di sopra del pigiama."

Oooh, odio quando usa la mia tipica alzata di occhi contro di me.

"In quanto figlio del capo dei pompieri di Blackwell, credo che sia mio dovere distoglierti dalle tue tendenze piromani."

"Non rovinarmi il divertimento facendo la persona responsabile." Gliela lancio addosso, ma a causa della mia condizione brilla finisce per volare venti centimetri alla sua destra. "Sei già sulla mia lista nera per aver preso le parti del *nemico* prima."

"Come dici tu, sorella." Mi mette le mani sulle spalle e mi riporta in camera da letto, dove mi offre prontamente una delle sue magliette da cheerleader dell'Università del Kentucky.

Dal momento che è troppo impegnato a ridere *di* me, JT non si accorge di non aver chiuso bene la porta andandosene; quindi riesco a sentire frammenti della conversazione che sta tenendo con i ragazzi.

"Accidenti, JT. Ce l'hai tenuta nascosta. La ragazza è sexy," dice la voce profonda che riconosco come appartenente a Spencer.

"Vacci piano. PF è praticamente mia sorella."

"Aspetta… stai aiutando *lei* a superare la relazione?"

"Già."

"Quindi è single?"

"Fratello, ma fai sul serio?" chiede JT con tono allarmato.

"Perché? È uno splendore."

"Senti, amico, lei in questo momento potrebbe anche essere *tecnicamente* single, ma solo fino a quando non rimetterà la testa a posto e tornerà insieme a lui."

È questo che JT pensa realmente? Che dovrei stare con Mason? È di questo che sta cercando di convincermi? Gli conviene riportare il culo qui, così posso prenderlo a calci.

Ok, forse in questo momento è la tequila a parlare.

"E poi, fidati se te lo dico, ti conviene non metterti sulla strada del suo ragazzo. Non è uno con cui scherzare."

Non riesco ad ascoltare oltre. Non permetterò ad altri membri della Squadra Mason di farsi strada nel mio cervello.

Detto ciò, tiro le coperte del letto di JT e mi rannicchio al mio posto, addormentandomi grazie all'ebbrezza della tequila.

KAYLA

Con molta cautela, sollevo una palpebra e faccio lentamente il punto della situazione. A essere onesti, vista la quantità di tequila che ho consumato ieri notte, mi sento meglio di quanto dovrei: ho solo un leggero mal di testa e mi sento un po' fiacca.

I ricordi degli eventi delle ultime diciotto ore mi rimbalzano nella mente; mi metto un cuscino sulla testa nel tentativo di nascondermi da loro.

Ma l'alcol, una volta, non aiutava a dimenticare?

Ragazza. La mia cheerleader interiore si sistema la coda di cavallo e piega la testa verso di me. *Ancora non l'hai capito che non potrai mai dimenticare Mason Nova? *solleva la mano sinistra per ammirare l'anello* Guarda che bel gesto che ha fatto.* Volta la mano verso di me, agitando le dita.

Se dovrò fare i conti con il mio subconscio che complotta contro di me, avrò bisogno di caffeina.

Non sono l'unica a pensarlo. Ricordi quello che ha detto JT ieri notte?

Gettando il cuscino di lato, allungo una mano verso il telefono e mi rendo conto che vicino ci sono una bottiglia d'acqua e delle pastiglie di antidolorifico.

> TVTTB JT: Mandami un messaggio quando ti
> svegli. In frigo c'è del latte al cioccolato che ti
> aspetta, poi ti ho preparato anche del bacon,
> delle uova e un sandwich al formaggio.

Ed ecco perché è il mio migliore amico. Tutti, nella propria vita, hanno bisogno di qualcuno che gli prepari un pasto post-sbronza.

Mando giù una pastiglia e mi sdraio nuovamente sul letto per rispondere a JT.

> IO: Sei il MIGLIORE amico di SEMPRE!!! *emoji
> del trofeo* *emoji della medaglia d'oro* *emoji
> con le mani che applaudono* *emoji con il cuore
> blu* *emoji con la faccia pazzerella*

> IO: Con questo gesto posso addirittura
> perdonare le tue tendenze traditrici.

> TVTTB JT: Lo so *emoji del bacio*

> TVTTB JT: E piantala, presto mi ringrazierai.

Brontolo tra me e me intanto che digito il messaggio successivo.

> IO: Quando torni?

> TVTTB JT: Più tardi, ora sto andando ad
> allenarmi.

> IO: Ok. Allora torno a dormire *emoji che dorme*

> TVTTB JT: Non ci pensare nemmeno. Tira fuori il
> culo dal mio letto e preparati per gli allenamenti
> di cheerleading. Il coach sa che sei qui e mi ha
> chiesto di dirti di venire ad aiutare a coreografare
> le acrobazie mie e di Rei.

Non dovrei essere sorpresa della richiesta; ho fatto lo stesso l'anno scorso. Spetta al coach Ramos l'approvazione definitiva della loro performance, ma dal momento che ho trascorso tutta la mia carriera di cheerleader in coppia con JT, sono un'esperta delle acrobazie in cui lui eccelle.

> IO: Credi davvero che se vengo a fare stunting con la tua squadra sia una buona idea? È così che è iniziato tutto il casino.

> TVTTB JT: Andrà tutto bene. Ho già detto a tutti di non registrare niente e di non postare niente che ti riguardi. Smettila di cincischiare e datti una mossa, zuccherino.

> IO: *GIF di Anna Kendrick che saluta*

Avrei dovuto immaginare che, prima o poi, JT avrebbe organizzato per me qualche sorta di cheerleading mentre mi trovavo qui. Ironia della sorte, niente mi fa sentire più equilibrata che venire lanciata in aria. Chi può dirlo? Magari riuscirò a capire cosa fare riguardo alle minacce di Liam.

Mi sale la pelle d'oca lungo le braccia quando striscio fuori dalle calde coperte; il leggero freddo nella stanza mi ricorda che siamo a novembre. Rovisto nella borsa alla ricerca di una felpa, solo per rendermi conto che, proprio come per il pigiama, ho inconsciamente messo in valigia quella di Mason.

Ma è stata veramente una cosa inconscia? Perché non ammetti che vorresti essere con lui?

Porca puttana.

Buttando via l'indumento come se fosse stato lui a offendermi (e non la mia coscienza), corro verso l'armadio di JT e afferro una delle sue felpe blu dell'Università del Kentucky con tanta forza da strappare l'appendino dalla barra e farlo cadere a terra.

Ho bisogno di latte al cioccolato e tanto caffè.

"Stupido maledetto giocatore di football. Perché non mi puoi lasciare in pace?" borbotto, mentre mi infilo la felpa sopra la testa. "Avrei dovuto chiedere a E di legarti a un palo e di farti pestare da tutti i suoi compagni di squadra."

"Per essere così piccola sei piuttosto violenta."

Faccio un urlo degno di un film dell'orrore. Dal momento che ho la testa infilata nel cappuccio della felpa, di molte taglie più grande della mia, non mi sono resa conto che c'era qualcuno in cucina.

"Scusa." Tiro fuori la testa dal cappuccio. "Non volevo spaventarti." Dal bordo della sua tazza di caffè, Spencer mi rivolge un sorrisetto compassionevole.

"No, va tutto bene." La mia memoria è ancora un po' annebbiata dalla tequila, ma ricordo di averlo incontrato la notte scorsa, per quanto brevemente, prima della sua chiacchierata con JT. "Non mi aspettavo che ci fosse qualcuno in casa."

"Ah, la stagione non è ancora cominciata. Mi godo la rara opportunità di non impostare la sveglia."

"Come ti capisco." Mi avvicino al frigorifero e tiro fuori mezzo litro di latte al cioccolato, tracannandolo direttamente dal contenitore.

"Immagino sia un bene che io non giochi a football, eh?"

Sollevo le spalle, scarto il panino della colazione e lo metto a scaldare nel microonde.

"Devo presumere che tu abbia un problema con un giocatore in particolare, non con lo sport in sé, giusto?"

Questo tizio è troppo intuitivo per i miei gusti, almeno prima di mezzogiorno.

Annuisco mentre do un morso al panino, mangiandolo direttamente al bancone della cucina.

"Resti tutto il weekend?" Annuisco nuovamente. "Ottimo."

Sono venuta qui, quindi so che sto per ricadere nella mia vecchia abitudine di fuggire dai miei problemi, ma a dirla tutta non mi interessa granché. D'altra parte, ho l'impressione che JT continuerà a comportarsi da fratello maggiore con me e mi costringerà ad affrontare tutto ciò da cui sono fuggita.

Faccio due chiacchiere con Spencer mentre mangio il panino e lui finisce il caffè. Sta evidentemente flirtando ma, al contrario di Adam che è un imbecille totale, i tentativi di Spencer mi ricordano soprattutto quelli di D.

Oooh, sai chi farebbe conoscere a Spencer il suo lato cavernicolo, se fosse qui?

Zitta! urlo alla mia cheerleader interiore. Questo fine settimana non si parla di Mason.

**sbuffa* Tanti auguri.*

"Scusami," dice Spencer gentilmente quando qualcuno bussa alla porta.

Visto che due terzi della mia sbornia sono andati, vado a preparare la mia essenza vitale: il caffè.

"Dante."

"Spencer."

Dai rumori che sento, i due si stanno scambiando una qualche sorta di abbraccio fraterno.

"JT non c'è," gli dice Spencer.

"Oh, lo so," ridacchia D. "Sono qui per qualcosa di *molto* più bello."

A giudicare dal tono della sua voce ho l'impressione che, visto che il suo confratello maggiore non è qui a tenermi d'occhio, questo weekend i suoi tentativi di corteggiamento raggiungeranno livelli epici.

"KayKay." Non faccio in tempo a mettere la tazza sul ripiano della cucina che Dante Grayson mi dona il suo tipico abbraccio da orso, sollevandomi da terra e facendomi girare su me stessa come una bambola.

"Adesso puoi mettermi giù," gli dico colpendolo sulla spalla.

"Non importa. Lasciami avere il mio momento. Al contrario di G, non riesco mai a passare del tempo da solo con te."

Dato che sono troppo impegnata a godermi il carattere gioviale di D, quasi mi dimentico di avvertirlo. "*Non* dirgli che sono qui, D," lo imploro facendogli gli occhioni.

"Tranquilla, il tuo cane da guardia mi ha già fatto un bel discorsetto." Ridacchia tra sé e sé per il modo in cui ha descritto JT.

"Ti dispiace aspettare che mi faccia una doccia?" Indico verso il bagno con la tazza. "Devo lavare via l'ultima traccia di tequila."

"Hai bisogno che qualcuno ti lavi la schiena?" chiede D, sollevando le sopracciglia in maniera ammiccante.

Alzo gli occhi al cielo. Non so se sia per la ridicolaggine di D o perché ci sono milleduecento chilometri tra me e i miei problemi, ma mentre prendo la mia borsa e mi infilo in bagno mi sento un po' più leggera.

Ho iniziato a controllare il telefono con una frequenza imbarazzante. Lo faccio nella speranza che Kay mi mandi finalmente un messaggio, ma non ricevo altro che le notifiche di Instagram.

Lo ammetto, so bene che Kay preferisce evitare i post vaghi di questo tipo; ma l'ho fatto nella speranza che, una volta dichiarata la mia relazione, tutte le speculazioni che sono andate in tendenza sui social avessero fine.

Ha funzionato? Più o meno.

*Più o meno? *Si dà uno schiaffo sul cappello* Devo scrivertelo sulla lavagna? Farti il disegnino? Hai visto o no tutti i commenti che hai ricevuto sotto il post? Per non parlare di quello stronzo. È un bene che sia settimana di riposo, perché tu, signorino, avrai bisogno di* tutto *l'allenamento extra possibile, se vuoi vincere la partita con Kay.*

Al mio coach interiore piace rimproverarmi, ma non mi pare che gli siano venute in mente delle buone strategie.

"Hai dei programmi per il fine settimana?" domanda Trav mentre usciamo dal centro sportivo dopo l'allenamento mattutino.

"Andare a Blackwell, andare alla Caserma, andare ovunque potrei trovare Kay e non allontanarmi da lei finché non saremo di nuovo insieme ufficialmente." Mi metto le mani nelle tasche della felpa per proteggerle dal vento freddo.

"Presumo che tu intenda *ufficialmente* davvero, non robe tipo quella cazzata di post che hai messo su Instagram l'altro giorno, vero?"

Quel post è stato una mossa vincente. Certo, mi ha fatto ottenere uno schiaffo da Kay e tante prese in giro dai miei compagni, ma l'obiettivo era quello di mettere a tacere alcuni dei commenti più assillanti sull'hashtag #LaRagazzaDi-Casanova.

Se non fosse per lo stress che provocano a Kay, o per il fatto che i social media sono il principale ostacolo alla riconquista della mia ragazza, non darei neppure peso a quei commenti.

"Quello là con Grayson, non è... come si chiama, King?" Trav indica Grant, appoggiato contro una Yukon color nero opaco, che sta parlando, inutile dirlo, con Carter King.

"Credo di sì. A lui e ai suoi amici piace quella verniciatura in particolare, almeno per quanto riguarda le auto." Andiamo verso di loro. Non ho ancora deciso cosa pensare di King, ma forse è meglio farselo amico.

Grayson ci individua per primi e saluta Trav calorosamente, mentre Carter mi guarda in maniera sospettosa.

"Non riesco a capire se ciò che hai fatto sia stato maledetta-mente stupido o incredibilmente coraggioso." Solleva il telefono; sullo schermo compare il mio profilo Instagram.

Mentre saluto Carter battendogli il pugno, Trav al mio fianco si mette a ridacchiare come una strega.

"Non sapevo che l'Università di Jersey facesse parte del tuo regno." Stringo le mani attorno alla cinghia del borsone, divari-cando i piedi per tenermi in equilibrio.

"Tu scherzi," gli angoli della bocca di Carter si piegano all'insù, "ma a Jackie O piace discutere dell'ampiezza della mia monarchia."

"*Ti prego,* puoi evitare di chiamare così Em in mia presenza?" chiede Grayson, incrociando le braccia.

"Lo farei, ma pensi che sia una mossa intelligente avere a che fare con lei senza Kay nei paraggi?"

"Eh." Grayson agita una mano. "Ci sarà anche la Piccola Taylor. Farà lei la guardia reale, mentre Baby è via."

"Perché la chiami Jackie O?" domanda Trav.

Schiocco le dita per catturare l'attenzione dei Tre Marmittoni. "Cosa intendi con 'senza Kay nei paraggi'?"

"Ieri Tessa mi ha chiamato per farsi venire a prendere dalla Caserma; poi lei e mia sorella hanno passato tutto il viaggio a pensare a come organizzarsi, visto che Dennings questo fine settimana non poteva far loro da autista."

"Perché no?" Kay è sempre presente per Tessa, se lei ne ha bisogno. Come mai adesso no?

"Non lo so." Si infila le mani nelle tasche della giacca e fa spallucce. "So solo che non ho visto in giro la sua Jeep, adesso tocca a me andare a prendere queste due a scuola."

La mia mente si arrovella, cercando di capire cosa possa significare tutto ciò. Certo, ho detto che avrei passato i prossimi tre giorni a inseguire Kay ovunque si trovasse, ma da quello che sento dire sembra che il compito si rivelerà più arduo di quanto pensassi.

"Cos'hai a che vedere tu con la mia ragazza, comunque?" Non me ne frega niente che Kay non sia tecnicamente mia; non mi riferirò a lei in nessun altro modo, specialmente con un tizio di cui non so praticamente nulla.

"Vero." Accanto a me, Trav si dondola sui talloni con espressione disinvolta. "Puffetta ci ha parlato di tua sorella, ma non di te."

"Eppure," continuo, riprendendo il filo del discorso di Trav, "a quanto pare sei sempre in sua compagnia e sembri conoscerla bene."

"Stai cercando di avvicinarti alla ragazza del mio amico? Vuoi fare da rimpiazzo?" Trav mantiene sempre il suo sorriso smagliante in volto, ma percepisco il tono minaccioso dietro la domanda.

Grayson si gira verso l'enorme SUV alle sue spalle, ma dai sussulti capisco che sta ridendo. Carter gli lancia un'occhiata gelida quando lui borbotta qualcosa che suona sospettosamente come "cheerleader sbagliata", ma dato che ci dà la schiena non è facile capire.

"A tutti gli effetti, io e Dennings siamo amici." Solleva una mano davanti all'espressione interrogativa mia e di Trav. "Lei non mi definisce proprio *amico*, ma è il modo migliore per descriverci."

Di che sta parlando? Kay ha un sacco di amici: Em, Quinn,

Grayson, CK, Tessa, JT, me e i ragazzi. Inizio a elencarli tutti ma, ancora una volta, Carter solleva una mano.

"Con Dennings si ricade in tre categorie: famiglia, famiglia dei New Jersey Admirals o conoscenti. Io per lei sono in una zona grigia tra la famiglia e i conoscenti, perché in realtà sono più un amico di JT. Ma," i suoi lineamenti assumono una strana morbidezza, "anche se non fossi suo amico, le coprirei comunque le spalle per il modo in cui è sempre stata presente per Savvy."

"Perché?" gli chiedo, ancora non del tutto convinto dalle sue motivazioni.

"Potrei anche non avere la custodia legale di mia sorella, come E ce l'ha per Kay, ma sono io che l'ho cresciuta per buona parte della nostra vita. Kay è stata una delle persone che ha aiutato a sistemare le cose con papà, quando Sav passava molte notti a dormire dai Taylor."

Ha senso. Anche se Kay non se ne rende conto, riesce a generare lealtà da parte di coloro che la circondano. Basta guardare quanto i miei compagni di squadra ci tengano ad aiutarmi a sistemare il mio casino.

"Bene." Do una leggera gomitata a Trav, così da fargli capire che può rilassarsi, poi allungo la mano verso Carter per stringere la sua e dirgli implicitamente *Tutto a posto*. Tanto non ho tempo da perdere in atteggiamenti da macho. L'unica cosa che mi interessa è Kay. Ora la vera domanda è: dove diavolo è finita?

CAPITOLO 28

KAYLA

Fino al momento in cui non siamo tornati al dormitorio, dopo aver lavorato al numero di *partner stunt* con Rei, non mi ero resa conto di quanto mi mancasse essere solo e semplicemente una delle tante studentesse dell'Università di Jersey.

Sì, ci sono tanti studenti provenienti dalla Blackwell Public che frequentano l'Università di Jersey, ma a loro, proprio come a tutti gli altri, non sembrava importare niente di me fino a quando Mason non ha iniziato a mostrare interesse nei miei confronti.

Se chiedete a me, l'intera faccenda è stupida; a quanto pare, però, molte persone attorno ai vent'anni sono più immature di quanto si possa credere.

"Stasera venite tutti alla festa nella sede della squadra di basket, vero?" chiede D dopo che abbiamo finito di trangugiare cibo cinese. Lui e Rei sono tornati al dormitorio prima, da allora sono rimasti tutto il tempo con noi e i compagni di stanza di JT.

"Se voi andate alla festa, significa che la TV è tutta per me?" Mi distendo sul divano cercando di trovare una posizione comoda, con tutto il cibo che ho mangiato sento i leggings restringersi sempre di più.

"No, no, no, KayKay. Vieni anche tu."

Scuoto la testa. "Tu più di tutti dovresti saperlo, D: quante volte ho detto a G che le confraternite non fanno per me? Mi va bene stare a bere qui."

A parte tutte quelle storie della serie *'Ehi, Mason sta facendo dei gesti bellissimi'*, la serata di ieri è stata perfetta: stare insieme, bere shottini, giocare a degli stupidi giochi alcolici. Vorrei ripetere questi momenti per le prossime due sere, finché non sarò costretta a tornare a casa e affrontare la realtà.

"Credo sia una buona idea andarci," interviene JT.

A quelle parole sgrano gli occhi e lo fisso come per dirgli: *'Che diavolo stai dicendo?'*.

"Non guardarmi in quel modo." Mantengo lo sguardo su di lui. "Ti farà bene uscire ed essere socievole."

"Io sono socievole." Incrocio le braccia al petto in atteggiamento difensivo. Sono stata socievole tutto il giorno. Ho o non ho trascorso un sacco di tempo con la Blue Squad? Che altro vuole da me?

"Mica tanto." Mi strattona delicatamente la coda di cavallo. "E poi è la sede dei giocatori di basket, non una confraternita. Ci saranno i membri della squadra di basket, della squadra di cheerleading e pochi altri. Pensala come una sorta di Ballo Regale."

Accidenti a lui, cerca sempre di tirarmi fuori dalla mia bolla. Mi irrita non poter usare come scusa i miei problemi con i cheerleader a scuola, perché sa benissimo che vado d'accordo con i suoi compagni di squadra.

"Sarà un ottimo allenamento per te." Il luccichio che gli vedo negli occhi color whisky *non* mi trasmette delle buone sensazioni.

"Allenamento per cosa?" chiedo con un filo di voce.

"Per imparare a gestire le situazioni sociali che ti mettono a disagio."

Non voglio domandargli che cosa intenda con quelle parole. Non voglio, *davvero*… ma non posso *non* chiederglielo.

"*Perchééé?*"

"Per quando riprenderai il tuo Dongiovanni." Il suo sorriso a trentadue denti è un po' troppo da saputello per i miei gusti.

"Ti odio." Non proprio.

"No, non mi odi." *Accidenti.* "E non odi nemmeno lui." *Porca puttana.*

La stanza diventa così silenziosa che si potrebbe udire la

scoreggia di un topo o, come in questo caso, D che sussurra: "Oh, merda."

"In valigia non ho niente che potrei indossare a una festa." Mi invento questa scusa come estremo tentativo, ignorando i commenti sul futuro della mia vita sentimentale. JT è a conoscenza delle… non trovo parola migliore… minacce che mi ha rivolto Liam. Prima o poi, nel corso di questo weekend, finiremo per discutere anche di *quello*.

"Ci penso io a te, ragazza. Abbiamo praticamente la stessa taglia," si offre Rei, suggellando il mio destino.

Guardandomi attorno, vedo sei paia di occhi che mi dicono: '*Scacco matto*'.

Whoo! Festa! Festa! Festa! La mia cheerleader interiore inizia a correre qui e là all'impazzata.

A quanto pare ci andrò davvero.

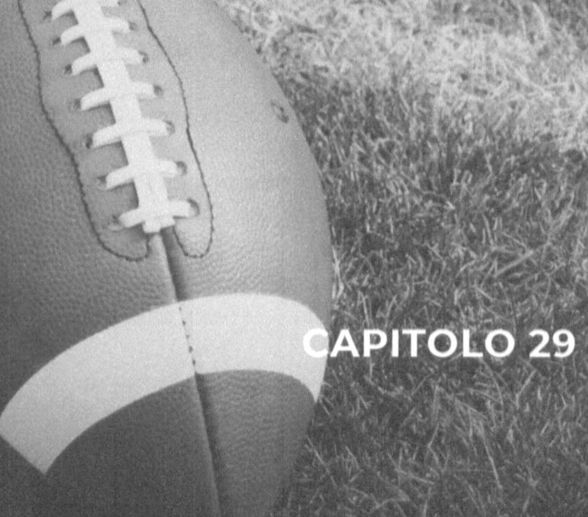

CAPITOLO 29

MASON

Oggi ho fatto un casino di chilometri con la Shelby. Sapevo, dopo ciò che mi aveva detto Carter, che le possibilità di trovare Kay a casa sua erano minime, ma ho fatto comunque un salto alla sua casa natia e a quella dei Taylor. Ho escluso fin da subito che si trovasse da loro, dal momento che nel vialetto non c'era Pinky; a casa sua, invece, ho trascorso venti minuti buoni suonando il campanello e spiando attraverso le finestre come una specie di guardone.

Dopodiché ho guidato per un'ora in città alla ricerca di una Jeep rosa di mia conoscenza. Non avendo trovato nulla, sono tornato verso nord per vedere se fosse alla Caserma (non c'era) e infine ho deciso di fare un salto a casa mia. Era un tentativo azzardato, ma speravo che i gemelli, questo weekend, avessero in programma degli allenamenti extra con Kay.

Non ne avevano; sfortunatamente per me, a casa c'era anche Brantley, che ha subito colto l'occasione per farmi la ramanzina sulla mia "immagine pubblica". Mentre mi assillava su quanto dovessi venir visto come appetibile per il marketing, così da essere una spanna sopra gli altri al momento della selezione, ho fatto finta di ascoltarlo fino a quando non ha detto: *"Non sono tanto sicuro che questa ragazza sia la cosa migliore per te."*

A quel punto sono scattato sull'attenti.

"Come hai detto?" Ho dovuto soffocare l'istinto di mettermi sulla difensiva, ricordandomi che stavo parlando pur sempre con il mio patrigno.

Accidenti, Brantley è stata l'unica figura paterna che ricordo di aver avuto nella mia vita, visto che il mio vero padre è morto quando avevo due anni. Dopo la mamma, lui è stato il più grande sostenitore delle mie ambizioni verso la National Football League. Ho seguito alla lettera i suoi consigli riguardo a tutto ciò che potesse offrirmi una marcia in più (per esempio come unirmi all'Alpha Kappa), ma Kay è un argomento che non lo riguarda. Lei è mia, punto e basta.

"So che credi di amare questa ragazza, ma…"

"Non lo credo. Ne sono certo." L'ho interrotto prima che potesse concludere qualunque stupidaggine stesse per dire. Giuro, a volte ci sono dei momenti in cui mi chiedo se sceglierlo come mio agente sia stata la decisione migliore.

Per quanto mi abbia fatto incazzare sentirmi dire che i drammi familiari di Kay avrebbero potuto impattare negativamente sulla mia carriera, è stato quel commento che mi ha fatto accendere una lampadina.

La famiglia! In situazioni come queste, lei andrebbe dalla sua famiglia.

Bette è venuta qui due settimane fa per assicurarsi che Kay stesse bene, dopo la fine della nostra relazione. A giudicare da tutte le storie che mi ha raccontato, riguardo al modo in cui Bette ed E hanno cambiato la loro vita per ottenere la sua tutela, l'ultima cosa che Kay vorrebbe è che Bette si senta costretta nuovamente a riorganizzare la sua vita con E.

Con il mio coach interiore ormai in preda al panico, che mi dice che quando arriverò a destinazione sarò un uomo morto, mi metto in strada per il viaggio di quattro ore verso Baltimora.

Arrivo con trenta minuti di anticipo sulla tabella di marcia, ma mentre guardo il cancello della casa di E non riesco a decidere se ciò sia un bene o un male.

Mi sento quasi come se fossi un principe di uno di quei film della Disney che mia sorella Livi adora, e come se E fosse il drago da affrontare per ottenere la mia principessa. Forse, prima di dirigermi direttamente a casa sua, avrei dovuto chiedere a Grayson quali e quanti istinti omicidi E abbia covato verso di me nelle ultime due settimane.

Facendo un respiro profondo, chiamo a raccolta tutto il mio coraggio e premo il tasto del citofono.

"Mason?" chiede la voce di Bette dall'altoparlante.

Guardo verso il punto in cui dovrebbe esserci la telecamera e agito la mano. "Ehi, Bette."

Il cancello emette un ronzio e poi si apre. Lo prendo come un buon segno.

Percorrendo il vialetto asfaltato, parcheggio vicino alla porta d'ingresso dove trovo Bette ad aspettarmi sulla soglia. Indossa una maglietta sbiadita della Penn State, annodata su un lato. A giudicare dalla taglia, deve essere una di quelle di E. Il mio orgoglio di Hawk mi spinge a fare una battuta sul fatto che lei stia indossando qualcosa di inerente a un programma di football di seconda categoria, ma probabilmente sono già abbastanza nei guai e decido saggiamente di tenere la bocca chiusa.

Herkie si precipita a salutarmi e io mi chino a coccolare il cane preferito di Kay. Non riesco a fare a meno di notare che Bette mi sta facendo quello sguardo da mamma delusa che mi ricorda tanto Grace Nova-Roberts.

Spero che tu sia d'accordo nel cambiare strategia, dilettante, perché non credo andrà come ti aspettavi.

"Eric, porta il culo qui," dice Bette dopo avermi fatto cenno di seguirla in salotto.

"Accidenti, donna. Da quando mi chiami Eric?" scherza E, mentre scende le scale. Nell'istante in cui mi vede, il sorriso gli sparisce dal volto.

Merda!

"Cosa ci fa *lui* qui?" Il fatto che rivolga la domanda alla moglie, e non a me, è un altro duro colpo.

"Non lo so. Non me l'ha ancora detto." Bette gli tende una mano affinché si unisca a noi.

Mi guardo attorno, ma non vedo Kay da nessuna parte.

"Non ho visto niente di nuovo sul tuo Instagram, quindi dimmi," dice E mettendo le braccia conserte, "che cosa hai fatto a Kay questa volta?" Mi aspettavo il tono duro della sua voce, ma la domanda mi confonde.

Il post a cui si riferisce era di due giorni fa, ma gli anelli...

Quelli le sono stati consegnati *ieri*.

Kay ha lasciato la Caserma all'improvviso... ieri.

Non avrebbe dovuto dire loro degli anelli, una volta tornata qui?

Devo considerare un bene il fatto che mi abbia stalkerato su internet invece di farsi quattro ore di macchina per venire a prendermi a calci in culo? Oppure Kay è nascosta da qualche parte per vedere come affronterò l'interrogatorio?

"Sei più interessato al mio post vago che agli anelli che le ho regalato?"

Stringe le mani. Bette, intuendo perfettamente le emozioni del marito, blocca E con un braccio quando lui muove un passo nella mia direzione.

"Hai dato a Kay degli anelli?" chiede lei pacatamente, mentre il marito digrigna i denti.

"...Sì?" domando, più che affermare.

Non dovrebbero saperlo?

"Devi essere completamente pazzo se pensi di poterle chiedere di fidanzarsi con te senza prima chiedermi il permesso, anche se è una qualche specie di gesto romantico per rimediare alla tua puttanata colossale."

A giudicare dal tono di E, forse è un bene che Kay *non* abbia detto loro degli anelli o del biglietto che le ho scritto. Magari non le ho fatto una vera e propria proposta di fidanzamento, ma le ho fatto capire che un giorno ho tutta l'intenzione di fargliela.

"Perché non ci sediamo?" Bette indica il divano e accompagna E con sé.

"Ok." Lui si china in avanti, appoggiando i gomiti sulle ginocchia. "Allora, questi anelli. Spiegaci."

Deglutisco a fatica, e ancora una volta mi guardo intorno alla ricerca di Kay, ma non riesco a trovarla. Ci sono tante cose da dire, oltre alla questione degli anelli, ma sono un buon punto da cui cominciare. Tutti i miei tentativi sono falliti, avrò bisogno di tutto l'aiuto possibile. Ho *bisogno* di Kay nella mia vita.

Gli racconto l'intera vicenda, iniziando dagli anelli e facendo un salto indietro verso la sera in cui l'ho rintracciata alla festa di Carter King. I due mi ascoltano senza commentare, ma non mi sfugge lo sguardo preoccupato che compare sui loro volti quando gli parlo delle volte in cui Kay si è chiusa in sé stessa.

"So che non hai alcun motivo per aiutarmi..." Rispecchio la

posizione di E e incrocio il suo sguardo esaminatore, senza alcun tentennamento. "Ma io amo tantissimo tua sorella."

Il mio battito cardiaco aumenta mentre lui rimane in silenzio, senza tradirsi in alcun modo.

Bette guarda verso E, poi nuovamente verso di me. "Anche lei ti ama."

Sento la speranza alzarsi in volo come uno dei bellissimi passaggi a spirale di Trav: mi aggrappo a essa come se fosse la mia ultima occasione per vincere la partita. "Lo pensi davvero?" Il tono della mia voce tradisce quanto io mi senta vulnerabile.

"Senza dubbio."

Mi sfugge un respiro che non mi ero neanche accorto di aver trattenuto e mi affloscio sul divano. Ho sempre creduto che Kay mi amasse, ma la conferma della sua famiglia è ancora più importante.

"Perché sei qui?" domanda E.

Non è ovvio?

"Per Kay." Sollevo una mano per accarezzare Herkie quando balza sul divano. Mi permetteranno di vederla? Devo passare un test, prima che mi venga concesso questo diritto?

"Per quanto io rispetti il fatto che tu abbia voluto avere questa discussione di persona…" dice E, allentando un po' la posizione difensiva. "…guidare fino a qui non ti ha rubato del tempo che avresti potuto trascorrere con mia sorella?"

"Ho pensato che, se fossi riuscito a convincerti a non prendermi a calci nel sedere quando mi sarei presentato alla tua porta, sarei riuscito anche a vedere Kay più velocemente venendo da lei di persona."

"Aspetta." Bette solleva una mano. "Tu credi che Kay si trovi qui?" Punta una mano verso il pavimento per indicare la casa.

"…Sì?"

"Lei non è qui." Il modo in cui le labbra di E si arricciano compiaciute mi dice che sta provando un gran piacere nel darmi questa informazione.

Herkie fa dei versetti compiaciuti mentre, nel tentativo di capire cosa significhi tutto ciò, gli accarezzo un orecchio con fare distratto. Se Kay non si trova qui, allora dov'è? Dove altro sarebbe potuta andare a nascondersi?

Ripenso a tutti i frammenti di informazioni che mi hanno spinto a mettermi alla guida per quasi quattro ore. Sento un dolore cominciare a formarsi alla base del cranio, mi stringo la nuca per alleviare la pressione.

"Ieri King è passato a prendere Tessa dagli allenamenti?" Annuisco alla domanda di E. "È successo dopo che le hai mandato gli anelli?" Annuisco di nuovo. "E ha detto che T e Savvy dovevano organizzarsi perché Kay non ci sarebbe stata?" Non riesco a capire il significato di queste domande, ma a quanto pare Bette sì. Mi fa raccontare ogni mio gesto e le reazioni di Kay.

La sensazione che ho provato di fronte al crollo di Kay è così viscerale che anche ora mi sembra di affogarci dentro.

Bette scatta in piedi all'improvviso, la schiena le si raddrizza come se fosse una marionetta e qualcuno le avesse tirato i fili. "So dove si trova."

"Dove?" Ho già le chiavi della macchina in mano, ansioso di andare da lei il più velocemente possibile.

"Dev'essere da JT." Si gira e parla ancora con E, come se stesse cercando conferma.

Mi torna alla mente un altro ricordo: Tessa che mi racconta di come JT sia stato l'unico in grado di aiutare Kay quando è collassata dopo la morte del padre e tutta la merda che Liam le ha fatto passare. Stringo i pugni così forte che le nocche mi diventano bianche. Perfino pensare lontanamente a quello stronzo di Parker mi provoca un'ondata di rabbia che mette a dura prova la mia sanità mentale.

"Ok." Metto via le chiavi e prendo il telefono.

"Che stai facendo?" domanda Bette, studiandomi attentamente.

"Cerco un aereo da Newark a Lexington. Il volo dura circa due ore e devo capire quale prendere, visto che prima devo tornare indietro a Jersey."

Per quanto abbia reagito male alla foto di Kay e JT, quando l'ho vista la prima volta, non rinfaccerei mai alla mia ragazza di voler vedere gli amici. Li rispetto per l'incrollabile sostegno che le hanno offerto nel corso degli anni; voglio solo che, da adesso in poi, sia io la persona da cui verrà a cercare aiuto.

"Aww." Mamma chioccia Bette si lascia andare a un po' di sentimentalismo.

"Prima che tu lo faccia," E si avvicina di alcuni centimetri, "devi chiederti se pensi davvero di essere in grado di reggere il peso delle insicurezze di Kay."

Perché tutti sono così convinti che scapperò quando le cose si faranno difficili? Gioco a football, uno sport di contatto. Sono fatto di una pasta più dura di molti altri.

"Non provare nemmeno a dirmi che lei ha ragione quando dice di non essere adatta a me, perché ti risponderò allo stesso maledetto modo." Non mi rendo nemmeno conto di essermi alzato in piedi finché non sento la morbida pressione della mano di Bette che vuole impedirmi di trovarmi a pochi centimetri dalla faccia del marito. "Non c'è una sola persona su questa Terra che sia più adatta a me di lei."

"Hai detto giusto, Romeo." Torna a guardarmi con uno sguardo mortifero e le braccia incrociate.

"In realtà mi chiamano Casanova."

"Credi *davvero* che sia una buona idea, ricordarmi il soprannome che ti sei guadagnato facendo il donnaiolo?" mi chiede E, lanciandomi un'occhiata tagliente.

"Stavo solo cercando di alleggerire la situazione." Scuoto le mani per dissipare la tensione che mi scorre nelle vene. Litigare con lui non mi farà guadagnare il favore di Kay, quando sarà di nuovo mia.

"Quello che il mio marito *iperprotettivo* sta cercando di dire," Bette gli lancia uno sguardo che vuol dire 'Comportati bene', "è che Kay potrebbe non essere in grado di reggere tutta l'attenzione che attiri su di te. Capisco e apprezzo quello che stavi cercando di fare con il tuo post su Instagram, ma per te andrebbe bene se fossi costretto a tenere la tua relazione lontana dagli occhi del pubblico?"

Non mi interessa niente di tutto ciò. L'approvazione che traevo dal mio profilo social ha perso significato. Tutto è iniziato quando ho visto il modo in cui Kay diventava stressata quando eravamo in tendenza e, dopo aver appreso i (troppo pochi) dettagli del suo passato, riesco a comprenderne meglio la reazione.

"La mia storia con Kay non è affare di nessuno, se non nostro. Se la cosa può servire, eliminerò i miei account immediatamente."

Bette ed E si scambiano uno sguardo che non riesco a decifrare, se non come una specie di comunicazione silenziosa.

"Ascolta." Bette mette la sua mano sulla mia. "Quando Kay

parla di te, quando è con te, assomiglia più alla vecchia sé stessa, la *vera* sé stessa, di quanto l'abbiamo mai vista in *anni*."

Non è la prima persona che lo dice, e io spero e *prego* che sia vero.

"Allora perché cerca in tutti i modi di convincermi che non è adatta a me?"

"Perché," interviene E, "stare insieme a te porta a questioni che fanno presa sulle sue insicurezze che, tra le altre cose, possono portarla al collasso. Nella sua testa, stando alla *larga da te*, ti sta proteggendo."

"Non ho bisogno che mi protegga. Ho solo *bisogno* che mi ami."

L'ho detto e lo ripeto: Kay è la mia ragazza, punto e basta.

E mi squadra piegando la testa. "Ok." Prende l'iPad sul tavolo e inizia a scorrere lungo lo schermo. "Dobbiamo muoverci velocemente, c'è un volo che parte da Blackwell tra un'ora. Andiamo."

Dopodiché, accade tutto in fretta e furia. Prendo la borsa con i vestiti dalla Shelby, poi consegno le chiavi della macchina a Bette; saliamo tutti e tre sulla sua Range Rover, nel frattempo scarico il biglietto aereo sul cellulare.

Bette si china sulla console centrale dell'auto. "Hai idea di come trovare Kay, una volta arrivato?"

"Dovrò chiedere a Grayson di spremere informazioni dal fratello."

"Buona idea," concorda E, mentre prende lo svincolo per l'aeroporto. "JT non ti darà nessuna informazione riguardo a Kay, ma D è l'anello debole," annuisce come se stesse rispondendo a sé stesso.

Tiro fuori il telefono.

IO: Mi serve il tuo aiuto.

GRAYSON: Di cosa hai bisogno?

KAYLA

Non sono ancora del tutto convinta di voler partecipare alla festa, ma riconosco quando vengo messa in minoranza. Spero che l'anonimato di cui parlavamo prima riguardo ai suoi compagni di squadra valga anche per stasera, dal momento che JT non mi consente nemmeno di indossare un cappello.

Crede che io non me ne accorga, ma so benissimo cosa sta facendo; il fatto di *conoscere qualcuno tanto bene quanto conosco me stessa* vale tanto per me quanto per lui. Portandomi in un ambiente meno pressante, per esempio lontano dall'Università di Jersey, vuole che io mi renda conto di essere in grado di gestire il rischio di essere riconosciuta.

"Smettila di preoccuparti." JT appoggia una mano sulla mia, per impedirmi di pizzicare nervosamente la parte superiore degli stivali alti fino al ginocchio che mi ha prestato Rei. Il resto del mio abbigliamento è abbastanza *casual*, una semplice canotta bianca e dei jeans attillati, ma non ho potuto resistere agli stivali scamosciati. Mi volevano.

Le macchine che abbiamo prenotato con Uber si fermano davanti a una grande casa dipinta del blu dell'Università del Kentucky. Al contrario della sede dell'Alpha Kappa, quella dei cestisti assomiglia meno a una villa e più alla classica casa americana di provincia, con le sue ampie rifiniture bianche, le colonne di legno marrone e il portico che circonda l'intero edificio.

Il prato e il terreno sono curati e ben tenuti, e non sono disseminati di bottiglie di birra vuote o di bicchieri di carta, nonostante ci siano alcune persone che bevono sul portico.

"Adesso noi andremo lì," dice JT indicando la casa, mentre il resto della nostra comitiva scende dai rispettivi veicoli, "berremo un po' di birra e ci divertiremo."

"Ma…"

"Quello che non faremo sarà preoccuparci che una qualsiasi parte di questa serata finisca sui social," prosegue senza darmi la possibilità di obiettare.

D ci fa strada e, non appena apre la porta, sono sorpresa di quanto tutto questo mi ricordi i Balli Regali di Carter.

C'è musica, il volume è alto ma non al punto da costringerti a urlare. Le circa sessanta persone presenti sono impegnate a giocare a *NBA 2K*, a parlare, a ballare e a radunarsi attorno a una partita di *beer pong*.

A giudicare dalle persone che riconosco, ci sono perlopiù membri della Blue e della White Squad, della squadra di basket, e pochi altri.

Quando me ne rendo conto, sento la tensione sulle spalle allentarsi un po'. Per quanto sia brutta la mia storia con le cheerleader che non appartengono ai New Jersey Admirals, qui JT è sicuramente entrato a far parte di un bel gruppo.

"KayKay, gioca a beer pong con me." D allunga la mano per tirarmi verso il tavolo.

"Ma neanche per sogno," dico ridendo. "L'ultimo posto in cui giocherò a beer pong è in una casa piena di giocatori di basket."

"Perché?" D mi mette il broncio e sbatte le ciglia ingiustamente lunghe. Ovviamente rispondo alzando gli occhi al cielo.

"Voi lanciate palle per mestiere."

"Parole grosse, dette dalla regina del football." Magari D mi sta solo prendendo in giro, ma ciò non mi impedisce di voltarmi a controllare se le sue parole hanno suscitato un qualche interesse negli altri. Nessuno ci sta prestando attenzione, ma è un'abitudine difficile da spezzare.

D mi fa gli occhioni per convincermi a giocare. Non ci penso nemmeno.

"E una partita di *flip cup*?" chiedo indicando la cucina.

Guarda oltre la mia testa, cosa piuttosto facile per lui vista l'altezza, e scruta il tavolo vuoto che si intravede oltre la soglia della cucina. "Si può fare." Mi mette un braccio attorno alle spalle e si volta nuovamente verso la sala. "Se qualcuno vuole aiutarmi a capovolgere più bicchieri vuoti di KayKay, ci trovate in cucina."

All'invito di D, diverse persone ci raggiungono per giocare una partita otto contro otto.

A ogni giro di bicchieri, la preoccupazione inizia a prosciugarsi come la birra che mi scorre in gola. È un bene che la birra sia una bevanda tanto gustosa, perché mi aiuterà a ingoiare il rospo quando sarò costretta ad ammettere a JT che ha fatto bene a trascinarmi qui.

Più che giocare, ridiamo e ci diciamo stupidaggini; mi diverto più ora di quanto mi sia divertita nelle ultime due settimane.

Le nostre squadre sono alla pari e gareggiano per vedere chi ne uscirà vincitore. Io e Rei cadiamo l'una sull'altra in preda alle risate per i goffi tentativi dei ragazzi di fare una danza della vittoria in uno spazio tanto ristretto. Diciamo solo che un uomo di due metri *non* dovrebbe fare il ballo del *Running man* senza prima avvertire la persona che gli sta accanto.

Alzo gli occhi al cielo quando JT, mentre riempie nuovamente la caraffa per la nostra prossima partita, mi lancia uno sguardo che vuol dirmi 'Te l'avevo detto'. Sono concentrata a riempire il bicchiere, quando ciò che vedo mi fa rizzare i peli sulla nuca.

 MASON

Non appena atterro a Lexington, Grayson mi scrive che il fratello gli ha detto di essere andato a una festa alla sede dei giocatori di basket. Personalmente ho i miei dubbi che Kay si trovi lì, ma lui ne sembra più che certo.

Dal momento che chiedere l'indirizzo a Dante avrebbe sollevato dei sospetti, Grayson ha dovuto ricordarselo a grandi linee dall'ultima volta che è andato lì. Se Kay *sarà* presente, non voglio che qualcosa la spaventi prima di riuscire a raggiungerla.

Fortunatamente è facile trovare la casa giusta, visto il numero di persone che bevono fuori sul portico.

Il mio Uber si allontana e io resto a fissare l'edificio mentre stringo la cinghia del borsone. Ho promesso a me stesso che non me ne andrò di qui senza Kay. Guardo il cotone grigio della mia felpa della squadra di football dell'Università di Jersey che sembra proprio mettermi un bersaglio dietro la schiena. Di certo il mio vestiario non mi aiuterà a rimanere in incognito, ma dal momento che questo viaggio non era pianificato, non avevo altro da mettermi.

Spero proprio che Grayson abbia ragione e che Kay si trovi qui, perché in caso contrario non so come prenderanno la mia presenza.

"Oh, merda," dice il ragazzo vicino alla porta. "Tu sei Mason Nova."

Sono abituato che degli sconosciuti mi riconoscano; non è questione di ego, è un dato di fatto. Sono comparso negli highlight delle trasmissioni sportive più di qualunque altro giocatore collegiale negli ultimi anni; la mia foto è anche sulla copertina di *Sports Illustrated*, assieme ad altri giocatori che con tutta probabilità supereranno la selezione di quest'anno.

"Ehilà." Ci scambiamo una stretta di mano. Sono noto per essere sempre gentile con i miei fan e spero di poter usare questo atteggiamento a mio vantaggio.

"Che ci fai qui?" Noto che indossa una felpa della squadra di basket, quindi sono ancora più sicuro di essere nel posto giusto.

"La mia ragazza è qui per il weekend. Ho deciso di venire a trovarla." Indico la porta alle sue spalle. "Va bene se entro?"

"Ah, certo. La porta è aperta." Si sposta di lato e fa cenno alla cinghia che mi scorre sul petto. "Se vuoi puoi mettere la tua roba nella stanza a sinistra. Sarà al sicuro."

Ringraziandolo, entro e accetto il suggerimento.

Ora che non indosso più la felpa, sono un po' meno riconoscibile, quindi procedo senza impedimenti fino al piano di sotto. Questa festa è molto più tranquilla di quelle dell'Alpha, tanto che mi ricorda più le nostre serate in taverna: alcune persone ballano, mentre altre giocano ai videogiochi.

Dal momento che non vedo nessuna bionda con le ciocche arcobaleno dall'aspetto familiare, continuo ad attraversare la casa fino a raggiungere la sala da pranzo. Non vedo Kay neppure tra quelli che giocano a beer pong, così decido di includere nella mia ricerca anche Dante e JT. Vista la notevole altezza del primo e i capelli rossi del secondo, spero di avere più fortuna. Kay è così piccola che si perde in mezzo alla folla.

Sento delle grida di esultanza provenire dalla stanza successiva, così decido di dare un'occhiata: lì scorgo Dante e JT tra coloro che giocano a flip cup. Ancora non vedo Kay, ma se loro sono qui, allora lei non dev'essere molto lontana.

Dante si sposta a sinistra, ed ecco che Kay fa la sua comparsa.

Porca miseria! È un vero spettacolo.

Mi abbevero della sua visione da uomo assetato quale sono.

I suoi riccioli, che tanto adoro far scorrere tra le mani, le ricadono intorno alle spalle e lungo la schiena, scendendo giù fino alla vita.

La canotta bianca aderente le mette in bella mostra i muscoli tonici e le curve seducenti, la profonda U della scollatura invece ostenta il generoso rigonfiamento del décolleté.

Per quanto sia sexy la parte superiore, quella inferiore non è da meno. Quei jeans sono così aderenti che le sembrano dipinti addosso, non vedo l'ora che si giri per darle un'occhiata al posteriore. Quegli stivali sexy da morire mi fanno pensare a tutti i modi in cui potrei farle avvolgere le gambe attorno ai miei fianchi.

La cosa che preferisco di lei in questo momento? È la prima volta da settimane che non ha gli occhi rossi dal pianto. Detesto che sia fuggita, ma se non altro sembra averle fatto bene.

Non riesco a evitare di sorridere quando noto che inizia a osservarmi anche lei. Lo sguardo di Kay è come una carezza, quando viaggia lungo il mio petto e giù fino al punto in cui la maglietta nera mi aderisce agli addominali.

Il suo bel viso assume un'espressione incredula. Le poso gli occhi sulla bocca mentre stringe il labbro inferiore tra i denti. So esattamente che sapore hanno le sue labbra, non vedo l'ora di essere io quello che gliele mordicchierà.

Senza darle la possibilità di opporsi alla mia presenza, annullo lo spazio che ci separa con delle lunghe falcate, mi piego in avanti, le appoggio la spalla all'addome e me la carico di peso.

Sei mia.

È ora di farle vedere che sono ancora il suo Cavernicolo.

CAPITOLO 32

KAYLA

Sbatto ripetutamente le palpebre, convinta di avere un'allucinazione, e invece no, è tutto vero. È talmente bello che dovrebbe essere illegale: i jeans scuri gli avvolgono le gambe muscolose, una maglietta nera gli aderisce perfettamente agli addominali scolpiti e indossa un cappello nero al contrario: non c'è alcun dubbio, è Mason Nova.

Che diavolo ci fa qui?

Come un girasole, mi tendo verso di lui mentre supera le altre persone attorno al tavolo. Senza dire una parola, mi solleva da terra e mi carica sulle spalle, tenendomi a testa in giù e facendomi strillare.

Quando si volta per portarmi lontano dal gruppo, faccio presa con le mani sul suo sedere per sollevarmi—*Perché devo proprio far caso a quanto sia bello il suo posteriore?*— e guardo il mio migliore amico, il quale dovrebbe *teoricamente* aiutarmi, e invece resta lì immobile.

"Vuoi fermarlo o no?"

"No," risponde lui.

"Ma sei serio!?" urlo con voce stridula.

"Vai a parlargli," consiglia pacatamente JT.

"Perché dovrei farlo? E perché sei d'accordo con tutto ciò?" Mimo il gesto di caricarmi sulle spalle.

"Non comportarti come se non avessi mai messo perfettamente in chiaro la mia posizione," dichiara, facendo un brindisi con il bicchiere di carta.

Sbuffo dalla frustrazione. "Non sei *più* il mio migliore amico. Per me adesso sei l'Indesiderabile Numero Uno."

"Oh, devi proprio essere arrabbiata, se citi *Harry Potter*... ma attenta, piccola, perché ti sei riferita a me come Harry... *sai*, il bravo ragazzo?" Fa finta di spettinarsi i capelli rossi, e Mason ride così tanto da farmi rimbalzare sulla spalla. "Per quanto io abbia sempre pensato a me stesso più come un Weasley."

"Sì, tipo Percy Weasley... quello *antipatico* del quinto libro," sbotto, super seccata di essere ancora a testa all'ingiù.

"Adesso sei proprio cattiva." JT mi ignora e si rivolge a Mason. "Buona fortuna, amico mio. È piuttosto incazzata." Dà a Mason una pacca sulla spalla e si rivolge nuovamente verso il tavolo dove gli altri giocano a flip cup.

Ormai certo che JT, con mia somma delusione, non lo prenderà a calci in culo, Mason mi conduce al portico sul retro.

Una volta fuori, mi fa scendere dalla spalla e mi blocca tra il muro e il suo corpo. Il suo tocco scatena una scia di formicolii, mentre con le mani corre lungo il retro delle mie cosce per far sì che io gli avvolga le gambe ai fianchi, poi mi stringe il sedere.

Cerco di rimanere arrabbiata, di ricordarmi quanto fossi ferita quando mi ha lasciata, e tutte le ragioni per cui dovrebbe starmi alla larga. Non funziona. Con i nostri corpi premuti assieme l'uno contro l'altro in quel modo tanto familiare, ogni difesa e obiezione volano via dalla finestra.

Non aiuta il fatto che JT ha ragione e che mi ha spinta sempre più sul punto di cedere all'amore che provo per Mason.

*Ma piantala. *alzata di occhi suprema* Chi credi di ingannare? Sai benissimo che una volta a casa avresti pianificato già di riprenderti Mister Campione di Football.*

Sì... beh...

Accidenti! Con Mason così vicino non riesco nemmeno a ribattere adeguatamente a me stessa. Era davvero troppo chiedere di avere altri due giorni prima di doverlo affrontare?

Gli squisiti occhi verde acqua mi fissano con tutto l'amore che bramo. Come faccio a tenermi a distanza, quando mi guarda così?

Mi viene la pelle d'oca, ma non so se sia dovuta all'aria fredda di novembre o alla vicinanza di Mason.

Nel mio cervello si affollano i ricordi di ogni bacio di buona fortuna che gli ho dato prima di una partita, la schiena mi preme contro il muro mentre Mason si sposta per tenermi in equilibrio con la parte inferiore del corpo.

Un gemito involontario mi sfugge dalle labbra quando sento la sua durezza sfiorare il mio nucleo. Sono completamente sopraffatta dalla sensazione dei muscoli che si flettono tutt'attorno a me, il profumo fresco del suo sapone mi riempie i polmoni e il calore del suo corpo mi riscalda.

Le mie mani gli scendono lungo il petto, il cotone della sua maglietta è infuocato.

Oh, quanto mi è mancato tutto questo… quanto mi è mancato lui.

Non so quanto tempo rimaniamo lì a fissarci l'un l'altra, con i cuori palpitanti—è talmente vicino che riesco a sentire anche il suo—mentre le parole di JT, che mi rimbalzano nel cervello, mi incitano a correre il rischio.

"Kay," è tutto ciò che dice prima di baciarmi.

Questo bacio.

Oh santo cielo.

È un'esperienza totalizzante.

Non si limita a premere le sue labbra contro le mie: mi divora.

Le sue mani mi stringono il viso, le lunghe dita mi si intrecciano tra i riccioli alla base della testa e la inclinano per trovare un'angolazione migliore.

Mi ritrovo avvinghiata al suo collo.

Sento *tutto* in questo bacio: tutte le scuse, il dolore, il desiderio, la passione, l'amore che Mason mi può offrire… e, più di ogni altra cosa, la speranza.

C i sono tantissime cose che vorrei dirle, che ho *bisogno* di dirle, ma così vicino a lei non riesco a concentrarmi. È passato troppo tempo dall'ultima volta che ho sentito il suo corpo avvolgersi al mio in questo modo, ciò distrugge il mio autocontrollo. Bramo Kay come se fosse la mia droga preferita, la desidero fino ad andare in overdose.

Le prendo il viso tra le mani, lo inclino verso di me e premo la mia bocca sulla sua. Mi avvolge il collo con le braccia sottili e, dopo qualche secondo, inizia a ricambiare il bacio.

So che dobbiamo parlare. *Tecnicamente* non ci siamo ancora rimessi insieme, ma non potevo *non* baciarla. È una pulsione, un bisogno intrinseco di comunicarle i miei sentimenti.

Quanto mi è mancato tutto questo.

Ci abbandoniamo al bacio, come ci accade spesso. La mia lingua le esplora la bocca, nemmeno il gusto amarognolo della birra che stava bevendo riesce a smorzarne il sapore natural-mente dolce.

Il suo gemito mi attraversa, riesco a staccarmi solo quanto basta per separare le nostre bocche e appoggiare la fronte alla sua.

Così vicino a lei, riesco ad apprezzare anche i più piccoli

dettagli del suo volto. Il trucco copre le lentiggini sul naso e sulle guance che a me piace tanto contare, ma fa sembrare i suoi occhi più grandi, rendendo più evidenti le screziature blu all'interno delle pupille grigie.

Ogni respiro che inalo porta con sé le note di menta del suo balsamo e il profumo di vaniglia della sua pelle.

"*Santo cielo*, Kay. Mi dispiace. Mi dispiace *tantissimo*."

Sì, mi ha già detto che mi perdonava, ma tutto questo è cominciato solo perché ho sbagliato io.

"Per avermi baciata?" chiede con voce spezzata.

"No." Scuoto la testa. "Per quello *mai*."

Le stringo le dita attorno alla nuca, nei suoi occhi grigi vedo un dolore lacerante che desidero ardentemente eliminare.

"Sono un fottuto idiota," dico con una risata autoironica che non riesco a fermare.

"Mason…" Cerca di interrompermi, ma non glielo permetto.

"No, per favore. Ti prego, fammi dire tutto quello che ho *bisogno* di dirti."

Mi tiro indietro, continuando a guardarla negli occhi, e le accarezzo le guance. Credo che questa azione serva più a tranquillizzare me, che lei.

"So che mi sono fatto influenzare dagli altri, ma non commetterò *mai più* questo errore." Le adagio un dito sulle labbra per impedirle di replicare. "Tu," lo faccio scorrere lungo il labbro inferiore, "sei la cosa *migliore* che mi sia *mai* capitata. *Niente*," spingo con il dito per trascinarle il labbro verso il basso, "mi farà cambiare idea."

Il sottile girocollo nero che indossa oscilla con il movimento della deglutizione, mentre metabolizza sia ciò che dico, sia ciò che intendo.

"Ti amo, Skittles. Ti amo *da morire*."

"Oh, Mase."

Porca puttana, era ora! Quando mi chiama Mase devo resistere all'impulso di ballare per la felicità.

Mi accarezza il petto con una mano, sale lungo il collo e inizia a giocare con le ciocche di capelli che escono da sotto la visiera del cappello. Il mio cuore perde un battito, tra le mie membra si fa strada la paura che la nostra relazione sia irreparabile.

"Mase." Mi accarezza la mandibola e io mi piego. "Ti amo anch'io."

A quelle parole sento il corpo sciogliersi e Kay quasi mi cade dalle braccia, poi recupero l'equilibrio in modo da rimanere in piedi.

"Ma..." Al suo 'ma' mi si irrigidisce la spina dorsale. Odio quella parola. "Ho *paura*."

"Non c'è niente di male ad aver paura, piccola." Emetto un sospiro, facendole svolazzare la frangia. "Ho solo bisogno che tu creda che sarò sempre qui a sostenerti."

Per quanto abbia la pelle d'oca, mentre le faccio scorrere la punta delle dita lungo l'avambraccio, sento la morbidezza della sua pelle. Tiro verso di me il suo polso sinistro. Sotto il pollice sento la ruvidità delle pietre degli anelli, il che rende ancora più evidente il suo anulare nudo.

Se la distanza che io e lei abbiamo tenuto nelle ultime settimane mi ha insegnato qualcosa, è che io sono totalmente, completamente, al cento per cento innamorato pazzo di Kay.

"Sei la donna della mia vita," dico mentre le accarezzo il dito senza anello.

"Non puoi saperlo." Scuote la testa, sbattendomi i ricci contro la mandibola. "Siamo stati insieme solo due mesi."

"Non mi importa se siamo stati insieme due oppure *duecento* mesi. Dal momento in cui ti ho vista... qualcosa mi ha detto che eri perfetta per me." Avvicino la mano alla bocca e le bacio l'anulare. "Il passare dei giorni non ha fatto altro che convincermi ancora di più."

"Mase." Le asciugo una lacrima che le scende dall'occhio. "Sono un disastro. Non so come farò i conti con tutto ciò che comporterà la tua futura carriera."

"Lo impareremo insieme."

Ho già in programma di trascorrere parte del mio tempo quaggiù con JT; quando si tratta di aiutare Kay a superare i momenti peggiori, è lui l'esperto. Se c'è qualcuno in grado di insegnarmi come aiutare la mia ragazza, è proprio JT.

"Farò tutto ciò che serve per farti sentire sicura di noi due. Ti chiedo solo di essere mia."

"Tu non..." Abbassa lo sguardo verso le nostre mani intrecciate. "Ci sono..." Fa un respiro profondo e la sua voce si fa flebile. "Ci sono cose... *importanti* che non sai di me. E se... ti facessero cambiare idea?"

Sento lo stomaco contorcersi. Sospettavo che mi nascondesse

qualcosa, ma sono talmente infatuato di lei che, onestamente, non riesco a pensare a cosa potrebbe mai far avverare le sue paure, ammesso che esista qualcosa del genere.

Le metto un dito sotto il mento e le alzo la testa fino a quando i suoi occhi, adesso umidi, incontrano i miei. "Quando sarai pronta per raccontarmele, io ci sarò, ma sappi questo," con un dito le traccio la mandibola, "niente di ciò che dirai mi farà cambiare idea. Qualunque cosa sia accaduta nel passato ha contribuito a creare la donna che ho di fronte a me ora, e io la amo."

Fa un respiro profondo con le labbra leggermente aperte per lo stupore.

Bene. Se riuscirò a ottenere qualcosa in questo fine settimana, sarà convincere Kay della profondità dei miei sentimenti.

"Come mi hai trovata?"

La domanda mi prende in contropiede. Fatico a credere di aver visitato tre stati per cercarla.

"Beh… dopo essermi fatto il giro di tutta Jersey, ho proseguito il viaggio fino a Baltimora."

"Sei *andato* da mio *fratello*?" Mi fissa, come se volesse assicurarsi che non sia ferito.

"Andrei ovunque per te."

Bleah. Ti sei trasformato in un personaggio smielato di un romanzo rosa. Il mio coach interiore può andare a farsi fottere, perché il sorriso che vedo sbocciare sul volto di Kay è il più grande che abbia visto da settimane, e così anche il mio.

"Oh, quelle mettile via." Spinge un dito in una delle mie fossette, il che mi fa sorridere ancora di più. Dice sempre che quelle fossette fanno impazzire le ragazze. Quando le ripeto le sue parole mi dà una pacca giocosa sulla spalla.

"Questo significa che stai per ammettere che sei di nuovo mia?" Le dò un pizzicotto sul collo e il gemito che emette mi fa venire voglia di cercare la superficie piana più vicina, così da fare pace come si deve.

"Sei proprio un cavernicolo."

Non posso fare a meno di sorridere contro la sua pelle. "Puoi dirlo forte, piccola."

L'alzata di occhi che mi rivolge quando mi faccio indietro è l'unica risposta di cui ho bisogno.

CAPITOLO 34

KAYLA

Lo sto facendo. Non riesco a crederci, ma lo sto facendo. Spero soltanto che la situazione non mi esploda tra le mani.

"Possiamo andarcene da qui?" mi domanda, sfiorandomi la testa con la punta delle dita; al suo tocco sento il cuoio capelluto bruciare.

Per quanto abbia provato dei sentimenti contrastanti durante il periodo in cui siamo stati lontani, non riesco a rispondere in altro modo che sì.

È assurdo pensare che sia andato perfino da E per rintracciarmi. Con me potrà anche comportarsi come un orsacchiotto tenero, ma mio fratello diventa un grizzly con chiunque ritenga che mi abbia fatto un torto.

Non dovrebbe sorprendermi che E abbia considerato Mase abbastanza bravo da superare la prova; ha trascorso settimane a lottare per me, per noi.

Devo avere fiducia nelle parole di Mase. Istintivamente, una parte di me crede che se c'è qualcuno in grado di gestire le questioni che ho troppa paura di affrontare, è proprio lui.

"Hai in mente un posto in particolare?"

Andare in un luogo riservato è la scelta più intelligente. A dirla tutta, è un miracolo che nessuno sia venuto a disturbarci.

"Sì." Sul suo volto compare il ghigno diabolico che riesce sempre a indebolirmi le ginocchia. Senza dire un'altra parola, mi rimette a terra lasciando che il mio corpo scivoli lungo ogni centimetro del suo. Quelle sue maledette fossette si fanno sempre più profonde.

Quando torniamo in cucina, vediamo che la partita di flip cup è in pieno svolgimento. Mi sfrego le braccia nel tentativo di riscaldarmi, anche se non saprei dire se il freddo sia dovuto al fatto di essere rimasta fuori per così tanto tempo, o al numero di occhi che in questo momento mi fissano.

Mase si avvicina alle mie spalle, infondendomi calma e calore, mi avvolge con le braccia e mi tira a sé. Mi sfugge un sospiro di soddisfazione per la facilità con cui riesce a riportarmi in equilibrio.

Perché ho cercato di fuggire da tutto ciò?

"Tutto a posto?" chiede JT, muovendo un dito verso di noi.

Le labbra di Mase si posano sul punto morbido dietro il mio orecchio e sussurrano: "Sei mia." Dovrei alzare gli occhi al cielo davanti all'ennesima buffonata da cavernicolo di Mase, ma dopo aver trascorso settimane pensando che non le avrei sperimentate mai più, proprio non ci riesco. La sua possessività è una di quelle cose che mi ha spinto ad amarlo.

Al di là di ciò... non ha niente a che vedere con il modo in cui è piombato qui, mi ha caricata in spalle e mi ha trascinata via come gli uomini primitivi da cui ho tratto il suo soprannome.

"Tutto a posto." Annuisco posando le braccia su quelle di Mase, senza alcuna fretta di spostarmi.

"Questo significa che adesso sono di nuovo Ginny?" chiede JT inginocchiandosi in una supplica esagerata. Ci sono giorni in cui nutro seri dubbi sulla sua sanità mentale.

"È decisamente la più cazzuta dei Weasley," commenta Mason, facendo brillare gli occhi di JT. "I film non rendono giustizia al personaggio."

"Oh, mamma mia," esclama JT saltando in piedi. "È un potteriano anche lui? Allora è perfetto per te, PF."

Mi volto indietro e scorgo l'espressione compiaciuta di Mase. Dopo che ho passato settimane a dirgli di non essere adatta a lui, ora sicuramente *adora* il fatto che qualcuno gli stia dicendo l'esatto contrario.

Mi bacia la testa e inspira a fondo il mio odore, il suo petto si allarga.

Nell'istante in cui Mase si allontana sento già la sua mancanza, il mio cuore si calma solo quando sento le sue dita intrecciarsi alle mie. "Il nostro Uber è qui."

Come ho fatto a non accorgermi che ne aveva chiamato uno? Ma in fondo, chi se ne importa? Dopo aver promesso a JT e agli altri che l'indomani ci saremmo incontrati, ci congediamo.

Non appena la porta della stanza d'albergo si chiude alle nostre spalle, Mase mi solleva tra le braccia. Gli avvolgo le gambe attorno alla vita in automatico. Mentre mi preme la schiena contro il muro vicino alla porta, mi divora la bocca come un affamato lasciato libero a un *all you can eat*.

Credevo che il suo bacio alla sede dei giocatori di basket fosse infuocato, ma era solo una fiammella in confronto a questo incendio.

La sua lingua lambisce la mia, e io ricambio ogni colpo. Grata per tutti gli anni di esperienza nelle capriole, uso i muscoli delle cosce per strusciarmi addosso all'erezione che gli spinge contro la cerniera dei pantaloni. Il mio corpo si ricorda esattamente cosa è in grado di fare, in quel momento le mie mutandine sono completamente rovinate.

Faccio scivolare le mani sotto l'orlo della felpa e della maglietta, percorrendo gli avvallamenti dei suoi addominali, poi le sollevo entrambe sopra la sua testa e le getto lontane, facendogli cadere anche il cappello.

Qualcuno faccia fare a quest'uomo una pubblicità di intimo. È S-E-X-Y, sexy, sexy, sexy, esclama la mia cheerleader interiore.

Non mi lascia neppure il tempo di apprezzare quanto sia figo che spinge nuovamente la bocca contro la mia. Mi succhia il labbro inferiore e il morso dei suoi denti mi indebolisce le ginocchia al punto che, se fossi in piedi, mi sarei già sciolta in una pozzanghera.

A proposito di pozzanghere, la vescica sceglie proprio questo momento per ricordarmi di tutta la birra che ho bevuto giocando a flip cup.

Che seccatura. La mia cheerleader interiore non è l'unica a sbuffare, mentre sbatto la testa contro il muro per la frustrazione.

"Cosa c'è che non va, piccola?" domanda Mase, mentre una delle sue fossette fa capolino.

"Devo fare pipì." Rabbrividisco mentre pronuncio quelle parole. Proprio quel che si dice per entrare in intimità.

A quel punto compare anche l'altra fossetta; è chiaramente divertito dalla mia ammissione. Mentre mi posa a terra, noto che lo sguardo gelido che gli rivolgo non sortisce alcun effetto, anzi, lo schiaffo sul culo che mi dà quando mi giro verso il bagno ne è un'ulteriore prova. Perfino attraverso lo spesso legno della porta del gabinetto, dopo che gliel'ho sbattuta in faccia per potermi occupare in santa pace delle mie faccende private, riesco a sentire la sua risata profonda.

Mi sto lavando le mani, quando sollevo lo sguardo e vedo nello specchio i suoi occhi colmi di passione. Non so se dovrei essere turbata o meno dal fatto che il mio ragazzo sia rimasto chiaramente dietro alla porta del gabinetto a spiarmi mentre facevo pipì, ma nel momento in cui avanza verso di me non ho tempo di rifletterci.

Il suo corpo si stende sul mio, piegandomi in avanti sul ripiano del lavandino mentre allunga il braccio tatuato verso il rubinetto per chiudere l'acqua.

"Che stai facendo?" Guardo la sua mano premermi contro l'addome, la sua carnagione olivastra risalta ancora di più in contrasto con il bianco della mia maglietta.

"Ci stavi mettendo troppo," risponde mentre sento la sua erezione strusciarmi contro il sedere.

Alzo gli occhi al cielo. "Sono stata dentro per *letteralmente* un minuto."

Ignora la mia replica e usa la mano libera per scostarmi i capelli; fa scorrere le labbra contro la pelle nuda, iniziando da dietro l'orecchio per poi scendere lungo il collo e mordere il punto in cui si congiunge con la spalla. Mi sfugge un mugolio quando inizia a leccare la zona in cui mi ha impresso i denti sulla pelle.

Mentre continua a lasciare la sua scia di baci, rimango incantata dal nostro riflesso nello specchio. Aggancia le dita attorno alle spalline della canotta e del reggiseno, poi, lentamente e maliziosamente, me le fa scendere fino all'altezza dei gomiti piegati sul ripiano.

Sento il respiro diventarmi pesante sotto il peso della bramosia, mentre la sua mano percorre un sentiero che parte dalla gola, scende lungo lo sterno e infine sparisce nella scollatura della mia maglietta. Senza più l'ostacolo delle spalline, la maglietta e la canotta calano fino a svelarmi i seni, i capezzoli sono inturgiditi dall'aria fredda.

Con un ringhio dal profondo della gola, Mase si abbatte nuovamente sul mio collo, questa volta mordendomi abbastanza forte che, sono certa, mi ha lasciato il segno.

Incrociando i polsi sul mio petto, mi afferra i seni; i capezzoli rosa gli sporgono dalle dita mentre li stringe e li pizzica. Il ripiano del lavandino è il mio unico supporto, mentre le mie mutandine, già fradicie, si allagano ancora di più.

"*Santo cielo, Kay.*" Faccio spinta sulla punta dei piedi oscillando il bacino mentre le sue dita mi stringono i seni e mi mandano una scintilla direttamente al clitoride.

"*Mase.*" Il suo nome mi esce dalla bocca come un grido spezzato.

"Ho bisogno di te," dice, mentre con i baci mi solletica la pelle sensibile della schiena.

Piego indietro il collo, cercandolo, bramandolo, fin quando non catturo le sue labbra tra le mie. I miei dubbi su di noi non hanno mai riguardato l'aspetto fisico. In quel campo, anzi, diamo il nostro meglio. Qui non c'è nient'altro che possa mettersi tra noi. Siamo soltanto io e lui.

"Fammi tua," ordino contro la sua bocca, le nostre labbra si sfiorano a ogni parola affannosa.

Dopo quella frase, preme tra le mie scapole con una mano e mi fa piegare completamente in avanti, tanto che riesco a malapena a mantenere il contatto con il pavimento con le punte dei piedi.

Le sue dita abili mi sbottonano i pantaloni, tra le pareti del bagno risuona il rumore della cerniera che si abbassa. L'aria fredda mi sferza la pelle bruciante, mentre mi abbassa i pantaloni lungo il sedere e le gambe, fino al punto in cui il bordo superiore degli stivali gli impedisce di calarli oltre la metà della coscia.

Mentre nello specchio vedo i suoi occhi che si infiammano, Mase muove su e giù il pomo d'Adamo nel godersi la vista del mio sedere tonico, diviso in due dal sottile tessuto bianco del tanga. *Grazie, allenamento da cheerleader con le tue infinite sessioni di squat.*

Dopo un'ultima strizzata, la sua mano sinistra lascia il mio seno destro per scorrere verso il basso, la pancia mi si contrae bruscamente alla sensazione della sua pelle ruvida. Il pizzo del perizoma che mi sfrega contro le grandi labbra mi fa esplodere di piacere.

"Sei *fradicia*, piccola," grugnisce Mase mentre, attraverso il tessuto delle mutande, sento le sue dita andare sempre più in profondità nella mia fessura.

Fremiti, brividi… ogni sensazione è talmente intensa da far male.

Non riesco a parlare, la mia mente è in balia del piacere.

Sento che con una mano mi afferra la chiappa, la stringe, poi la solleva e infine la lascia andare per osservare come rimbalza. Con un dito mi si fa strada tra le natiche fino a sparirci in mezzo, poi, quando torna indietro, mi strattona bruscamente la parte anteriore delle mutandine contro il clitoride, facendomi sfuggire un mugolio di piacere.

"Mase… non… provocarmi." È una vera fatica, far uscire quelle parole.

Nel riflesso dello specchio, i suoi occhi incontrano i miei. Usando entrambe le mani, inizia con un movimento lento e—*accidenti a lui*—molto provocatorio a calarmi le mutande lungo la curva del sedere, giù lungo le gambe fino a quando non si fermano contro i pantaloni; il tanga è talmente fradicio che mi si stacca dalla passera con uno schiocco.

Mi cinge a sé con il suo braccio tatuato, aggrappandosi nuovamente al seno destro con la mano, l'inchiostro nero del disegno tribale contrasta con la mia carnagione pallida; a quel punto, senza preavviso, sento due dita infilarsi dentro. Grido, non per il dolore—sono decisamente troppo bagnata per provare dolore—ma per il piacere inaspettato. Sono a due secondi dal raggiungere l'orgasmo, e ha appena incominciato.

Piega le dita, individuando subito il punto più sensibile

dentro di me; raggiungo l'apice del piacere proprio grazie alla sua mano, le mie urla estatiche che risuonano tra le pareti del bagno.

Continua a muoversi dentro di me fino a farmi venire una seconda volta. Il mio corpo sarà anche sul punto di collassare per l'orgasmo, ma a giudicare dal modo in cui Mase si sta slacciando i pantaloni, ha appena iniziato. Quando toglie le mani da me per mettere in mostra l'uccello, mi affloscio contro il ripiano del lavandino, con il granito duro e freddo che mi colpisce l'addome.

La robusta erezione mi si fa strada in mezzo alle chiappe e si accosta alla passera umida, cospargendosi dei miei succhi.

Mase si allinea alla fessura, ma non va oltre. "Guarda," mi ordina, facendomi sentire il respiro contro l'orecchio; attende che io alzi la testa, appoggiata contro le mani chiuse a pugno.

Una volta che il mio sguardo stravolto incontra nello specchio i suoi ardenti occhi verdi, lui mi afferra i fianchi e in un'unica, potente spinta—a riprova di quanto io sia bagnata—mi penetra fino in fondo, con le palle che mi sbattono contro le cosce mentre gemiamo all'unisono.

Rimaniamo entrambi fermi per un momento, mentre permette al mio corpo di accogliere tutta la sua lunghezza. Una volta certo che io sia pronta, inizia a spingere avanti e indietro; in quel momento recito un ringraziamento silenzioso all'inventore della pillola anticoncezionale per permettermi di assaporare ogni spinta senza il fastidio di una barriera di lattice.

Mase fa passare il braccio sinistro tra i miei gomiti flessi per trovare nuovamente un punto d'appoggio contro il mio petto, mentre mi avvolge il braccio destro attorno al fianco per premere sul clitoride. Mi domina, mi sovrasta quanto quella posizione gli consente e l'attacco simultaneo alle mie zone erogene è quasi più di quanto io riesca a sopportare.

"Guarda, piccola," mi ordina nuovamente, quando nota che sto per chiudere gli occhi. "Guarda come ti prendo. Guarda come stiamo bene insieme."

Quelle parole hanno un effetto sul mio corpo pari a quello del suo tocco.

"Amo scoparti così. Il modo in cui premi il culo contro di me… e come inarchi la schiena… è la cosa più sexy che abbia *mai* visto." Le sue parole suonano quasi come un ringhio. "Ma per quanto mi piaccia, non riesco a vedere il tuo bellissimo viso quando godi."

Allunga le dita per accarezzarmi la mandibola, in un gesto affettuoso che contraddice il modo animalesco con cui mi sta prendendo.

"Ora mi sto odiando per non aver pensato prima di scoparti davanti a uno specchio. È davvero il *meglio* che c'è, piccola."

Mentre continua a giocare con me tanto con il corpo quanto con le parole, vengo travolta da un altro orgasmo. Dopo il tempo che abbiamo trascorso lontani l'uno dall'altra, non so quanto riuscirò a resistere ancora prima di svenire dal piacere, e intendo svenire *veramente*.

"E, *mamma mia*, il modo in cui appari nello specchio, le tue tette appetitose premute contro il ripiano, come se mi venissero servite su un piatto… il modo in cui pieghi le braccia per permettermi di farti mia… sei la cosa… *Più. Eccitante. Di. Sempre.*" Evidenzia le ultime parole tirando fuori l'uccello fino alla punta e sbattendomelo dentro nuovamente ogni volta.

"Mase… Non ce la faccio più." Sono talmente sconvolta dal piacere che fatico a mettere insieme le parole.

"Lo so, piccola." Mi bacia sul lato del collo, parlandomi contro la pelle e lasciando che le parole mi rimbombino dentro. "Vieni per me ancora una volta. Sei mia."

La stimolazione che mi sta provocando al clitoride è quasi insopportabile, ma il ripiano del lavandino gli tiene la mano ferma in posizione e le sue agili dita continuano imperterrite a stuzzicare il mio punto più sensibile. Non c'è modo di fermare ciò che sta per accadere e, onestamente, non sono neppure sicura di volerlo fare.

"Andiamo, piccola. Lasciati andare. Vienimi sull'uccello. Sei tutta mia."

Le sue parole sono la scintilla che fa esplodere il più grande e maestoso orgasmo della mia intera vita. Lo sento venirmi dentro e raggiungiamo all'unisono l'apice del piacere.

Si appoggia coi gomiti al bancone, ben attento a non schiacciarmi, mentre cerchiamo entrambi di riprendere fiato.

Rendendosi conto di quanto io sia completamente distrutta, mi prende tra le braccia e mi porta verso il letto matrimoniale al centro della stanza.

Sono talmente stordita che quasi non mi rendo conto che mi

sta tirando via gli stivali e il resto dei vestiti, prima di toglierseli a sua volta. Mi solleva come se pesassi meno di una piuma e ci sistema al centro del materasso, poi tira le coperte e mi avvolge con il suo corpo.

Il suo "ti amo" sussurrato è l'ultima cosa che ricordo prima di abbandonarmi al sonno.

TheQueenB: Ehi @UofJ411 guarda che coppietta della @TheUofJ ho notato in lontananza. #HoFattoUnoScoop #CosaFaCasanova #LaRagazzaDiCasanova
foto di un giocatore di basket dell'Università del Kentucky assieme alla sua ragazza; sullo sfondo, evidenziata da un cerchio, si vede Kay tra le braccia di Mason

UofJ411: Grazie dell'aggiornamento @TheQueenB #AbbiamoOcchiDappertutto #CosaFaCasanova #LaRagazzaDiCasanova
RICONDIVISO—foto di un giocatore di basket dell'Università del Kentucky assieme alla sua ragazza; sullo sfondo, evidenziata da un cerchio, si vede Kay tra le braccia di Mason—TheQueenB: Ehi @UofJ411 guarda che coppietta della @TheUofJ ho notato in lontananza. #HoFattoUnoScoop #CosaFaCasanova #LaRagazzaDiCasanova

TightestEndParker85: Come no, tanto non durerà @CasaNova87 #Scommettiamo #PuntoTutto #DovrestiContenereLePerdite ***RICONDIVISO—*foto di un giocatore di basket dell'Università del Kentucky assieme alla sua ragazza; sullo sfondo, evidenziata da un cerchio, si vede Kay tra le braccia di Mason—*TheQueenB: Ehi @UofJ411 guarda che coppietta della @TheUofJ ho notato in lontananza. #HoFattoUnoScoop #CosaFaCasanova #LaRagazzaDiCasanova**

UofJ411: Oh merda! Non lascerai correre, vero @CasaNova87? #DifendiLaRagazza #CosaFaCasanova #LaRagazzaDiCasanova ***screenshot del post di @TightestEndParker85: Come no, tanto non durerà @CasaNova87 #Scommettiamo #PuntoTutto #DovrestiContenereLePerdite***

CAPITOLO 36

MASON

Svegliarmi con Kay nuda tra le braccia è decisamente la mia maniera preferita di iniziare la giornata. Dopo aver trascorso le ultime due settimane con la paura di non poter mai più rivivere questa esperienza, mi concedo qualche minuto in più per apprezzarla come si deve.

Completamente stretto a lei, faccio del mio meglio affinché il suo corpicino di centoquarantanove centimetri sia interamente avvolto dal mio metro e novantacinque. Il corpo di Kay aderisce al mio dalla testa ai piedi, la morbida curva del suo sedere è appoggiata contro il mio inguine in corrispondenza della piega dei nostri fianchi.

Dalla massa di riccioli sparsa sul mio braccio si diffonde un profumo di menta; le mie spalle le fanno da cuscino mentre le braccia la avvolgono e si rifiutano di lasciarla andare perfino nel sonno.

"*Mase*," dice con un sospiro. Non so cosa sia più sexy: il suono roco e ruvido della sua voce o il fatto che abbia ricominciato a chiamarmi Mase.

"Buongiorno, piccola." Mi avventuro dietro il suo collo, scostando i capelli per lasciarle una scia di baci. Tendo i muscoli per avvolgerla e infilo una gamba in mezzo alle sue, facendo presa sulla caviglia per tirarla più vicina.

"Non ho intenzione di fare sesso con te," borbotta contro il cuscino.

Quel tono scontroso mi provoca una risata. *Oh, la mia anti-mattiniera preferita.* Non mi stupisce che il sesso mattutino non sia tra le sue attività preferite, ma sono certo di riuscire a convincerla.

"E se facessi io tutto il lavoro?" Le mordicchio l'orecchio, sorridendo per il modo in cui la sento contorcersi contro di me.

"Sono troppo indolenzita."

Non dovrei sorridere, ma non riesco a trattenermi. È normale che Kay sia un po' dolorante, visto che sono grande il doppio di lei, ma se sta chiedendo un *timeout* vuol dire che quello che c'è stato tra noi è stato tutt'altro che normale. Ieri notte siamo stati piuttosto *appassionati*… tutte e tre le volte.

Finalmente sei all'altezza del tuo status di miglior giocatore del campionato. Bel lavoro, Nova. Ti sei meritato una pausa. A quanto pare, dopo ieri sera, il mio coach interiore è diventato alquanto impertinente.

"Quindi stai dicendo che oggi camminerai in modo strano?" Le accarezzo la spalla nuda. La sola idea che tutti riescano a vedere il modo in cui l'ho posseduta, a vedere come lei sia *mia*, è una bella iniezione di orgoglio.

"Sei davvero un cavernicolo." Giuro di riuscire a percepire che sta alzando gli occhi al cielo, e lo adoro.

"Ma mi ami comunque." Inizio a palpeggiare il seno che stringo nella mano, strusciando il capezzolo contro il palmo.

"Vuoi *smetterla*?" Cerca di scostarsi, ma la mia presa su di lei è decisa e ciò la fa sbuffare dalla frustrazione. "La mia passera ha bisogno di un intervallo. Vai a intrattenere il tuo uccello sotto la doccia, se proprio non puoi aspettare fino a stanotte."

La mia ragazza, signore e signori: sempre a rispondermi con del sarcasmo. È davvero fortunata che io la ami.

Certo che ne dici di cazzate. Non eri tu quello che voleva convincere me che la ami proprio perché lei è diversa e non fa la gatta morta come le tue solite ammiratrici?

Odio quando il mio coach interiore ha ragione.

Dopo averle dato un ultimo bacio sulla testa, mi giro e esco dal letto… da solo.

Sto per prendere il telefono sul comodino quando vedo la notifica di un messaggio illuminare lo schermo del cellulare di Kay; il contatto che appare come SCONOSCIUTO mi spinge a fermarmi e a dare un'occhiata.

> SCONOSCIUTO: È un peccato che tu abbia cancellato i tuoi profili social, perché se scavi abbastanza puoi trovarci praticamente CHIUNQUE. Sapevi che il tuo Casanova e il suo amichetto quarterback alle superiori uscivano con la STESSA tizia? Oh, chissà quante storie potrò farmi raccontare da lei…

Chi cazzo le ha mandato questo messaggio? Meglio ancora, cosa gliene frega di Chrissy? Al di là del fatto che ha preso per il culo me e il mio migliore amico, non c'è nessuna storia da raccontare.

Oppure…

Che sia…

È Liam Parker che le ha mandato questo messaggio? Perché non l'ha bloccato?

A quel pensiero mi pervade una rabbia incontrollabile. L'istinto di svegliare Kay e chiederle di darmi delle risposte è talmente forte che prima di bloccarmi mi rendo conto di aver già compiuto un passo verso il letto. Accusarla senza averci prima pensato bene potrebbe avere effetti nefasti su tutto ciò che abbiamo realizzato ieri notte.

L'ultima cosa di cui ho bisogno è che Kay ricominci con tutte quelle stronzate della serie: *'Non sono adatta a te'*. L'ho appena riconquistata, non permetterò mai che qualcosa o qualcuno cerchi di portarmela via di nuovo.

Avrai bisogno di aiuto per vincere questa partita.

Il mio coach interiore ha ragione, di nuovo. Mando velocemente un messaggio a JT; gli scrivo l'hotel e il numero della nostra stanza e gli chiedo di venire qui.

E io che speravo di avere Kay tutta per me senza altri problemi. Certo, come no.

Dopo essermi asciugato, indosso l'unico capo di abbigliamento non firmato dall'Università di Jersey che ho in valigia—una maglietta a maniche lunghe bianca e dei pantaloni della tuta neri —dal momento che, se fossi uscito dal bagno avvolto solo nell'asciugamano, con tutta probabilità non sarei riuscito a resistere alla tentazione di intrufolarmi nuovamente nel letto e convincere Kay a concludere l'intervallo. L'autocontrollo di un uomo può reggere solo fino a un certo punto: tenermi a distanza da Kay completamente nuda è uno di quei test che non riuscirò mai a superare.

Inutile dire che la ritrovo nella stessa posizione in cui l'ho lasciata, con le ciocche bionde che si stagliano contro il bianco delle coperte. Mi fermo ai piedi del letto, meravigliato di quanto sia veramente minuscola, persa in un mare di lenzuola sul materasso matrimoniale. È sorprendente che abbia scelto di stare con un bruto come me. Ci sono delle volte in cui ho avuto paura di schiacciarla, ma è come se ci fosse un istinto nel mio DNA che me lo impedisce.

Una veloce occhiata all'orario mi dice che JT sarà qui a breve. Nonostante il rischio di danni fisici, una possibilità concreta quando si parla di Kay, provo a svegliarla scostandole i capelli dal volto e baciandole la fronte. "Andiamo, Bella Addormentata. È ora di svegliarsi."

Mi risponde con un grugnito indispettito e solleva un braccio per provare a scacciarmi. *Quanto è adorabile.*

"Per quanto sia tenera la tua avversità alle mattine..." Al riparo da eventuali arti vaganti, mi chino di nuovo su di lei e le poso una serie di baci sulla guancia. "...ho bisogno che ti alzi e ti vesti."

"Da quando vuoi che io mi *vesta*?" borbotta.

"Piccola..." Mamma mia, cosa non darei per poter esplorare il suo corpo nudo in questo momento. "Se non stesse per venire qui il tuo migliore amico, non mi dispiacerebbe affatto che rimanessi nuda. Anzi, insisterei."

"JT sta venendo qui?" Si volta sulla schiena e si gira verso di me, stropicciandosi gli occhi.

"Sì." Guardo per terra alla ricerca della maglietta che abbiamo buttato sul pavimento ieri notte e, una volta trovata, la passo a Kay; nello stesso momento, qualcuno bussa alla porta.

I suoi occhi grigi si allargano per la sorpresa, poi si affretta a infilarsi la maglietta nera. Mi prendo un momento per apprezzarla come si deve. Non mi interessa se ha i capelli in disordine per tutto il sesso che abbiamo fatto, i residui di trucco agli angoli degli occhi e la pelle del viso arrossata per aver sfregato contro la mia barba: non mi è mai apparsa più bella.

Toc toc.

Ah, già. È arrivato JT e io ho dei casini da sistemare.

Kay non prova nemmeno ad alzarsi, quindi vado io ad aprire la porta.

"Ero pronto a scommettere che non si sarebbe alzata prima di mezzogiorno," esordisce JT quando lo faccio entrare.

"Sì, beh, il mio ragazzo è una sveglia piuttosto fastidiosa." Con le sopracciglia aggrottate, gli occhi chiusi, la mascella che quasi tocca il pavimento, un braccio piegato a coprire la bocca e l'altro sollevato fin sopra la testa, Kay emette un lunghissimo sbadiglio.

"L'hai svegliata?" mi chiede JT, mentre appoggia sul tavolo un sacchetto di carta e dei caffè da asporto. Quando annuisco mi batte il pugno.

Kay, dal letto, continua a lanciarci occhiatacce assonnate. So che non dovrei dirlo ad alta voce, ma ogni volta che cerca di fare la dura trovo che sia la ragazza più tenera di questo mondo. Cerca di apparire agguerrita, ma quando si arrabbia mi ricorda tanto quei buffi meme di Baby Groot.

"Ti ho portato del caffè." JT porge a Kay un bicchiere di carta, che lei afferra con un gesto rapido e stringe al petto.

"Sei il mio preferito." Sento l'uccello premere nei pantaloni quando guardo le sue labbra stringersi per soffiare sul caffè bollente. Accidenti a lei per aver chiesto l'intervallo. I tre orgasmi della notte scorsa non sono niente, dal momento che devo recuperare delle settimane intere senza di lei. Poco importa che avere un'erezione davanti al suo migliore amico sia alquanto inappropriato. Mi sono reso conto che, quando si tratta di Kay, il resto del mondo può andare a farsi fottere.

Non è proprio il resto del mondo la ragione per cui hai chiesto a JT di venire qui?

Al monito della mia coscienza annuisco a me stesso. Non me ne frega proprio niente di quello che gli altri hanno da dire su di me, su Kay o sulla nostra relazione. Per quanto nemmeno a Kay interessi, ciò la condiziona comunque. Il mio compito è quello di proteggerla e studiare i metodi migliori per aiutarla ad affrontare la situazione attuale.

Il che ci riporta a JT...

"Vuoi farti una doccia, piccola?" Afferro la cinghia del borsone che JT ha portato con sé. Non sono riuscito a convincerla a farsi la doccia con me, ma forse ora sarà più incline a andare a lavarsi, visto che lui le ha portato dei vestiti puliti. Inoltre, ciò mi darà qualche minuto per discutere di una strategia da solo con JT senza farla preoccupare inutilmente.

"Certo." Scivola fuori dal letto; non appena si alza in piedi, la mia maglietta le si srotola all'altezza delle ginocchia, e, automaticamente, il mio sguardo si concentra sulle sue belle gambe nude. Ancora una volta, l'uccello pulsa al ricordo di quanto era bella la sensazione di avere quelle gambe strette contro le costole durante il nostro terzo round.

Afferra il borsone che le porgo e le sue dita mi sfiorano delicatamente il dorso della mano, scatenando delle scintille che mi salgono lungo il braccio. Non importa quanto il contatto sia semplice o innocente: con Kay reagirò sempre in maniera viscerale.

Né io né JT ci muoviamo di un millimetro fino a quando non sentiamo chiudersi la serratura del bagno, poi prendiamo posto sulle sedie attorno al tavolo. Rimango in silenzio, incerto su come iniziare la discussione. L'ultima volta che io e JT ci siamo parlati lui ha cercato in ogni modo di incoraggiarmi a sistemare le cose con Kay... il che mi fa sentire ancora di più uno stronzo, dal momento che, quando sono saltato a conclusioni affrettate, credevo che la mia ragazza mi stesse tradendo con lui.

"Quanto darà di matto, quando le mostrerò questo?" Gli porgo il telefono di Kay con il messaggio aperto sullo schermo. "Cosa ancora più importante: è Liam che glielo ha mandato? E come posso aiutarla a gestire la situazione?"

Detesto il fatto di non essere (e di non sapere come essere) ciò di cui Kay ha bisogno nei momenti di crisi. Che io sia *dannato* se non imparo.

"Vuoi chiedermi..." JT si appoggia alla sedia, accavallando un piede sul ginocchio opposto e stendendo il braccio sulla gamba piegata. La vena che gli pulsa sulla tempia è l'unico indizio che mi fa sospettare sia piuttosto incazzato. "...se ricomincerà con tutte quelle cazzate su come non può stare con te, e col dire che se ti lascia lo fa solo per il tuo bene?"

Esplodo in una risata. Adesso capisco perché è diventato il migliore amico della mia ragazza.

"Esatto. Vorrei *tanto* evitarlo."

Immerso nei suoi pensieri, JT inizia a massaggiarsi il mento facendo calare un lungo silenzio tra noi. Sento il cuore pulsarmi in maniera irregolare e inizio a strofinare i palmi sudati sulle cosce, giusto per aver qualcosa da fare mentre il mio intero sistema nervoso è attraversato da scosse elettriche.

"È più probabile che dia di matto per questi." Questa volta è lui a porgermi il telefono, dicendomi di sfogliare gli screenshot che ha salvato nella cartella delle foto. A ogni movimento del pollice mi scorrono sotto gli occhi tantissimi post di Instagram: UofJ411, TheQueenB (chiunque diavolo sia), ancora UofJ411, e infine... il maledetto Liam Parker. "E per rispondere alla tua domanda: sì, è Liam che le ha mandato il messaggio."

Con una calma che non so nemmeno come io faccia ad avere, gli restituisco il telefono prima di rischiare di scagliarlo contro il muro. "Perché non l'ha bloccato?"

"L'ha bloccato eccome. Presumiamo che sia lui perché, dalle cose che dice, ci sembra evidente. Crediamo anche che stia usando dei telefoni usa e getta, visto che i messaggi arrivano sempre da un numero diverso."

Sento un brivido scorrermi sotto la pelle. "Vuoi dire che non è la prima volta che la contatta?"

"No."

"Devi raccontarmi di più."

Mi salgono i nervi a fior di pelle quando JT si guarda le spalle per assicurarsi che la porta del bagno sia ancora chiusa, prima di chinarsi in avanti con i gomiti appoggiati sulle ginocchia e la tazza di caffè stretta tra le mani.

"Ha fatto delle minacce velate di metterti i bastoni tra le ruote nella selezione della National Football League."

Brantley andrebbe *fuori di testa*, se lo venisse a sapere.

"Mi sembra molto improbabile," commento.

"Sono d'accordo." JT annuisce. "Ma, vedi... quando si tratta di te, PF non è esattamente la persona più razionale del mondo."

Non è l'unica, mormora il mio coach interiore, offrendomi la sua opinione.

JT resta in silenzio per un po', ma quando ricomincia a parlare, inaspettatamente cambia discorso. "Non riesco a credere che tu sia andato da E." Potrei sbagliarmi, ma nel suo sguardo intravedo un barlume di rispetto.

"Cosa ti fa pensare che io abbia scoperto in questo modo che lei si trovava qui?" Ha indovinato, ma scoprire come è giunto a quella conclusione mi aiuterà a comprendere meglio le dinamiche interne di quella famiglia.

"Ero al telefono con lui, quando mi hai scritto."

Inizio a raccontargli ciò che è accaduto durante il mio breve soggiorno a Baltimora, ma mi interrompo al suono della porta del bagno che si apre. Kay oltrepassa la soglia e l'intero ambiente circostante diventa confuso: la mia attenzione è tutta su di lei. Come accidenti fa a essere così bella appena uscita dalla doccia?

I suoi lunghi riccioli sono raccolti in una coda di cavallo e dalle ciocche ancora umide scendono delle piccole gocce d'acqua sulla canottiera che recita: *Se il CHEERLEADING fosse facile, si chiamerebbe FOOTBALL.* Non posso fare a meno di pensare che quella scritta sia una frecciatina nei miei confronti: l'occhiolino che mi fa non appena nota il mio sorrisetto divertito conferma il sospetto.

"Di che stavate parlando, ragazzi?" domanda Kay, che mi si accomoda sulle cosce.

Casa. Il pensiero mi balena nella mente, e per quanto sembri folle, è vero: Kay è la mia casa.

La rabbia che provo quando un estraneo prova a intromettersi nella nostra bolla di intimità torna a farsi sentire. Bisognoso di una distrazione, inizio a tracciare con il dito le grandi stelle sulla striscia blu mimetico dei New Jersey Admirals che scende lungo il lato dei suoi leggings.

"Sembra che qualcuno all'Università di Jersey abbia finalmente avuto conferma che stiamo di nuovo insieme." Decido di iniziare con il minore dei due problemi e le porgo il telefono perché scorra la home di Instagram. Mentre guarda i post, la vista degli anelli con le pietre blu e viola della mano che regge il telefono non fa altro che rendere ancora più evidente l'assenza di quello con la pietra verde che ho cercato di aggiungere.

Lo indosserà? Mi riterrà degno di essere inserito nella collezione che rappresenta le persone più importanti della sua vita? Dovrei rallegrarmi del fatto che non indossi neppure l'anello che le ho preso per CK, o non lo sta indossando solo perché sono io quello che glielo ha regalato?

"Mi dispiace tanto, Skittles." Mi chino verso di lei per sussurrarle nell'orecchio, ma lei inspira profondamente. "So che è una di quelle cose che detesti."

Scuote la testa, solleticandomi il naso con le ciocche. "Non è colpa tua."

Vorrei che fosse vero. L'unico motivo per cui i ficcanaso dell'università si interessano a lei è perché sta insieme a me. È tutta colpa mia, quindi è mia responsabilità sistemare le cose al meglio che posso.

"Invece sì." Le stampo un bacio sulla guancia. "Ma ti prego, non fuggire da me." Non ce la faccio a tornare a sentirmi come nelle ultime due settimane.

Kay resta in silenzio.

L'incertezza mi attanaglia lo stomaco. Perché non dice niente? Merda, che cosa dirà quando le mostrerò il messaggio di Liam? La perderò di nuovo?

Ogni piccola speranza che tenevo in serbo sfugge via al ritmo dei secondi di gioco durante una partita: Kay si alza dal mio grembo e attraversa la stanza, sempre senza dire una sola parola.

Mentre la osservo prendere la borsa, sento la bile salirmi in gola. *Ci siamo. Stavolta mi lascia sul serio.* Il solo pensiero mi schiaccia a terra più di quanto farebbe un *linebacker*.

Sposto lo sguardo verso JT e noto che non ha neanche provato ad alzarsi. No, sembra invece che si sia messo ancora più comodo, intento solo a bere il caffè come se nulla al mondo lo turbasse. *Ma che…?*

A quel punto mi rendo conto che Kay non si sta infilando il borsone in spalla, ma che sta aprendo la cerniera. Dato che mi dà le spalle e non riesco a vedere quello che sta facendo, trattengo il respiro e prego come faccio soltanto quando la partita è in bilico e Noah sta tentando un *field goal* da distanza lunghissima per provare a vincere.

Nel momento in cui Kay si volta verso di me, vedo il suo sguardo pieno di dolore. La guardo deglutire e abbassare gli occhi verso qualunque cosa stia stringendo tra le mani.

Mi volto nuovamente verso JT, ma ancora una volta da lui non traspare nulla.

Kay avanza sul tappeto finché il cotone blu dei suoi calzini non tocca la punta delle mie Nike Uptown bianche. Mi concentro sulla sua adorabile mania di abbinare sempre i colori di ciò che indossa, troppo terrorizzato al pensiero di ciò che le vedrò negli occhi non appena solleverò lo sguardo.

"Mase." La sua voce soave mi lenisce come il Gatorade dopo una partita. "Mase, ti prego, guardami."

È una vera impresa fare ciò mi sta chiedendo, mi sento quasi come se avessi dei pesi di piombo attaccati alle palpebre.

"Non ho intenzione di scappare." Giocherella con l'oggetto che ha in mano e alla fine noto che si tratta della scatola di un anello… una scatola dall'aspetto *familiare*. "Al contrario." Infila il pollice in mezzo all'apertura (ovviamente anche la sua unghia è dipinta di blu) e apre il coperchio con uno schiocco.

Crollo sulla sedia alla vista dell'anello con peridoto avvolto nel velluto nero.

L'ha tenuto.

L'ha portato con sé.

Inizio a respirare in maniera irregolare: non voglio alimentare le mie speranze per poi rischiare di rimanere deluso come se avessi compiuto un passaggio incompleto. "L'hai portato con te?"

"Non è l'unica cosa tua che si è portata dietro," dice JT.

"Ma tu, una volta, non eri *mio* amico?" dice Kay voltandosi di scatto verso JT, che però solleva lo sguardo con aria innocente.

"Cos'altro di mio ti sei portata dietro, Skittles?" Le prendo la mano, avvolgendo le dita alle sue affinché riporti l'attenzione su di me. Kay si volta verso di me, ma i suoi occhi tornano a fissare il pavimento.

"Oh, sai…" dice JT con tono cantilenante. "Solamente la tua maglietta, la tua felpa…"

"Oh, *davvero*?" Probabilmente dovrei reprimere l'istinto di sorridere, ma non ci riesco.

"Non gongolare, non è attraente." Kay abbassa la testa, facendo ricadere in avanti la coda di cavallo. "E tu," allunga il braccio, puntando un dito con fare minatorio verso JT, "non sei *più* il mio Taylor preferito."

"Balle," replica lui, disinvolto.

"Non sto gongolando," ribatto, ricevendo per tutta risposta un'alzata di occhi. "Ok, forse un *pochino*." Stringo indice e pollice insieme. "E comunque io sono *sempre* attraente."

Kay assume la tipica espressione per cui non sa se darmi uno schiaffo o baciarmi. Avete presente, no? Labbra socchiuse, la bocca che si muove da una parte all'altra, il naso che si arriccia come quello di un coniglietto. Quanto la amo.

Mentre decide cosa fare, libero la scatola dalla sua presa, prendo l'anello con la pietra color smeraldo e glielo infilo alla mano destra.

Apre la bocca e spalanca gli occhi quando prendo la sua mano sinistra nella mia destra e le faccio scorrere il pollice lungo le nocche. Mentre incasso questa vittoria, non sbatto nemmeno le palpebre. Abbiamo ancora molto da fare, per imparare a gestire Liam Parker e l'attenzione sui social media, ma proprio come quando indossa la mia felpa durante le partite, sapere che mi permette di rivendicarla come mia per adesso è più che abbastanza.

CAPITOLO 37

KAYLA

Quando, poco fa, ho lasciato Mase e JT da soli per andare a farmi la doccia, ero seriamente preoccupata che finissero per venire alle mani. Sono i due uomini più importanti della vita, e sono entrambi dei maschi alfa iperprotettivi. Non avevo idea di come sarebbe andata.

Mi chiedo cosa direbbe Mase, se sapesse che JT nelle ultime due settimane è stato il suo più grande sostenitore. Accidenti, perfino io sono sorpresa da quanto JT suonava convinto, quando diceva che Mase era la persona adatta a me.

Ora, mentre i suoi occhi verdi mi osservano con quella meraviglia e quell'amore che ho visto solo tra mio fratello e sua moglie, tutti i frammenti del mio cuore tornano a unirsi. Non sono ancora convinta di essere la persona adatta a lui, ma se Mase vuole amarmi, allora sarò abbastanza egoista da permetterglielo.

Continuando a tenergli la mano, mi volto e mi sistemo nuovamente sul suo grembo. Sorrido per la maniera istintiva con cui mi cinge tra le braccia per avvicinarmi a sé di qualche millimetro in più.

"So che l'unica ragione per cui sono venuta fino a qui era

vedere te," getto un'occhiata verso il mio migliore amico, notando uno sguardo di approvazione mentre nota i modi discreti in cui interagiamo io e Mase, "ma come mai sei venuto qua? Credevo che ci saremmo incontrati più tardi in palestra."

Dal momento che non c'è in programma nessuna esibizione della Blue Squad, il nostro piano per la giornata di oggi era di terminare le coreografie di JT e Rei.

"Gli ho chiesto io di venire," risponde Mason mentre tiene in mano il mio telefono, e mi irrigidisco non appena noto sullo schermo un messaggio proveniente da un numero sconosciuto. "Volevo che ci fosse anche lui, quando ti avrei mostrato questo."

Tutti quei vecchi dubbi che conosco anche troppo bene tornano a insinuarmisi nella mente. *Posso farcela? Posso veramente farcela?* Il pollice di Mason, che scorre avanti e indietro sull'anello che rappresenta il suo ruolo nella mia vita, mi riporta al presente.

"Ho ascoltato *tutto* ciò che tu e gli altri mi avete detto." Mi lascia andare la mano per cingermi il viso, con il pollice che ora mi accarezza lo zigomo. "Voglio essere io la persona capace di aiutarti quando ti senti sommersa da tutte queste stronzate… e chi può insegnarmelo meglio dell'esperto in materia?"

"Quanto mi piace essere riconosciuto per le mie competenze."

Alzo gli occhi al cielo davanti all'espressione compiaciuta di JT e al modo presuntuoso con cui si sfrega le unghie contro la felpa della squadra di cheerleading dell'Università del Kentucky.

Possibile che Mase non se ne renda conto? Si sta già trasformando nella persona di cui avevo bisogno. Non sento il panico nelle viscere, né i brividi freddi lungo la schiena, per il fatto che la bolla di anonimato che credevamo di avere qui nel Kentucky sia scoppiata. Non ho intenzione di allontanarmi né di scappare per mettere quanta più distanza possibile tra noi due. No, al contrario: cerco di avvicinarmi a lui più che posso, con il corpo che si rannicchia contro il suo.

Ci sono ancora molte cose di cui dobbiamo parlare, devo mettere tutte le carte in tavola. Dopo che verrà a conoscenza di ogni dettaglio scabroso che potrebbe emergere, a quel punto toccherà a lui decidere se sono veramente io la persona che vuole accanto. Forse, se gli proponessi di far gestire la sua immagine pubblica a Jordan e alla sua società, la All Things Sports, potrebbe essere un incentivo sufficiente per ignorare le eventuali ripercussioni che potrebbero ricadere su di lui al momento della selezione in aprile.

JT ama dire che sono melodrammatica, e forse lo sono, ma è comunque un rischio che non intendo correre.

#Capitolo38

TheQueenB: Prima il nostro re del football @CasaNova87 sceglie come ragazza una sostenitrice dei Nittany Lions. Adesso suddetta ragazza sta cercando di fare… cosa? Convertirlo in un fan dell'Università del Kentucky? Hai visto @UofJ411? #DicciPerChiFaIlTifo #DoppiaFedeltà #CosaFaCasanova #LaRagazzaDiCasanova
foto di Mason che abbraccia Kay da dietro, circondati da persone che fanno il tifo indossando la divisa dell'Università del Kentucky

UofJ411: È per questo che negli ultimi tempi non abbiamo visto @CasaNova87 in giro per l'università o alla sede dell'Alpha Kappa? #FugaRomantica #CosaFaCasanova #LaRagazzaDiCasanova
RICONDIVISO—foto di Mason che abbraccia Kay da dietro, circondati da persone che fanno il tifo indossando la divisa dell'Università del Kentucky—***TheQueenB: Prima il nostro re del football @CasaNova87 sceglie come ragazza una sostenitrice dei Nittany Lions. Adesso suddetta ragazza sta cercando di fare… cosa? Convertirlo in un fan dell'Università del Kentucky?**

**Hai visto @UofJ411? #DicciPerChiFailITifo #DoppiaFedeltà
#CosaFaCasanova #LaRagazzaDiCasanova***

TightestEndParker85: Ehi @CasaNova87, sprecare la tua settimana
di riposo dietro ai capricci di Kay Dennings che vuole andare a
trovare quel suo amico @CheerGodJT non ti aiuterà a battere me e i
ragazzi tra qualche settimana #SconfiggeremoGliHawks
#SeteDiVittoria
***RICONDIVISO—*foto di Mason che abbraccia Kay da dietro,
circondati da persone che fanno il tifo indossando la divisa
dell'Università del Kentucky*—TheQueenB: Prima il nostro re del
football @CasaNova87 sceglie come ragazza una sostenitrice
dei Nittany Lions. Adesso suddetta ragazza sta cercando di
fare… cosa? Convertirlo in un fan dell'Università del Kentucky?
Hai visto @UofJ411? #DicciPerChiFailITifo #DoppiaFedeltà
#CosaFaCasanova #LaRagazzaDiCasanova***

UofJ411: Anche voi state facendo il conto alla rovescia per i giorni
che mancano all'ultima partita di stagione dei nostri ragazzi di
@UofJFootball? #FateSentireIlVostroSostegnoPerGliHawks
#CosaFaCasanova #LaRagazzaDiCasanova
***screenshot del post di @TightestEndParker85: Ehi
@CasaNova87, sprecare la tua settimana di riposo dietro ai
capricci di Kay Dennings che vuole andare a trovare quel suo
amico @CheerGodJT non ti aiuterà a battere me e i ragazzi tra
qualche settimana #SconfiggeremoGliHawks #SeteDiVittoria**

MASON

Questa giornata è stata come un ottovolante, con continui su e giù.

Su: svegliarsi abbracciato a una Kay completamente nuda.

Giù: l'intrusione dei messaggi di Liam Parker e dei troll di Instagram.

Su: Kay che indossa il mio anello.

Vi dirò, comunque, che la maggior parte della giornata è stata positiva. Uno dei momenti salienti è stato guardare Kay dare vita alle acrobazie che compongono l'esibizione di JT e della sua partner Rei. Essendo un giocatore di football da quando avevo cinque anni, e avendo una sorella che fa la cheerleader, vi verrebbe da pensare che io abbia trascorso un bel po' di tempo a guardare le altre cheerleader, ma non è così. Non fraintendetemi: negli anni, ovviamente, le ho viste fare acrobazie a bordo campo durante le partite, e qualche volta sono anche andato a vedere le competizioni più importanti a cui ha partecipato Livi; ma non è niente in confronto a ciò che ho potuto vedere oggi con i miei occhi.

A giudicare dai pochi numeri che Kay e JT hanno eseguito durante la dimostrazione, si capisce *perfettamente* perché sono dei campioni. JT ha alzato Kay da terra tenendole un piede per ogni mano; i muscoli delle braccia gli tremavano in maniera quasi impercettibile, mentre la sollevava sopra la propria testa e lei, intanto, spiegava qualcosa a Rei. Poi, dopo un breve conto alla rovescia, Kay ha fatto una capriola all'indietro ed è atterrata con le mani su quelle di JT, tenendo le gambe tese in aria in una verticale. Prima che qualcuno avesse il tempo di apprezzare la perfezione assoluta di quell'acrobazia, JT ha piegato i gomiti e Kay, con una capriola, è tornata nella stessa posizione di prima.

Non so cosa sia più sorprendente: la facilità con cui JT l'ha sollevata sopra la testa, o il modo in cui Kay gli è atterrata sopra le mani con la stessa stabilità che avrebbe avuto se fosse atterrata sul pavimento.

Nonostante tutto ciò, guardare Kay che allena gli altri atleti è ancora più impressionante. A giudicare dalla disinvoltura con cui riesce a ottenere attenzione e rispetto da tutti, non mi stupisce che abbia scelto di non fare la cheerleader all'università: lei è *nata* per allenare.

Quella furbacchiona taglia XXS ha perfino deciso di aggiungere *Just A Friend* di Biz Markie alla playlist di allenamento.

C'è stato un altro bel momento quando abbiamo assistito alla partita di calcio di Harry, il coinquilino di JT, ma dopo la cena per celebrare la vittoria è iniziata una serie di eventi negativi.

Era ovvio che JT non volesse mostrare i post di Instagram a Kay, lo rispetto per averli fatti vedere prima a me, ma ciò non ha fatto molto per attutire il colpo.

Un conto è che la pagina UofJ411 usi le informazioni su me e Kay per generare contenuti, un altro è che la gente continui a taggare l'account per comunicargli aggiornamenti. Ora dobbiamo fare i conti con Liam Parker, che si è buttato a capofitto sugli hashtag #CosaFaCasanova e #LaRagazzaDiCasanova.

Da quando ha restituito il telefono a JT, Kay non ha detto una parola.

La porta della nostra camera d'albergo emette un segnale acustico; il rumore della serratura che scatta è quasi assordante nel silenzio che è calato tra me e Kay e che da quando abbiamo finito di cenare non ha fatto altro che aumentare. Adesso è talmente denso da sembrare nebbia.

Mi supera ed entra in camera, sfiorandomi con la coda di cavallo. Esito a seguirla, incerto su cosa dire. Kay ha già abbastanza insicurezze per conto suo; non ho bisogno che cerchi di farsi carico anche delle mie.

Si è già chiusa in sé stessa, quindi ora devo evitare che si allontani da me un'altra volta.

Mentre mando giù il groppo di paura che sento in gola, trascino le suole delle scarpe da ginnastica sul pavimento finché, vedendo Kay in piedi al centro della piccola sala, non mi fermo bruscamente. Nei suoi occhi tempestosi si nasconde una determinazione ferrea che vorrei riuscire a interpretare.

"Piccola…" La vista dei denti bianchi che le affondano nella carne rossa del labbro inferiore mi affascina al punto che mi sento sciogliere. Poi…

Inizia a togliersi i vestiti.

Si leva la mia felpa.

Incrocia le braccia al ventre e, a quel punto, lentamente, centimetro per centimetro, si fa scorrere la canotta lungo gli addominali tonici, oltre il rigonfiamento dei seni premuti dal tessuto del reggiseno sportivo, che sale e scende a ogni suo profondo respiro.

Solleva i gomiti e, con un movimento fluido, si toglie del tutto la canotta, gettandola a terra con la stessa grazia di una foglia che cade da un albero. Nell'istante in cui si libera dell'indumento, i suoi occhi, ora traboccanti di sicurezza, fissano i miei.

Io, al contrario, rimango completamente immobile, con l'uccello sempre più duro che preme contro il cavallo dei pantaloni.

Questa donna, che non mi arriva nemmeno all'altezza delle spalle, mi sta *dominando*.

Si toglie le scarpe con le punte dei piedi e le butta di lato.

Siamo distanti meno di un metro l'uno dall'altra ma, nell'attesa che lei annulli la distanza, mi sembra di esserle lontano un chilometro. Non sbatto le palpebre, perché non voglio rischiare di perdermi nemmeno un istante. Sono talmente ansioso di scoprire quale sarà la sua prossima mossa che mi fanno male i polmoni da quanto sto trattenendo il fiato.

Ovviamente non mi delude…

Mi posa una delle piccole mani, la stessa che indossa il mio anello, in mezzo ai pettorali. La dolce pressione delle sue dita è come uno spintone fortissimo, e mi fa cadere all'indietro sulla poltrona alle mie spalle.

L'esitazione che le vedevo prima sul volto è sparita, sostituita da un sorrisetto compiaciuto che mi fa formicolare le palle.

Tenendo le mani appoggiate ai braccioli della poltrona, mi bacia; la mia lingua le si fa strada tra le labbra per intrecciarsi alla sua. In un istante l'uccello mi diventa duro come la roccia.

"Piccola..."

Mi bacia la mandibola, fa scorrere i denti contro i peli della barba, poi mi succhia il lobo dell'orecchio con le labbra calde, tanto che la punta dell'uccello inizia a bagnarmi il tessuto dei boxer.

Quando si allontana, emetto un gemito di frustrazione, che subito viene sostituito da uno di piacere nell'istante in cui sento la sua mano insinuarsi sotto l'orlo della felpa e della maglietta; le punte delle sue dita mi sfiorano i solchi degli addominali, facendomi contrarre i muscoli.

Facendosi spazio con il busto, mi divarica le ginocchia, si abbassa e si piega in avanti tra le mie gambe aperte.

Porca puttana, vederla inginocchiata davanti a me è una visione celestiale.

Scende con lo sguardo e mi fa scivolare una mano sotto l'orlo dei pantaloni e delle mutande, abbassandoli quanto basta per far spuntare fuori l'uccello dritto come un palo.

Le sue mani continuano a scorrere giù, giù, sempre più giù, fino a farmi presa sulle ginocchia, poi mi osserva l'uccello dalla base alla punta. Mi accusa sempre di essere possessivo, ma che dovrei dire io, ora, dell'intensità con cui scruta ogni mio centimetro? Quasi come se con lo sguardo volesse dirmi che sono suo. È così sexy che rischio di venire all'istante.

Mi allarga i palmi sulle cosce, i polpastrelli mi scavano nei muscoli tesi. Schiude le labbra, facendomi sentire il fiato caldo sulla cappella sensibile e provocandomi un brivido lungo la schiena.

Con le mani continua la traiettoria verso l'alto, infilandole nuovamente sotto l'orlo della maglietta per spingerla più in alto che può. Più tira la T-shirt su, più spinge la testa all'ingiù fino a quando, senza preavviso, prende l'uccello tutto in bocca.

"Porca troia, piccola..." riesco a dire a fatica, sopraffatto dalla sensazione delle pareti della sua gola che mi circondano. "Non ti viene da soffocare?"

Ho perso il conto di quanti pompini ho ricevuto prima che Kay entrasse nella mia vita, ma questo è davvero di un altro livello.

Sono trascorsi solo pochi secondi, ma già sento le palle stringersi, pronte al rilascio.

"Skit..." *Non ha bisogno di respirare?* penso, mentre rimane nella stessa posizione per spingerlo giù un'altra volta; le pareti della gola cingono tutta la mia lunghezza, annebbiandomi la vista.

Poi finalmente, e dico *finalmente*, entra in azione.

Muove la testa su e giù, le guance si infossano per il risucchio, le labbra si dilatano ogni volta che sale, la lingua traccia ogni nervatura. Non fa *nulla* di provocatorio, anzi, è totalmente consapevole.

"Piccola... *cazzo*." Le infilo le mani tra i capelli, stringendo così forte che l'elastico che le lega i riccioli si spezza. Ho il timore di essere troppo brusco, ma il suo mugolio di approvazione mi dice che non è il caso di preoccuparsi.

Mi appoggia le mani sugli addominali per rimanere più stabile mentre io spingo in alto il bacino. Sento lo sperma ribollirmi nelle palle e la avviso: "Sto per venire."

Invece di ascoltare l'avvertimento, Kay aumenta il ritmo, si avvicina ancora di più e ingoia l'uccello fino a che i dolci petali delle sue labbra non toccano la base. Nel momento in cui me lo prende tutto in bocca, esplodo, con fiotti di sperma che le inondano la gola.

Non mi lascia andare fino a quando non ha risucchiato ogni goccia. Solo a quel punto si accovaccia con il sedere appoggiato sui talloni e un'espressione di grande compiacimento sullo splendido viso.

"Porca miseria, piccola." Sono abbastanza certo di avere il cervello in pappa.

Non so per quanto tempo rimaniamo seduti lì fermi; io con il cuore che batte contro la gabbia toracica e il respiro pesante che mi esce dai polmoni, lei invece con le labbra gonfie e un colorito rosa che la ricopre dalle guance fino al petto. Innanzitutto, butto a terra il cappello, subito seguito dalla felpa e dalla maglietta. Mi risistemo i pantaloni, mi piego in avanti, prendo Kay da sotto le ascelle e ci scambiamo posizione.

La sua pelle è calda al tatto mentre le faccio scorrere le mani dal bacino al bordo del reggiseno sportivo. Il mio sguardo cade automaticamente sulle punte rosa che sormontano i seni, ora liberi e rimbalzanti. Scuoto la testa per riprendermi dalla distrazione, le tolgo i leggings e le sistemo le gambe sui braccioli. *Perfetta.* Ecco che cos'è. Completamente nuda, con le gambe divaricate: un buffet che aspetta solo di essere divorato.

Soltanto che…

Non è quello che faccio.

Kay si dimena quel poco che la posizione le consente di fare, mentre le scorro un dito lungo la gamba, partendo dalla caviglia e terminando nella piega in cui la coscia incontra l'inguine.

Le stringo le mani attorno ai fianchi e faccio incontrare i pollici alla sommità del basso ventre, per poi farli scendere e percorrerle la passera da cima a fondo. *Porca puttana, è fradicia.* Sentire quanto si è eccitata per avermi dato piacere mi fa risvegliare l'uccello.

Il clitoride gonfio è in bella mostra, le labbra sono ben divaricate e implorano la mia attenzione.

"A me gli occhi," le dico, piegandomi in avanti e rimanendo fermo su quel piccolo fascio di nervi fino a quando le sue iridi di grafite non sono puntate su di me. Nell'istante in cui mi guarda, le avvolgo il clitoride tra le labbra e con i denti le sfioro il punto più sensibile.

Ambrosia. Dolce, inebriante, seducente ambrosia: ecco di cosa sa Kay.

"*Mase*," implora mentre inarca la schiena e fa leva con le spalle contro la poltrona per sollevare il suo centro un po' più vicino alla mia bocca.

Traccio cerchi con la lingua, leccando ogni millimetro di lei fin quando non trovo il nucleo umido e vi spingo la punta all'interno, simulando quello che ho intenzione di farle con un'altra parte del corpo dopo averla fatta venire sul mio viso.

Mi tira i capelli, facendomi bruciare il cuoio capelluto, mentre con le unghie scende dietro al collo e mi scava nella nuca.

"Vieni per me, piccola," le ordino, nel momento in cui con la lingua le sento palpitare le pareti della passera. Mi ci vuole uno sforzo notevole per non metterle dentro due dita e spingerla oltre il limite, ma voglio che, se l'indomani sarà ancora dolorante, sia a causa del mio uccello.

Le mordo il clitoride un'altra volta, spingendola all'orgasmo, e il suono del suo piacere rimbomba tra le pareti della stanza.

Non le lascio neppure il tempo di riprendersi dagli spasmi

perché, una volta che mi tolgo i pantaloni, reclamo la poltrona e mi metto Kay a cavalcioni sul grembo.

Le afferro il viso tra le mani e la tiro verso di me per un bacio travolgente, penetrandola nello stesso momento in cui le nostre labbra si toccano. Il suono che lei emette mentre mi seppellisco completamente dentro di lei è così sensuale che quasi mi fa venire.

"Santo cielo, piccola." Pompo senza pietà, spronato da ogni suo urlo di piacere. "Sei incredibile." Non è la prima a dirmi che prende la pillola, ma è l'unica donna con cui l'ho fatto senza preservativo. Ogni volta che la prendo senza il fastidio di una barriera di lattice è meglio della precedente.

"*Mase,*" invoca il mio nome con voce spezzata.

Aumentiamo il ritmo, entrambi impegnati a rincorrere l'orgasmo. Un ultimo colpo di reni e vengo con un ringhio, mentre lei mi infradicia l'uccello fino alle palle.

"Ti amo." Le ansimo contro la piega del collo mentre lei si accascia in avanti, completamente esausta.

"Ti amo anch'io."

Mi rincuora il fatto che non abbia esitato neppure per un secondo a ricambiare i miei sentimenti. Abbiamo ancora molto da discutere, se vogliamo tenere al sicuro dal mondo esterno ciò che siamo nel privato, ma possiamo preoccuparcene domani. Questa notte è tutta per noi.

KAYLA

Ci sono diversi motivi per cui troverò molto difficile lasciare il Kentucky. Innanzitutto, JT mi mancherà terribilmente. Non importa quante videochiamate ci facciamo, niente è pari a ciò che proviamo quando siamo insieme di persona. Inoltre, ciò significa dover ritornare in un posto dove l'attenzione su di me e su Mase è un miliardo di volte maggiore.

Porca miseria! Non riesco nemmeno a immaginare come sarà la situazione al campus domani.

Sapete cosa? Quello è un problema che riguarda la Kay del futuro. Per adesso, la Kay del presente ha tutta intenzione di godersi il fatto di essere avvolta dalle magnifiche braccia del suo seducente ragazzo.

Godersi? Ragazzaaaaa… Non so te, ma a me sembra una parola troppo riduttiva per descrivere quello che sto provando.

Non accade spesso che io e la mia cheerleader interiore ci troviamo sulla stessa lunghezza d'onda prima di aver bevuto il caffè, ma stavolta potrebbe aver ragione. Il modo in cui Mase mi stringe a sé mi fa palpitare il cuore. È quasi come se avesse bisogno di affermare il proprio dominio perfino nel sonno. Tutte le sue lunghe e sinuose membra mi avvolgono come se non avessero intenzione di lasciarmi andare.

Ma sarà sempre così? Per scacciare quella negatività, chiudo gli occhi talmente forte che vedo delle macchie dietro le palpebre. Non posso abbandonarmi a questi pensieri. Mason ha detto che non gli interessa quello che gli altri hanno da dire: siamo *noi* gli unici protagonisti di questa relazione.

Voglio credergli. Ho *bisogno* di credergli. In queste ultime settimane senza di lui non stavo vivendo, tutt'al più stavo esistendo. Stavo quasi per ricadere nella stessa situazione di quattro anni fa, e *quello* sì che è inaccettabile. Ho promesso silenziosamente a me stessa di non far rivivere *mai più* una cosa del genere a mio fratello e a Bette, e *dannazione*, sono assolutamente determinata a mantenere la parola.

Non scappare da Mase e da ciò che condividiamo è il primo passo.

Sotto di me, l'inchiostro nero del tatuaggio tribale che gli decora il braccio risalta in netto contrasto contro la mia pelle bianca. Inizio a tracciare con il dito le linee e le volute che gli corrono fino al polso.

"*Mmm.*" Il suo gemito soddisfatto mi rimbomba nelle orecchie. "Adoro quando lo fai, piccola."

Sulle mie labbra compare un sorriso soddisfatto. "Bene." È una delle cose che preferisco in assoluto. "Perché, anche se non ti piacesse, non credo che riuscirei a resistere." Mi giro per piazzare un bacio sul bicipite sotto la mia testa, il mio tocco gli fa sussultare il muscolo.

"Non sentirai lamentele da parte mia." Mi stringe tra le braccia e inizia a lasciarmi una scia di baci lungo la schiena, la mascella ruvida mi scatena scintille tra le scapole. "Doccia insieme?"

Come faccio a dire di no?

Ma è mattina…

Quasi mi avesse letto nel pensiero, si alza in piedi, mi mette un braccio sotto le ginocchia, un altro dietro la schiena e mi solleva dal letto, prendendomi di peso come si fa con le spose, per poi portarmi verso il bagno.

Sarei infastidita, se non fossi tanto felice. Ecco perché, mentre allunga il braccio per aprire il rubinetto, invece di un'alzata di occhi gli rivolgo un sorriso sonnacchioso; attende che l'acqua sia calda, poi, tenendomi sempre tra le braccia, entra in doccia.

Mi mette a terra facendomi scivolare contro il suo corpo,

mentre dal soffione sopra la nostra testa scende uno spruzzo di acqua calda.

Uno dei maggiori vantaggi di avere una cognata parrucchiera è che, quando vado da lei, posso sfruttare la sua magnifica selezione di shampoo; ma non è niente in confronto a farsi la doccia in compagnia di un adone di quasi due metri. Mi dispiace, Bette… beh, a pensarci bene, neanche troppo.

Sentire le dita di Mase che mi passano lo shampoo tra i capelli è una vera beatitudine. "Sei assunto," mugolo.

Emette una risata profonda, poi mi mette un dito sotto il mento e mi inclina la testa all'indietro, passandosi le ciocche dei miei capelli tra le mani. "Stai dicendo che, se dovesse andarmi male con il football, potrei far carriera come shampista?"

A quelle parole mi si irrigidisce la schiena. So che è una battuta, ma *cazzo*, non mi piace.

"Piccola," dice con tono rassicurante, posandomi un bacio delicato sulla fronte. "Smettila di preoccuparti."

Fosse facile.

"Non riuscirò più a sentire il profumo della menta senza pensare a te," dice mentre apre il flacone del balsamo. "Quest'anno il Natale sarà interessante."

Mancano ancora due settimane al Ringraziamento, perché adesso tira fuori il Natale?

"Come mai?" chiedo, mentre lui lavora con dita abili per districarmi i nodi.

"Ho paura che mi verrà un durello ogni volta che sentirò l'odore pungente dei bastoncini di zucchero."

"Sei davvero ridicolo," ridacchio.

"Lo sai che mi ami."

"Infatti, lo so." Ne sono assolutamente certa, soprattutto perché lui sa esattamente come distrarmi e tirarmi fuori dai miei pensieri.

Visto che Mase è troppo alto perché io riesca a raggiungere i capelli, prendo la spugna e mi metto al lavoro per lavargli il corpo.

E che corpo. La mia cheerleader interiore squadra Mase dalla testa ai piedi. Non si sbaglia: sembra un'opera d'arte. Gli addominali scolpiti, le spalle larghe, i bicipiti grandi quanto la mia testa, gli avambracci tonici, i polsi forti e quel bel tatuaggio scuro.

Datemi una F. Datemi una I. Datemi una G. Datemi una O. FIGO!!!

Mentalmente, alzo gli occhi a me stessa. Soltanto Mason fa dimenticare alla mia cheerleader interiore che noi non urliamo quel tipo di slogan. Comunque, non ha tutti i torti.

Osservo il sapone scorrergli lungo il suo torso, seguendo il percorso dei solchi degli addominali scolpiti, giù fino alla V dei fianchi.

"Attenta, piccola," ammonisce quando mi inginocchio per insaponare quei tronchi d'albero che lui chiama gambe. "Non iniziare qualcosa che non hai intenzione di portare a termine."

Mi mordo il labbro inferiore alla vista della sua virilità all'altezza degli occhi. Sotto il mio sguardo inizia a irrigidirsi, ma ha ragione: sono ancora dolorante.

Annuisco, mi sollevo dalla mia posizione accovacciata e lo punzecchio sul fianco. "Girati, così posso occuparmi della schiena."

Fa come gli chiedo, così mi assicuro di dargli la stessa attenzione che gli ho riservato sul davanti. La magnifica curva del suo sedere è ancora più bella da vedere nuda di quanto non lo sia stretta nei pantaloni da football. Quando glielo strizzo lo sporge verso di me, poi si volta nuovamente nella mia direzione.

Mi prende la spugna; quel batuffolo viola sembra comicamente piccolo, stretto nella sua mano gigantesca. Sul suo volto compaiono quelle deliziose fossette e, a quel punto, senza preavviso, prende in mano la situazione.

Mi allontana alcuni riccioli vaganti sulla spalla, poi inizia a trascinarmi la spugna dalla piega del collo e giù lungo il braccio.

Dalle ciglia scure gli colano delle goccioline d'acqua, come sempre non riesco a distogliere lo sguardo da quegli accattivanti occhi verdi. La pelle mi diventa calda sotto la ruvida trama esfoliante della spugna e sotto lo sguardo infuocato di Mase.

L'aria densa e umida della doccia mi riempie i polmoni, mentre lotto per non andare in iperventilazione a causa dei troppi stimoli.

Continua a lavarmi, prestando particolare attenzione ai miei seni e in mezzo alle gambe. Gemo, incapace di resistere a quelle sensazioni che mi stanno portando nuovamente sul punto di avere un orgasmo. "Ti conviene dar retta al tuo stesso consiglio,

Cavernicolo," lo avverto con una voce spezzata che non trasmette alcuna autorità.

Continua a stuzzicarmi fino a quando l'acqua non inizia a diventare fredda.

CAPITOLO 41

KAYLA

"Senti, stronzetta…" Non riesco a trattenere un sorriso mentre Em piomba sulla sedia accanto alla mia in biblioteca. A giudicare dal modo in cui stringe gli occhi sotto quelle *perfettissime* sopracciglia, non le piace il fatto che io trovo quell'espressione frustrata piuttosto buffa.

"Sì, Emma?" Mi chino in avanti, appoggiando il mento sul palmo della mano e sbattendo le palpebre.

"Non provarci nemmeno a chiamarmi con il mio nome intero, signorina."

Oooh, qualcuno è proprio di buon umore, oggi. Ridacchio alla battuta della mia cheerleader interiore, ma lo sguardo assassino che ricevo da Em mi dice che forse è un bene che stasera io dorma a casa mia, invece che al dormitorio.

"Vuoi dirmi cos'è che ti ha fatta andare fuori dai gangheri?" le chiedo, mentre faccio scattare dentro e fuori la punta dell'evidenziatore.

"Oh, bene," dice Q in un turbine di movimenti mentre prende posto sulla sedia davanti a me, accavallando le gambe e mettendole giù con un tonfo sordo. Trasalisco, mentre penso a quanto sia stata fortunata ad aver scelto un tavolo al terzo piano, dove c'è meno gente. "L'hai trovata."

Chiudo il portatile e lo sposto di lato. A giudicare dall'espressione delle mie due amiche, credo proprio che la mia ora di studio sia finita.

"Wow." Fingo di essere annoiata, continuando a premere distrattamente il pulsante dell'evidenziatore. "Vi vedo entrambe in ottima forma oggi."

Q mi fulmina con lo sguardo, facendo rimbalzare il sedere sulla sedia nella classica maniera entusiasta, quasi avesse delle formiche nelle mutande. Ma non Em. No, lei mi rivolge quell'espressione stizzita che mi fa venire voglia di offrirle un po' di succo di prugna.

"Sei fortunata che ti voglia bene come a una sorella, Kayla, altrimenti adesso ti prenderei a calci in culo."

Inarco le sopracciglia fino quasi a sfiorare la tesa del cappello che ho calato sul volto. Distendo un braccio sul tavolo e afferro la mano di Em. "Parlami."

Solleva le spalle per fare un respiro profondo, poi intreccia le dita alle mie. "Mi manchi."

A quella confessione, sento le mie difese crollare. Quest'ultima settimana, da quando sono tornata dal Kentucky, è stata folle.

Domenica ho dormito a casa mia per passare del tempo con Bette, visto che ha guidato fino a qui per riportare la macchina di Mase.

Il giorno successivo è arrivato mio fratello. Ha detto che doveva soltanto riportare Bette a casa, ma dal momento che ha trascorso l'intera giornata a Blackwell per incontrarsi con Jordan Donovan, so benissimo che cos'è venuto a fare: vuole tenere d'occhio la situazione. Il che non mi ha impedito di dormire a casa una notte in più per riuscire a vederlo.

Fossero state solo quelle due notti, non sarebbe stato un gran problema, ma... questo weekend c'è la prima gara dei New Jersey Admirals. Invece di lavorare tre giorni a settimana, ho lavorato tutte le sere per assicurarmi che le nostre acrobazie fossero perfette sotto ogni aspetto.

Ed è qui che entra in gioco la questione della mancanza.

Mi sono praticamente trasformata in una pendolare: sono andata a dormire dai Taylor perché loro abitano vicini alla Caserma, e ho trascorso ogni secondo del mio tempo libero in biblioteca per tenermi al passo con gli studi.

"Se pensi di essere messa male con lei," dice Q agitando una mano verso Em, "dovresti vedere il modo in cui i ragazzi stanno tormentando Mason perché non sei ancora venuta a pranzo." Solleva le braccia e strofina insieme indice e pollice, mimando l'atto di suonare il violino più piccolo del mondo. Sposto lo sguardo verso Em e scoppiamo tutte a ridere, sbattendo la testa sul tavolo in un'esplosione di ilarità.

Passano diversi minuti prima che riusciamo a ricomporci abbastanza da parlare e, ancora una volta, sono felice di essere al piano superiore, altrimenti i bibliotecari sarebbero già venuti a intimarci di fare meno rumore.

"Sentite…" Mi rimetto diritta, asciugandomi le lacrime dagli occhi. "Domani sera c'è la partita," alla quale io non parteciperò.

Da quando io e Mase abbiamo confermato di stare ufficialmente insieme di nuovo, sul profilo Instagram dell'università la situazione si è tranquillizzata, ma posso solo immaginare i pettegolezzi che deriveranno dalla mia assenza.

"Perché non venite entrambe a Blackwell stasera?"

"Pigiama party?" chiede Q con lo stesso entusiasmo che mostra Herkie quando apro il burro di arachidi. Davvero, lei è stata la migliore aggiunta possibile al nostro gruppo.

"A che stagione di *Gossip Girl* sono arrivate le ragazze, nel loro milionesimo *rewatch*?" domanda Em, che conosce bene quanto T e Savvy siano ossessionate da quella serie.

"Credo alla terza, ma non importa, mi guardo tutte le puntate che vogliono. Sempre meglio che essere costretta a sorbirmi *tutti* quei film che hanno un giocatore di football come protagonista."

Vedo formarsi un solco in mezzo alla guancia di Em. Apprezzo il fatto che stia trattenendo le risate, e apprezzo ancora di più che mi permetta di lamentarmi di quanto T abbia continuato a tifare per Mase durante il nostro periodo di separazione. Eh, le sorelle.

"A proposito, come mai sei al campus?" chiede Em. "È venerdì."

"Ho promesso a Mase che lo avrei incontrato dopo gli allenamenti della squadra. Aspetta un momento…" Sollevo una mano, perché mi sorge un pensiero improvviso. "*Come* facevate a sapere che mi trovavo qui?"

"Instagram," rispondono Em e Q all'unisono. *Ti pareva.* Ho

detto che la situazione si è tranquillizzata, ma evidentemente mi sbagliavo. Dubito che i pettegolezzi avranno mai fine.

MASON

L'unico motivo che mi impedisce di scagliare il telefono dall'altra parte della stanza, vista la sveglia fin troppo anticipata di domenica mattina, è sapere che mi sto alzando per vedere Kay. Cazzo, quanto mi manca. Non importa che non sia venuta alla partita di ieri (nel caso ve lo chiediate, gli Hawks hanno preso la Michigan State a calci in culo): la sua assenza si è comunque fatta sentire.

Kay aveva intenzione di riorganizzare tutti gli impegni per riuscire a sedersi sugli spalti e fare il tifo per me. Certo, non c'era nient'altro al mondo che avrei desiderato maggiormente che vederla lì a sostenermi, con il mio nome e il mio numero sulla schiena. Però, dopo essermi reso conto di tutto quello che deve affrontare per prepararsi a una gara, ho deciso di comportarmi da adulto responsabile e le ho detto di non venire.

Per tutta la settimana, Kay ha fatto in modo di mettere la nostra relazione tra le priorità, in mezzo a tutti i suoi impegni frenetici. È convinta che non ci vedremo fino a stasera, ma non si aspetta assolutamente una bella sorpresa. Mi è bastata una telefonata.

"Come faccio a procurarmi un biglietto?" domando a Livi, che ha i

capelli raccolti in una coda di cavallo e indossa ancora il fiocco blu mimetico dall'allenamento.

"Vieni davvero?" Riesco a percepire quanto sia emozionata anche attraverso lo schermo del telefono. Di solito, se riesco a partecipare a una delle sue gare, è una di quelle più importanti che si svolgono durante la pausa di stagione.

"Trav!" urla Livi, facendo trasalire il mio migliore amico al punto che gli cade il controller di mano.

Sposto il telefono così che anche lui riesca a vedere sullo schermo la mia piccola despota... ehm, volevo dire sorella. Perché mamma ha dovuto avere altri figli? Io sarò anche il fratello maggiore, ma sono i gemelli quelli che comandano davvero. "Come va, Liv?"

"Vieni anche tu?" Sbatte le palpebre, facendo i suoi tipici occhioni da cucciolo. Se io sono alla mercé di mia sorella, Trav è praticamente nelle sue tasche.

La sua risposta è automatica. "Tutto per la mia ragazza preferita."

Avete capito quello che intendo?

"Fermi un attimo" Noah, che non sa mai farsi gli affari suoi, fa capolino. "Dov'è il nostro invito?"

Trav mi strappa il telefono dalle mani e io alzo gli occhi al cielo in una maniera che avrebbe reso fiera Kay. "Davvero vuoi venire a una gara di cheerleading?" domando incredulo.

Fa spallucce, quasi a voler dire: 'Certo, perché no?'

"Ci saranno belle ragazze in minigonna?" Alex si sporge in avanti, appoggiando la punta della stecca da biliardo a terra e usandola come bastone. "A chi non piacciono?"

Kevin e Noah gli battono il pugno. Ci sono dei giorni in cui mi chiedo perché io sia amico di questi idioti.

"Lo sapete, vero, che la maggior parte di quelle ragazze sono minorenni?" Si comportano come se non avessero già una vasta platea di ragazze a disposizione. Quando sono tornato dal Kentucky, a giudicare dalle storie che ho sentito su come hanno trascorso la settimana di riposo, non è cambiato nulla.

"Non significa che non possiamo goderci lo spettacolo," afferma Kev, così i ragazzi si battono nuovamente il pugno.

Era iniziata con me che chiedevo informazioni a Livi su come poter assistere alla gara per fare una sorpresa alla mia ragazza: alla fine è finita per trasformarsi in un viaggio di gruppo.

"Non è giusto." Noah batte il dorso della mano sulla scritta che mi campeggia a lettere bianche sul petto: *Il cheerleading è il suo regno, e lei è la mia regina.* "Perché hai una maglietta diversa?"

Lo fulmino con uno sguardo che vuole dirgli: *'Ma fai sul serio?'* Sulla maglietta blu mimetico di Noah c'è scritto *Guardia del corpo ufficiale delle cheerleader #NJA*, lo stesso slogan è scritto sulle magliette di Kev e Alex.

"Ma andiamo, Noah." Kev scende le scale con una spavalderia di cui solo lui è capace. "Sai che Nova sta ancora cercando di fare il filo alla sua ragazza. Lasciamogli avere il suo momento." Mi dà una pacca sulla spalla così forte che mi spinge in avanti. Giuro che a volte non si rende conto della forza che ha.

Ci fermiamo vicino alla porta d'ingresso, in attesa che gli altri ci raggiungano. Dato che la squadra ha giocato di sera, la festa della vittoria non ha avuto inizio se non dopo mezzanotte; quindi, parecchi membri dell'Alpha Kappa stanno ancora dormendo.

"Mamma mia… sono davvero contento di non essere più una matricola e di non dover pulire questo macello," dice Grayson, facendosi strada tra i bicchieri di carta disseminati sul pavimento. Gli Alpha sono noti per avere la sede più bella di tutta la confraternita, ma dopo una festa non si direbbe affatto.

"Ehi, *amico*." Noah getta le mani in aria, spillando il caffè dal coperchio della tazza da asporto e facendolo finire sul pavimento appiccicoso di birra. "Perché *tu* ce l'hai diversa?"

Grayson ridacchia, tirando il colletto della sua maglietta che recita: *Scusate ragazzi, le cheerleader sono con me.* "Perché, primo," solleva un dito, "stavo già per andare a questa gara prima che voi decideste di unirvi. E, secondo," alza un altro dito, "Baby me l'ha regalata l'anno scorso quando sono andato a vedere la sua squadra gareggiare ai mondiali."

Alex scende le scale con la stessa velocità con cui si muove sul campo, facendo scricchiolare sotto di sé i vecchi gradini. "Piantala, Mitchell," dice rivolto a Noah. "Non voglio sentirti frignare per tutto il viaggio."

"Davvero." Trav trattiene un enorme sbadiglio mentre accompagna alla porta una bellissima studentessa. "Stai cercando di ferire i miei sentimenti? Credevo di aver scelto bene, quando ho ordinato queste splendide magliette."

"Ma vaffanculo, McQueen." Noah si gira per rivolgere un'occhiataccia a Trav mentre ci dirigiamo fuori dalla porta.

Trav decide di divertirsi un po', schernendo Noah con la propria maglietta che recita: *'Ti piacerebbe che tua sorella fosse una cheerleader brava come la mia, eh?'*. Kay non è l'unica che impazzirà quando vedrà le magliette che indossiamo. Livi andrà fuori di testa quando noterà la scritta *'Fratello' di Livi* sulla maglietta di Trav. "Quando troverai tu il negozio di Etsy, sceglierai tu il design. Per adesso… fattene una ragione."

Per quanto adori guidare la Shelby, oggi la metto a riposo perché dobbiamo viaggiare in tanti.

"Aspetta, Noah," urla Grayson a Noah prima di salire sul SUV di Kev assieme ad Alex. "Anche CK ha ricevuto una maglietta speciale da Baby."

Trav scoppia a ridere mentre saliamo tutti e tre sul suo veicolo e Noah ci fa il dito medio. È ora che il circo si metta in strada.

"Mai visti così tanti fiocchi in vita mia," commenta Alex, mentre seguiamo la folla di gente che entra nell'arena dove si tengono i campionati della Universal Cheerleaders Association del Nord-Est.

"Questo è niente, dovresti vedere ai campionati nazionali," gli rispondo pensando a quella volta in cui, alcuni anni fa, io e la mia famiglia siamo andati a Dallas per vedere Livi competere per la palestra che frequentava ai tempi.

"Cheerleader *o-vun-que,* a perdita d'occhio." Trav allarga le braccia, quasi a voler dire: *'Guardatevi in giro'*. "Migliaia e migliaia di cheerleader."

"Perché non siamo mai venuti a questi eventi prima d'ora?" domanda Kev, osservando la scena a occhi spalancati.

"Perché, prima di quest'anno, le cheerleader le incontravamo al massimo in camera da letto," afferma Noah, tutto fiero. A differenza mia, la maggior parte dei ragazzi si è divertito molto con le cheerleader.

Quando facciamo ingresso nell'arena, la gara è già in corso; sul tappeto blu si sta esibendo una squadra minore di un'altra palestra. I tremila posti a sedere sono occupati solo per metà, ma so per esperienza che quando entreranno in scena le squadre più importanti non ci sarà più un posto libero.

Grayson controlla gli spalti alla ricerca di Em e Quinn, che sono venute in compagnia di Kay e dei New Jersey Admirals: quando le trova, ci invita a seguirlo. Non mi sorprende che anche loro indossino delle magliette buffe; mi sconvolge, più che altro, scoprire chi è la persona a cui sono sedute vicino.

Mia madre si alza in piedi e si liscia la maglietta, poi avanza verso la nostra fila e corre ad abbracciarmi. "Sono così contenta che tu sia venuto." Si fa indietro e mi prende le guance tra le mani come solo una mamma sa fare. "Da quando hai detto a Livi dei tuoi piani, i gemelli non smettevano di ripetere quanto erano entusiasti."

Mi chiedo cosa direbbe la signora Grace Nova-Roberts se sapesse che la vera ragione per cui sei venuto qui è per guadagnare punti che ti aiuteranno a portarti Kay a letto.

Ignoro il mio coach interiore, sorprendentemente. Sì, potrei aver preso questa decisione nella parziale speranza che lei mi mostri quanto è felice della mia presenza facendomi uno dei suoi pompini spaziali, ma ciò non toglie che anche i gemelli sono contenti. Finché non diranno niente a Kay riguardo ai miei piani, andrà tutto bene.

Trav mi spinge di lato, rischiando di farmi perdere l'equilibrio, tutto per correre ad abbracciare mia mamma. Quello stronzo è davvero un lecchino.

Mentre si presentano tutti scambiandosi i saluti, mi trovo a pensare di essere estremamente grato che Brantley non sia venuto... beh, non che ce lo aspettassimo. Non mentirò, una piccola parte di me temeva che venisse, se non altro per trovare un'altra occasione per parlarmi.

Mentre tiro giù il mio sedile, noto subito due occhi blu, duri, che mi fissano. L'uomo ha all'incirca l'età di mia mamma e, a giudicare da come gli calza la maglietta (la quale recita: *Sono il fiero PAPÀ di una fantastica CHEERLEADER*) si tiene in ottima forma. La bocca mi si secca come il Sahara e ho difficoltà a deglutire quando mi rendo conto di chi è: papà Taylor.

*Oh, merda! *si mette a ridacchiare dietro la cartellina* Pensavi che affrontare E e JT fosse brutto? Questo tizio è un vigile del fuoco: non ritroveranno mai il tuo corpo.*

Raddrizzo le spalle. Posso farcela. Mi sono scusato, ho rimediato ai miei errori, ho combattuto e l'ho riconquistata. Allo stronzo nella mia testa piace provocarmi ricordandomi di E e JT, ma loro adesso sono dalla mia parte. Perché con lui dovrebbe essere diverso?

Gli tendo la mano con decisione ed esordisco: "Signor Taylor?"

La mia mano resta sospesa a mezz'aria; nell'attesa che lui la stringa, sento il sudore colarmi lungo la schiena.

"Giusto perché tu lo sappia…" Trasalisco quando finalmente mi afferra la mano tesa con una presa a tenaglia. "Se i miei figli non mi avessero raccontato ciò che hai fatto per riconquistare il cuore della mia bambina, beh…"

Ho detto che mi stava colando il sudore lungo la schiena? Perché adesso mi sembra di avere un fiume che mi scende lungo la spina dorsale. Cazzo, questo tizio è terrificante.

"Amo davvero tanto Kay, signore." Grazie alla mia affermazione vedo il suo sguardo ammorbidirsi leggermente.

"Così ho sentito." Le nocche iniziano a farmi male sotto la sua presa. "Ma ricordati…" continua, stringendo ancora più forte, "So *esattamente* quanto deve essere caldo il fuoco per bruciare completamente un corpo."

Attorno a noi, i ragazzi vanno fuori di testa. Sono piegati in due dalle risate. Guardo verso mia mamma alla ricerca di sostegno, ma vedo che rimane seduta in silenzio, come se qualcuno non avesse appena minacciato la vita di suo figlio.

A quanto pare qualcuno è appena precipitato nella classifica dei figli preferiti, Nova.

Mentre guardiamo la gara, e le ragazze spiegano le complessità del punteggio e i termini tecnici del cheerleading agonistico, gli altri continuano a prendermi in giro. Ogni volta che una delle squadre dei New Jersey Admirals scende in pista, il tifo e le grida dei ragazzi aumentano. Quando vengono annunciate le Marshal, stanno facendo talmente tanto casino che mi stupisco che non ci abbiano chiesto di andarcene.

Tutti i pensieri riguardanti i miei amici scatenati cessano nel momento in cui vedo comparire Kay, accompagnata da altri allenatori delle squadre senior. *Porca troia,* la mia ragazza è uno schianto.

Perfino da quassù riesco a vedere quanto sia bello il suo culo racchiuso in quei jeans scuri, non posso fare a meno di sorridere quando le vedo gli anfibi ai piedi. Inutile dire che so che li ha scelti perché le squadre dei New Jersey Admirals prendono tutte il nome da diversi ruoli militari.

Sulla schiena ha scritto COACH PF a grandi lettere bianche decorate con degli strass: per quanto preferisca che indossi il mio nome e il mio numero, devo ammettere che sta un incanto nella sua divisa da allenatrice. Il tessuto blu mimetico aderisce talmente bene alle sue curve che tutto quello che vorrei fare in questo momento è correre giù per le scale, afferrarla per i fianchi e prenderla tra le braccia.

Alle mie spalle sento un fischio assordante e, quando mi volto, vedo papà Taylor, Savvy, Grayson ed Em in piedi che fanno una Y con la mano, aprendo il pollice e il mignolo e invocando il nome di Tessa.

Giù in basso, Tessa ricambia il gesto, e così anche Kay. I ragazzi notano che abbiamo catturato l'attenzione di Kay e saltano in piedi, tirando e indicando le magliette mentre urlano il suo nome.

Deciso a non essere da meno, mi alzo a esultare a mia volta; quando i grandi occhi di Kay finalmente vedono il modo in cui ci stiamo rendendo ridicoli, sfodero il più gran sorriso di cui sono capace.

Lo stupore assoluto che appare sul bel viso di Kay quando si rende conto di chi è venuto a fare il tifo per le sue squadre è come un pugno allo stomaco. Riesce a essere così dannatamente schietta nei sentimenti che mi fa impazzire ogni volta che lascia trasparire la sua vulnerabilità.

Inizia la musica e Kay si volta verso il campo. Nel corso dell'esibizione, che dura due minuti e mezzo, non riesco a staccarle gli occhi di dosso. Riesco a vedere tutto il suo orgoglio e la sua emozione. Ogni volta che le Marshal compiono alla perfezione un'acrobazia, Kay urla, batte le mani, alza le braccia, salta su e giù, si dimena e batte i fianchi con gli altri allenatori. Non riesco nemmeno a descrivere quanto sia adorabile.

"Accidenti," dice Quinn senza fiato dopo che le Marshal hanno abbandonato la pista per lasciare campo libero alla squadra successiva. "Se continuano a esibirsi così è impossibile che non arrivino nuovamente ai mondiali."

"Questo è *niente*," dice Savvy, incrociando le braccia e stendendosi sul sedile come se se la sapesse più lunga degli altri.

"Aspetta di vedere gli Admirals. Le acrobazie che Kay ha ideato per aiutarli a riprendersi il titolo sono *pazzesche*."

L'entusiasmo che sfoggio per le doti di allenatrice di Kay mi fa guadagnare la prima espressione di approvazione da parte di papà Taylor; gli batto il pugno con il pensiero. Ciò che ho visto in Kentucky è stato impressionante, posso solo immaginare che cosa Kay sia in grado di fare per un'intera squadra. Sono veramente fiero di lei. Spero solo che, un giorno, io riesca a urlarlo a tutto il mondo.

QB1McQueen7: So che siamo tutti uno schianto, ma volete davvero sapere QUAL È la sua preferita??? *emoji che ride* *emoji della maglietta* #PreferisceSicuramenteLaMia
foto di Trav, Mase, Kev, Alex, Noah, G e CK che mettono in mostra le rispettive magliette
@LacesOutMitchell5: Per forza. Non ci hai permesso di scegliere la frase che volevamo NOI! *emoji con la faccia arrabbiata* #HaiBarato #NonHoNienteDaMettermi
@CantCatchAnderson22: Mamma mia @LacesOutMitchell5 non ti avevamo detto di smetterla di lagnarti? #Frignone #DacciTregua
@SackMasterSanders91: ^^Concordo
@CasaNova87: Vi piacerebbe. #OvviamentePreferisceLaMia
@TheGreatestGrayson37: Vi sbagliate tutti, idioti. La MIA è la sua preferita. #NessunoBatteLaMiaMaglietta #MiglioriAmici

CasaNova87: A fare il tifo per le cheerleader *emoji del pallone da football* *emoji del fiocco* #LaMiaCheerleaderPreferita #VoglioGiocareAncheloCoach #INewJerseyAdmiralsVinceranno
foto di Mase che stringe Kay al petto di modo che si veda solo la maglietta di lei, con scritto COACH PF

CAPITOLO 44

KAYLA

Corro su e giù per il dormitorio per assicurarmi di prendere tutto ciò di cui avrò bisogno per il lungo fine settimana che mi attende.

"Allora tu e le ragazze arrivate stasera?" mi domanda Bette. Dovrei sentirmi in colpa per non guardarla in faccia durante la nostra videochiamata, ma quando mi volto verso lo schermo del computer noto che lei è impegnata quanto me a preparare le portate per il pranzo del Ringraziamento di domani.

"Sì. Partiamo dopo la festa, passiamo dai King a prendere T, poi veniamo dritti da voi." Il che mi fa ricordare…

Mi volto per assicurarmi che Em e Q abbiano lasciato le loro borse e noto che le hanno appoggiate sul pavimento, vicino alla porta. *Perfetto.*

"Sei emozionata per stasera?" Bette fa una pausa per leccare una striscia di purè di patate che le è colata sulla mano.

"Eccome." In onore della "settimana della rivalità", cioè quando giochiamo contro la Penn State, la scuola organizza una grande festa per sostenere la squadra di football. L'anno scorso ho deciso di saltarla per passare più tempo con la mia famiglia, ma quest'anno ho tutta l'intenzione di mostrare il mio sostegno ai ragazzi.

Per quanto io sia stata titubante all'idea di far entrare i giocatori di football nella mia vita, mi sono veramente affezionata ai compagni di squadra di Mase. Sono divertenti, sinceri, e mi trattano come se fossi una di loro. Quando è venuto fuori che Eric Dennings è mio fratello, temevo che li avrei persi.

Non avrei dovuto. Non hanno accennato a E nemmeno una volta.

"Quello che voglio sapere è..." La frase viene interrotta dal rumore sordo di uno schiaffo, seguito dallo strillo di Bette; il che mi suggerisce che E deve averle dato una pacca sul sedere, prima di spingerla fuori dalla visuale della telecamera. Dopo aver finalmente chiuso il borsone, mi appoggio al letto e vedo comparire sullo schermo il volto sogghignante di mio fratello. "Più tardi, nelle notizie del giorno, vedrò una foto di te abbracciata al tuo ragazzo?"

*Oooh, merda! Il fratellone è in vena di battute. Posso farti una domanda? Sono l'unica stupita del fatto che non abbia dato di matto perché hai permesso a Mase di postare su Instagram una foto di voi due insieme? *alza le mani* Prima che inizi a dire che non ti si vedeva in faccia, vorrei ricordarti che il tuo nome si leggeva benissimo; avrei scommesso che E sarebbe andato fuori di testa.*

"Pensavo che fossi d'accordo." Spero davvero che non stia cambiando idea perché, per quanto sia stato spaventoso consentire ai ragazzi di postare foto della nostra competizione (in cui le squadre dei New Jersey Admirals hanno dominato), non riesco davvero a pentirmene. Perfino papà Taylor sorrideva mentre i ragazzi leggevano ad alta voce i commenti che stavano scrivendo.

"Oh, lo sono," risponde annuendo in maniera così entusiastica che sembra un pupazzo. "Continui a fare piccoli passi in avanti."

Annuisco a mia volta. Forse non sono pronta a dichiararmi in pubblico completamente, ma mentre accarezzo la nuova felpa nera dell'Università di Jersey che Mase mi ha regalato, mi ritrovo a pensare: *Sì, piccoli passi.*

Ho appena indossato la felpa, quando sento qualcuno bussare alla porta.

Chi sarà mai? Ho detto a G che ci saremmo visti alla sede dell'Alpha Kappa.

Saluto velocemente la mia famiglia e faccio una corsa attraverso il dormitorio per rispondere alla porta. Una volta aperta, mi trovo faccia a faccia con una mora dall'aspetto attraente, ma che non conosco. "…Ciao?"

Forse l'ho salutata in modo un po' goffo, sembrava più una domanda che un saluto vero e proprio; ma resta il fatto che non lo ricambia. Invece, mi squadra dalla testa ai piedi, fermandosi sulla stampa del falco che mi copre buona parte del petto, per poi scendere con lo sguardo fino alle punte delle mie Converse bianche e nere. A giudicare dal modo in cui piega la bocca di lato, non sembra granché impressionata. Anzi, se devo dirla tutta… la sua espressione mi ricorda quella di Bailey la prima volta che ho conosciuto le mie coinquiline.

"Posso aiutarti?" domando, quando vedo che continua a rimanere in silenzio.

Guarda prima a destra, poi a sinistra, infine verso di me. "Ti dispiace se entro?"

Sbatto le palpebre. Non so chi sia questa ragazza. L'unica ragione per cui mi faccio da parte per farla entrare è perché noto più di uno sguardo confuso rivolto nella nostra direzione.

Non appena chiudo la porta la sento sussultare e, quando mi giro, vedo che ha gli occhi fissi sulla scritta NOVA #87 impressa a grandi lettere sulla mia schiena.

Rimanendo vicina alla porta, con il pomello a portata di mano, le domando: "Chi sei?"

Raddrizza le spalle, negli occhi le compare un lampo di determinazione. "Sono venuta a darti un consiglio da amica."

Va bene… non è quello che ho chiesto.

"Beh, dal momento che non ho la più pallida idea di chi tu sia, direi che siamo *tutt'altro* che amiche," muovo la mano in circolo. "Ricominciamo da capo."

"Sono venuta ad avvertirti."

Mamma mia. Ancora? Perché questa ragazza cerca in tutti i modi di apparire sinistra?

"Beh, fantastico." Batto le mani. "Ma vedi, mi stanno aspettando," indico alle mie spalle con il pollice, "quindi devo tagliare corto."

"Stai per vederti con Mase?"

Sentirle pronunciare il nome del mio ragazzo mi fa rizzare i nervi. Certo, non sono l'unica che si rivolge a lui con quel nomignolo, ma è la maniera familiare con cui le esce dalla bocca che mi fa storcere il naso.

"Non vedo come questi siano affari *tuoi*. Perciò, te lo ripeto…" Sto per afferrare la maniglia della porta, ma le parole che pronuncia successivamente mi paralizzano.

"Starei molto attenta, fossi in te." La sua voce assume un tono quasi zuccherino. "Non sempre accetta un *no* come risposta. Io lo so bene."

Sento il sangue ribollirmi nelle vene e i muscoli irrigidirsi, una nebbia rossa mi offusca la vista. A quel punto, la sua identità diventa chiara come uno stadio illuminato di notte.

"Chrissy? O preferisci che ti chiami Tina?" Il suo corpo sussulta come fosse stato folgorato, non appena si rende conto che sono a conoscenza della sua doppia identità. "Devo sapere con quale nome insultarti, se stai davvero insinuando ciò che penso."

"Perché sei già convinta che io stia mentendo?" Incrocia le braccia al petto in atteggiamento difensivo.

"Perché," copio la sua postura, "trovo molto difficile pensare che un ragazzo che mi ha chiesto il permesso di dormire in mutande al mio fianco sia uno stupratore. *Specialmente* con la sua… *ragazza*." Sottolineo l'ultima parola per farle capire che invece lei non è stata degna di tale titolo.

"Wow." Rimane a bocca aperta, le labbra le mantengono la forma di una O per qualche secondo più del necessario. "Hai davvero detto *stupratore*."

Alzo gli occhi al cielo, infastidita.

"Sai…" Muovo due passi verso di lei e, a ogni respiro, l'odore ammorbante del suo profumo mi invade i sensi. "Una persona che accusa un'altra di un crimine dovrebbe essere in grado di *dire ad alta voce* la parola giusta."

Stavolta sono io che la guardo con aria disgustata. La violenza sessuale è una questione seria. Tante, *troppe* vittime non ottengono mai giustizia. C'è un forte stigma associato alla denuncia di questo crimine e fin troppe vittime vengono colpevolizzate. Quindi le persone che si inventano delle accuse (e l'istinto mi dice che Chrissy/Tina è una di loro) finiscono solo per danneggiare le vittime vere.

"Perché proprio adesso?" le chiedo. "Perché venire da me, invece di dire tutto a suo tempo?"

Deglutisce rumorosamente, e, prima di rispondermi, i suoi occhi schizzano verso sinistra. "Brantley mi ha pagata per proteggere Mase."

Faccio un cenno con la testa, mormorando un leggero *mmhmm* come se le stessi offrendo la mia comprensione. Certo, Brantley ha denaro a sufficienza per tappare la bocca a una ragazzina adolescente senza tanti problemi, a giudicare dalla villa in cui vive la famiglia di Mase. Non sarebbe certo la prima volta che qualcuno insabbia una storia per proteggere un atleta dalla carriera promettente. Ma quello che faccio fatica a credere è…

"E poi cosa?" Allargo le braccia come per dirle *spiegami*. "Ha posto la condizione che avresti potuto parlarne proprio durante il primo anno in cui il figliastro sarebbe stato idoneo per la selezione della National Football League?"

Qualcosa puzza, e non sono gli avanzi dei tacos che ci siamo divorati ieri sera.

Chrissy/Tina si ricompone, con la mascella serrata e la postura nuovamente risoluta.

"Bene." Emette un respiro. "Liam me l'aveva detto che, con ogni probabilità, non mi avresti creduta," mi si gela il sangue nelle vene al solo sentire il nome del mio ex, "quindi voleva che ti chiedessi cosa ne penserà la *stampa*, secondo te."

Figlio di puttana. È questo il suo prossimo passo? Inviare quei messaggi e fare il troll su internet non stanno ottenendo l'effetto sperato, quindi ci prova così? Vorrei solo che non ci fosse una parte di me che trema a quel pensiero.

"La stampa metterà in croce *te*, quando verrà fuori la verità," ribatto.

Fa spallucce, come se non fosse niente di che. "Che importa un po' di cattiva pubblicità, quando hai il conto in banca gonfio?"

"Liam ti ha pagata?" Non dovrei esserne sorpresa. Anche la sua famiglia è piena di soldi. Non ho mai capito perché si sia iscritto alla Blackwell Public, invece che alla Blackwell Academy.

"Già. Mi ha scritto in privato su Instagram e mi ha fatto un'offerta che non potevo rifiutare." Fa la sua migliore (e per "migliore" intendo "peggiore") imitazione di un mafioso. "Mi ha anche detto che avrebbe aggiunto un extra, se avessi fatto uscire la notizia al momento delle selezioni della National Football League."

Scatto all'indietro e apro la porta, afferro il braccio di quella troia e la scaravento fuori dal mio dormitorio.

Fanculo! È per questo che volevo stare lontana da Mase e ho cercato di usare la fine della nostra relazione per ripartire da zero. Adesso è troppo tardi. Il mio cuore non sarà mai completo senza di lui.

Appoggio la testa contro la porta, chiudo gli occhi e faccio respiro molto, *molto* profondo.

Le storie che riguardano Mase potrebbero anche non essere vere, ma quelle di Liam su di me lo sono. Dobbiamo solo superare questo weekend, poi possiamo metterci a pensare a una soluzione.

#Capitolo45

CasaNova87: Gli Hawks vinceranno! *emoji del pallone da football*
emoji del trofeo #ViFaremoVedereChiSonoIVeriRe #ForzaHawks
#LaPennStateMangeràLaPolvere #BattiamoLaPennState
***foto di Mason, Trav, Kev, Alex e Noah nelle loro casacche da
football***

QB1McQueen7: Braccia d'oro! *emoji del pallone da football*
#GuardateCheSpettacolo #ForzaHawks #LaPennStateMan-
geràLaPolvere #BattiamoLaPennState
***foto di Trav, Mason, Kev, Alex e Noah che tirano su le maniche
delle loro casacche e mostrano i muscoli***

CantCatchAnderson22: Vi consiglio di mangiare una dose extra di
tacchino, se questo weekend pensate di riuscire a fermarmi prima
che raggiunga la meta *emoji del pallone da football*
#CorriForrestCorri #NonMiPrendereteMai #ForzaHawks
#LaPennStateMangeràLaPolvere #BattiamoLaPennState

foto di Noah che tiene in mano un pallone da football e Alex che finge di mangiarlo

LacesOutMitchell5: Loro tifano per noi. Come potremmo mai perdere? #LeRagazzeCiAmano #ForzaHawks #LaPennStateMangeràLaPolvere #BattiamoLaPennState
foto di Noah che stringe tra le braccia Em, Quinn e Bailey

SackMasterSanders91: Tranquillo. Domani il tacchino non mi farà neppure il solletico. Sono pronto a fare tutti i sack che vuoi *emoji del pallone da football* *emoji del tacchino* #ForzaHawks #LaPennStateMangeràLaPolvere #BattiamoLaPennState

CAPITOLO 46

KAYLA

Essendo cresciuta in una famiglia di giocatori di football, non ho mai passato il Giorno del Ringraziamento in maniera particolarmente raffinata. Per diversi anni abbiamo trascorso la festa alle partite di E, per poi pranzare alla caserma dei pompieri. Il *dress code* classico era solitamente composto da un paio di jeans e da una casacca della squadra. Niente di più semplice.

Dopo la morte di papà, tuttavia, ci sono stati molti cambiamenti.

Mio fratello non indossa più la casacca della sua squadra, visto che oramai è una vera e propria tenuta da lavoro; adesso preferisce le magliette buffe che gli regalo io, come quella che indossa oggi, che recita: *Assaggiatore ufficiale del tacchino.*

La scelta della location dipende dai Crabs. Durante la prima stagione di E con la squadra, io e i Taylor prendevamo un aereo fino a Dallas. Da allora, B (Ben Turner, il *quarterback* dei Crabs, nonché migliore amico di mio fratello) è sempre stato una presenza fissa alla nostra tavola, ma fortunatamente quest'anno i Crabs non giocano fino a domenica; quindi, possiamo goderci il tacchino a casa nostra a Baltimora.

Un altro cambiamento è che la nostra lista degli ospiti varia sempre: adesso riesco a invitare a cena solo uno dei Taylor. Loro padre è di turno in caserma, visto che per i vigili del fuoco questo è uno dei giorni più intensi dell'anno; JT, invece, a causa di tutti gli impegni con la Blue Squad, non ha tempo di prendere un volo fino a casa.

Quello che mi manca con i Taylor, però, lo recupero con i Grayson. Adesso che D è in Kentucky, quest'anno mamma e papà Grayson hanno deciso di unirsi a noi. Dire che G ne è entusiasta sarebbe un *vero* eufemismo.

Mentre cammino per il corridoio vestita con un paio di leggings con delle stampe a forma di tacchini (e una maglietta che recita *Tacchino, torta di zucca e football: che paradiso!*) mi fermo per inspirare a fondo il delizioso aroma che proviene dalla cucina. Volete sapere per cosa sono grata quest'anno? Mamma G. Quella donna è un dono del cielo. Ha insistito per venire insieme al marito ad aiutare Bette in cucina, il che le ha fatto guadagnare una maglietta con scritto: *Voglio mangiare fino a scoppiare*; mentre io, grazie al suo intervento, potrò dormire un po' più a lungo.

"Caffè," mugola Em, quando ci incontriamo in salotto. Sì, siamo riuscite a dormire un po' più del solito, ma siamo comunque rimaste in piedi fino a tardi; è ancora mattina.

Annuisco e la prendo a braccetto. "Carina," commento, riferendomi alla sua T-shirt con scritto: *Questa la indosso quando voglio abbuffarmi.* Che è esattamente quello che faremo più tardi.

"Grazie. Io e Q ne abbiamo ordinata una anche per CK." Ovviamente.

Herkie è accoccolato sul divano ai piedi di T per tenerle compagnia mentre fa i compiti al computer. Em si fa schioccare l'elastico dei leggings quando legge la scritta sulla maglietta di T: *Mettetevi i pantaloni larghi, perché da oggi avremo due taglie in più.* A ennesima riprova di quanto Em sia felice di essersi risparmiata il viaggio di ritorno fino a casa. Non la biasimo. Una giornata come questa non dovrebbe si dovrebbe trascorrere strette in un vestito elegante per "nascondere la ciccia". No. Per me, il Giorno del Ringraziamento significa rimpinzarsi fino a esplodere, guardare le partite di football in TV e collassare sul divano.

"Buongiorno, tesori," ci saluta mamma G, con il suo forte accento del sud.

"Buongiorno, mamma," io ed Em ricambiamo il saluto e andiamo ad abbracciarla, prima di rimetterci alla ricerca del caffè.

"Avete notizie del mio bambino?" Em ridacchia a sentire l'appellativo nei confronti di G; è troppo buffo.

"No..." Do un'occhiata all'orologio sul forno. "Ma Mase ha mandato un messaggio per dire che sarebbero arrivati attorno all'una."

Ah? Ho dimenticato di dirvelo? Scusate ma... sì, anche Mase e gli amici sono sulla lista degli ospiti di quest'anno, e stanno venendo qui assieme a G e CK. Questa è la prima volta che trascorro delle feste assieme al ragazzo con cui sto insieme: non riesco a trattenere l'eccitazione che sento in pancia al pensiero di cosa significa tutto ciò. Perfino quando stavo con lo stronzo non passavamo mai le vacanze insieme... immagino che fosse un segno.

Invitarli tutti insieme questo weekend è stato un rischio; però, visto il modo in cui sono venuti a tifare per me alla gara di cheerleading indossando magliette buffe ispirate al mio guardaroba, l'ultima linea difensiva che avevo intorno al cuore si è sgretolata.

Mi fa veramente commuovere ripensare a come applaudivano e urlavano rendendosi completamente ridicoli, e a come io mi sia voltata per capire chi stesse facendo tutto quel chiasso, prima di rendermi conto che si trattava dei miei amici... anzi, della mia famiglia.

"Faccio male a sperare che arrivino in ritardo?" domanda Bette mescolando il ripieno intanto che Quinn imbastisce il tacchino.

"No," risponde mamma G, posando una mano sulla spalla di Bette. "Ho già dovuto cacciare mio marito: quando arriveranno anche gli altri uomini la situazione non potrà che peggiorare."

Adesso capisco perché papà G è seduto sul divano dal lato opposto di T a guardare la parata.

Herkie si fa avanti, facendo picchiettare le unghie sul pavimento, con la lingua che penzola da un lato della bocca e gli occhi che implorano di ricevere un po' di avanzi di cibo. "Non ci pensare nemmeno, Herk," gli dico, grattandogli le orecchie.

"Che ti dicevo?" Sento uno sbuffo provenire dal divano e, se il tono profondo della voce non fosse già un indizio sufficiente, la smorfia che fa mamma G con le labbra conferma che proveniva da suo marito, il quale evidentemente si aspettava un'altra frecciatina. "Questi uomini di oggi non hanno pazienza."

CAPITOLO 47

MASON

Prendere in prestito il Navigator dalla collezione di auto di Brantley per il nostro viaggio a Baltimora è stata la decisione più intelligente e al contempo più stupida che potessi prendere: intelligente perché ci permette di stare tutti e sette in un unico veicolo, stupida perché così ho offerto ai ragazzi quattro ore di tempo per infierire su di me. Avrei fatto meglio ad andare a fare snowboard con la mia famiglia. Chi se ne importa se, tecnicamente, mi è proibito fare attività che potrebbero provocarmi infortuni che non mi permetterebbero di giocare?

"Ok…" Trav batte le mani per attirare l'attenzione. "Credo che sia ora di porti la domanda *veramente* più importante di questa giornata."

Grugnisco. Siamo a dieci minuti di distanza da casa di E: non mi hanno già fatto penare abbastanza per oggi? Siamo in vacanza, per la miseria.

"Che cosa, Trav?" gli domando con riluttanza.

"Come cucina Bette?" chiede, accarezzandosi la pancia.

Maledetto Travis, sempre comandato dal suo stomaco.

"Bette è una cuoca da urlo," risponde Grayson. "Ma il tacchino *non* sarà il piatto forte del giorno."

Trav si volta per guardarlo. "Non tenermi sulle spine, Grayson."

"Risparmia un po' di spazio per la torta."

I passeggeri iniziano a elencare i loro tipi di torta e di piatti del Ringraziamento preferiti, facendomi brontolare lo stomaco. Il frullato proteico che ho bevuto dopo l'allenamento è già bello che digerito; sospiro di sollievo quando, finalmente, vedo il cancello dall'aspetto familiare e inserisco il codice d'accesso che mi ha fornito Kay.

"So che per molti di voi è la prima volta, qui," dice CK chiudendosi la portiera alle spalle. "Ma cercate di non essere troppo emozionati."

"Oh, oh, oh." Alex cinge un braccio attorno alle spalle di CK, mentre ci incamminiamo tutti insieme come un unico gruppo. "Guarda un po' chi si sta finalmente sentendo abbastanza a suo agio da romperci le palle."

"Beh… se a Kay va bene che voi scemi siate qui, allora va bene anche a me." CK fa spallucce sotto il peso del braccio di Alex. È il più riservato del gruppo, quindi è bello vederlo uscire dal guscio.

Quando Kay ci ha offerto di unirci alla sua famiglia per il Ringraziamento, sapevo che era solo un altro modo per dimostrare che vuole far funzionare davvero la nostra relazione e che non vuole fuggire… non che avesse bisogno di dimostrarlo. Ci sono ancora molti problemi da affrontare, ma tutto quello che può contribuire ad avvicinarci è ben accetto.

Se solo Liam Parker imparasse a farsi i cazzi propri. Il coglione ha iniziato a infestare la sezione commenti del nostro profilo Instagram peggio di uno sciame di cimici.

Grayson apre la porta d'ingresso senza bussare, e tutti noi sette ci fermiamo per inspirare i profumini deliziosi che ci accolgono una volta superata la soglia.

Sento un naso freddo sfiorarmi il dorso della mano e mi chino per salutare Herkie, che inizia a leccarmi riempiendomi la faccia di bava.

Grayson non si dà pena di aspettare e corre dentro per andare alla ricerca della mamma. Mi diverte un sacco vedere quanto sia mammone questo gigante di quasi due metri. Quando lo seguiamo, vediamo che la sta sollevando da terra in uno dei soliti abbracci da orso, mentre lei squittisce: "Il mio bambino!"

Il grande open space mi permette facilmente di trovare la mia ragazza, impegnata a ridere di qualcosa in cucina assieme a Em e Quinn. Mi piace vederla così felice e spensierata. Dato che la settimana scorsa ha avuto tantissimi impegni con i New Jersey Admirals, né io né lei volevamo rovinare il poco tempo che avevamo a disposizione discutendo di quanto stava accadendo all'università.

Quando, finalmente, i suoi occhi grigi incontrano i miei, non riesco a trattenere il sorriso automatico che mi spunta in volto. Sorrido ancora di più nel momento in cui, una volta emersa da dietro il bancone della cucina, noto i tacchini stampati sui suoi leggings e la maglietta buffa.

"Ehi, Skittles." La abbraccio non appena è a portata di mano, tirandola verso di me fino a quando non resta nemmeno un millimetro di spazio tra noi.

"Ehi, Cavernicolo." Mi avvolge le braccia attorno al collo e preme le labbra contro le mie; mi bacia in maniera decisamente inopportuna, visto che ci troviamo in compagnia.

Quando ci separiamo abbiamo entrambi il respiro un po' pesante, ma sono felice di vedere quanto le si siano allargate le pupille. A quanto pare non sono l'unico a cui, la notte scorsa, è mancata la compagnia.

"Bella maglietta, piccola," commento, pizzicandole il colletto della T-shirt.

"Speravo che lo dicessi." Si libera dalla mia presa e balzella verso il soggiorno, afferrando una serie di regali appoggiati sul divano.

"Hai dei regali, Puffetta?" domanda Trav avvicinandosi. "Di solito non si fanno in un'altra occasione?"

Kay alza gli occhi al cielo, per nulla infastidita da quel furbacchione del mio migliore amico. "Zitto e apri il tuo regalo, QB1."

"E poi?" Gli rivolge quel sorriso abbassa-mutandine, così gli mollo un pugno sul braccio che usa per effettuare i lanci (ma non troppo forte, dato che tra qualche giorno abbiamo una partita).

"Quante volte devo dirti di smetterla di flirtare con la mia ragazza?" ringhio, osservando il modo in cui le labbra di Kay si contraggono a sentire il mio tono duro.

"Povero Nova…" dice Noah, avvicinandosi per prendere il suo regalo. "Ha paura di un po' di concorrenza."

"Mi spiace, ragazzi." Kay dà una pacca ai due deficienti che presto dovremo sostituire in campo, visto che rischio seriamente di ucciderli. "Mase è di un'altra categoria."

Avanzo verso Kay, facendomi spazio tra Trav e Noah con una leggera gomitata… ok, forse è il caso di dire che li spingo via a forza. "Ti ho già detto quanto ti amo?" le chiedo, prendendole il viso tra le mani e facendole scorrere il pollice sul labbro inferiore. Quando tira fuori la lingua e mi lecca il dito, sento l'uccello iniziare a premere contro i pantaloni.

Tutt'attorno a noi sentiamo il rumore della carta velina che viene aperta; siamo entrambi persi nei nostri pensieri, fino a quando Noah urla: "Cazzo, sì!"

Continuando a tenere Kay stretta al mio fianco, mi volto e scopro che ognuno ha ricevuto una maglietta buffa a tema Giorno del Ringraziamento.

Kay mi appoggia la testa a uno dei bicipiti e una zaffata di menta mi colpisce le narici quando uno dei suoi riccioli mi raggiunge la barba. "Sai che cosa significa *veramente*, giusto?" mi sussurra contro la mandibola in punta di piedi, mentre le morbide curve del suo corpo premono contro il mio.

Faccio un sorriso a trentadue denti e lei mi preme una delle fossette con il dito, mentre i suoi occhi mi dicono: *mettile via, quelle*. "Significa che *finalmente* faccio parte del club?"

C'è un motivo, se ho scelto di usare le magliette per riconquistare Kay. Se ti regala un vestito buffo, significa che fai parte della sua cerchia, che sei un membro della sua famiglia allargata.

"Non potete comprarvi l'appartenenza al club regalandomi voi delle magliette, non importa quanto sia carino il gesto." Fa un cenno con il mento verso i ragazzi che si stanno cambiando in mezzo alla stanza, tutti entusiasti all'idea di togliere le magliette della squadra di football dell'Università di Jersey e indossare quelle nuove che ha regalato Kay a tutti. "Non è *ufficiale* finché non sono *io* a regalarvele."

Guarda in direzione dei ragazzi prima di riportare lo sguardo su di me; stringo la presa ancora più forte quando noto un lampo di vulnerabilità diffondersi sui suoi bellissimi lineamenti. Scuote la testa per allontanare la mia preoccupazione.

Dato che ho bisogno di vederla sorridere, le do un bacio sulla testa e mi unisco anch'io allo spogliarello.

Sollevo lentamente la maglietta, ed eccolo lì: quel lampo di calore che illumina gli occhi della mia ragazza mentre mi fissa gli addominali scolpiti.

"Oh, CK," cinguetta Quinn, tenendo in mano un sacchetto regalo di colore arancione.

"Ne abbiamo una anche per te," aggiunge Em quando Quinn non riesce a dire altro.

"Sai già che cosa significa…" canticchia Quinn, che fa scorrere lo sguardo sul corpo di CK e svestendolo con gli occhi. "Spogliati, Superman."

Riporto l'attenzione sulla mia donna, che in questo momento mi sta guardando come se volesse cospargermi salsa agrodolce su tutto il corpo e pulirmi a colpi di lingua. Se non sta attenta, rischio di spogliarla e farla mia proprio qui, fregandomene del fatto che ci siano altre persone in casa. Prima che possa cedere a tali impulsi, mi infilo la maglietta che recita *Mi piacciono le cosce, e non solo quelle del tacchino*, ridacchiando per la battuta.

"Eric James Dennings, prova a toccare quella torta e ti giuro che non faremo sesso fino a Natale!" urla Bette dalla cucina.

"Accidenti, tesoro. Perché usi sempre la nostra vita sessuale come scusa per ricattarmi?" replica E, la cui voce si fa piccola piccola.

"Perché funziona."

Kay ridacchia all'arrivo del fratello, gridando: "Se questa è la punizione, non diventerò mai zia."

"Non eravamo d'accordo di non parlare di quello che facciamo in camera da letto, Scricciolo?" Magari E non è riuscito a mettere le mani sulla torta, ma quando fulmina Kay con uno sguardo che vuole dirle *Che cosa ti ho detto?* noto che sta comunque sgranocchiando qualcosa.

Kay non ha tempo di rispondere perché, subito dopo, Bette si mette a urlare contro l'altro nuovo arrivato. "Benjamin Turner, se desideri essere ancora ammesso in questa casa, ti conviene tirare fuori la testa dal frigo."

"Come diavolo fai a saperlo? Non mi puoi vedere," si lamenta B.

"Ha gli occhi da mamma, B." dice Kay, toccandosi l'angolo dell'occhio; intanto, B ed E escono dalla cucina con aria sconvolta.

"Ma questo tizio," dice B abbracciando l'amico, "non l'ha ancora impregnata."

"Ha trascorso gli ultimi quattro anni a crescere me." Kay si tocca nuovamente l'angolo dell'occhio. "Quindi ha gli occhi da mamma, te lo garantisco."

"Possiamo evitare di usare il termine 'impregnare' per parlare di me che metto incinta mia moglie?" dice E, liberandosi dalla stretta di B.

Mi guardo attorno e vedo che sono rimasti tutti a bocca aperta davanti all'incredibile *normalità* della famiglia di Kay.

Aspetta… Kay sta facendo una foto delle loro espressioni sconcertate? Mamma mia, quanto amo questa ragazza.

CAPITOLO 48

KAYLA

Poco dopo l'arrivo di tutti gli invitati, mamma G invita a prendere posto a tavola. Meno male, perché sono seriamente convinta che Bette avrebbe finito per accoltellare B, se avesse tentato ancora una volta di spiluccare del cibo.

In linea con il tono informale della festa, e visto il numero esorbitante di persone presenti, sistemiamo le pietanze in stile buffet sul bancone della cucina: purè di patate vicino alla casseruola di patate dolci con marshmallow, mais dolce, cavoletti di Bruxelles con pancetta a cubetti, gambi di sedano impanati e fritti, cuori di carciofo. Tengo il piatto in equilibrio sull'avambraccio mentre inizio a riempirlo con i contorni.

"Puffetta…" Trav mi allunga un braccio sopra la spalla per prendere il piatto che contiene il ripieno umido per il tacchino, mentre io prendo quello secco. "So che il mio amico è innamorato pazzo di te, ma *io* ti ho già detto che oggi ti amo?"

PAF!

"Fanculo, fratello." Trav si sfrega la parte posteriore della testa per alleviare il dolore dello schiaffo di Mase.

"Te lo devo tatuare sulla fronte? *Non provarci con la mia ragazza.*"

Mi mordo il labbro per trattenere le risate davanti all'iperprotettività di Mase, che include anche prendere a schiaffi il migliore amico.

"Sto solo dicendo che..." Trav indica il cibo con una piroetta della mano, mandando un bacio volante ai dodici chili di perfezione dorata del tacchino arrosto e ai sei chili di tacchino fritto. "...questo buffet è un sogno erotico."

"Potresti, per favore, *non* sessualizzare il cibo di mia mamma?" mugugna G, tenendo in bocca un biscotto al burro.

Una volta riempiti per bene i piatti—il mio con una quantità di cibo assolutamente rispettabile, quello di Mase con una dose pari al suo peso corporeo—Mason mi mette una mano sulla schiena e tutti insieme ci dirigiamo verso il tavolino pieghevole che adesso separa il soggiorno dalla cucina.

"Prima di darci dentro, dobbiamo dire una preghiera," ammonisce E, fermando a mezz'aria più di una forchetta, mentre Bette toglie la partita dei Detroit in TV per sostituirla con il sistema di videochiamata che abbiamo installato.

Lo schermo si divide in due e aspettiamo che rispondano i membri della famiglia che non hanno potuto esserci.

"Papà! Ma sei lercio." La calda risata di Tessa riempie la stanza quando sullo schermo compare il volto sporco di fuliggine di papà Taylor.

"Scusa, tesoro." Cerca di pulirsi la faccia, ma riesce solo a sporcarsela ancora di più. "Sono appena tornato da un'emergenza."

"Una friggitrice?" domanda T.

"Una friggitrice," conferma papà Taylor scuotendo i capelli arruffati. "Quand'è che la gente imparerà che il tacchino deve essere fresco e che *non* va cucinato in garage?"

"Papà sta dando un'altra lezione su come si frigge il tacchino?" domanda JT quando lui e D si uniscono alla videochiamata.

"Non sarebbe il Giorno del Ringraziamento." Appoggio la testa contro la spalla di Mase mentre lui giocherella con le punte dei miei capelli.

Ci scambiamo gli auguri e poi, mentre JT sottolinea che ho invitato praticamente metà della squadra di football—alzo gli occhi al cielo per l'esagerazione—non riesco a non notare lo sguardo complice che ci rivolge Bette.

Mio fratello E, che ci ha ospitati in qualità di leader *de facto* per questa giornata, dirige la preghiera e inizia il solito breve discorso sull'importanza della famiglia—sia quella di sangue che quella scelta—dando il benvenuto ai nuovi arrivati alla nostra tavola. Con un tempismo quasi perfetto, suona la sirena all'interno della caserma dei pompieri e chiudiamo la videochiamata, rimettendo la televisione sulla partita di football.

La cena trascorre in una cacofonia di conversazioni, ma nessuno ne sembra disturbato. Questo caos mi ricorda la mia infanzia.

I ragazzi potrebbero anche non aver mai tirato fuori l'argomento dell'identità di mio fratello, ma vederli emozionati come dei bambini è un vero spettacolo.

È stupendo anche il momento in cui Trav e Alex si danno un pizzicotto sulle guance a vicenda quando B si complimenta per la partita della scorsa settimana: Trav ha evitato un *sack* per completare un passaggio verso Alex che ha dato agli Hawks il vantaggio sulla Michigan State. Quel momento è il mio preferito.

A un certo punto, Herkie si fa strada sotto il tavolo, appoggiandomi di tanto in tanto la testa sulla coscia nella speranza che gli dia del cibo. Da me non ne riceve, ma riesce comunque ad avere più successo di G e dei suoi tentativi di spiluccare dal piatto di Tessa.

"Credo di non aver *mai* mangiato così tanto in vita mia," dice Q accarezzandosi la pancia. "Non ditelo a mia nonna."

In tutta la stanza risuona un misto di lamenti e di risate, mentre ognuno di noi cerca un posto dove mettersi comodo dopo che Bette e mamma G ci hanno cacciati per sparecchiare la tavola.

"E quello era solo il primo round," le dico, massaggiandomi la pancia a mia volta.

"Primo round? Quanti altri ce ne sono?" mi domanda Mase nell'orecchio, spostandomi in modo da stare rannicchiati insieme.

"Uhm…" Ripenso a quello che abbiamo mangiato. Di solito ceniamo durante il primo tempo, mangiamo il dessert all'intervallo del secondo, poi concludiamo la serata con i sandwich al tacchino. "Tre."

"Sapevo che avrei adorato questa famiglia." Trav allunga i piedi sulla penisola del divano.

"Per forza. Tu sei comandato dallo stomaco," dice G ridendo.

"Senti chi parla," lo rimprovera Em, schiaffeggiandolo sulla coscia su cui ha appoggiato la testa.

"Esatto!" urlano tutti in coro i suoi confratelli.

"Credo di non riuscire a mandare giù un altro boccone," aggiunge CK.

"Non preoccuparti, hai tempo di digerire. La prossima portata arriverà solo all'intervallo." Indico la televisione che trasmette la partita dei Dallas, appena iniziata.

"Il paradiso… questo è il paradiso, vero?" Trav ha un'aria estasiata negli occhi.

La conversazione inizia a scemare, dal momento che tutti sono impegnati a guardare la partita o a digerire.

Sto iniziando a scivolare verso l'abisso del sonno quando sento il naso e la barba di Mase strusciarmi contro il lato del collo, scatenandomi dei brividi lungo la spina dorsale. Mi dimeno contro di lui, con il sedere che struscia contro la sua crescente erezione.

"Continua a sculettare così e giuro che per dessert mangerò te," mi sussurra nell'orecchio con voce roca.

Sento che mi sto bagnando; per fortuna che non indosso le mutandine, altrimenti a quest'ora me le dovrei già cambiare.

"Giuri?" Sono così eccitata che parlo con un filo di voce.

"Ti basta dirlo."

Chiudo gli occhi mentre lui mi mordicchia con i denti la conchiglia dell'orecchio, per poi afferrare il lobo e succhiarlo con tutto l'orecchino.

"Ma proprio qui?" squittisco. Mamma mia, la maniera in cui riesce a condizionarmi è veramente imbarazzante.

La sua risata profonda mi rimbomba dentro.

"Beh, magari non *proprio* qui." Mi mette la lingua in bocca, facendola vorticare. "Tuo fratello mi ammazzerebbe *prima* ancora di averti fatto scendere dal divano."

La libidine mi spinge a chiudere gli occhi, ma mi costringo ad aprirli e a dare un'occhiata al resto della stanza. Dall'altra parte del divano, Em sta dormendo accoccolata a G, che ha l'aria di uno che la seguirà molto presto. T dorme vicino a Herkie, che è acciambellato sul lussuoso lettino per cani in memory foam… niente che mi sorprenda.

Trav, Noah, Alex e Kev stanno vivendo il sogno di una vita di parlare con mio fratello e B, mentre Bette è rannicchiata in braccio a E. CK divide la sua attenzione tra le discussioni sul football e la partita dei Dallas alla televisione. La cosa che mi sorprende di più è vedere Q che dorme con la testa appoggiata al grembo di CK. Forse, finalmente, le sta dando una possibilità… lei è cotta marcia di lui. Mamma e papà G, invece, sono in sala da pranzo a fare una videochiamata con D.

*Nessuno sentirà la vostra mancanza, se ve ne andate. *Si avvolge una ciocca attorno al dito e piega la testa di lato* Ammesso che qualcuno ci faccia caso.*

Visto che la mia cheerleader interiore, per una volta, mi ha dato un ottimo consiglio, afferro una delle zampe d'orso di Mase e lo tiro via dal divano; la sua mano ruvida sfiora il mio delicato palmo, facendomi pensare alla sensazione che mi provocherà su zone del corpo molto più sensibili.

Da ragazzo intelligente quale è, mi segue in silenzio senza fare domande.

Nessuno ci ferma, ma una volta giunta sulla soglia della mia camera da letto, tentenno. Se chiudo la porta, non solo sarà evidente a tutti dove siamo andati, ma soprattutto *che cosa* stiamo facendo. So bene che ho diciannove anni e non c'è niente di male a fare del sesso consensuale con il mio ragazzo; peccato che, quando si tratta di me, E non sia la persona più razionale di questo mondo e tenda a dimenticarsi questo dettaglio.

Cosa faccio? Cosa faccio?

Mi cade l'occhio sulla porta della cabina armadio e vengo colta da un lampo di ispirazione. Non sono mai stata tanto felice in vita mia di possedere quel tipo di armadio, che tutte le ragazze sognano. L'ampio spazio possiede barre appendiabiti e scaffali su entrambi i lati e la parete di fondo è perfetta per sfoggiare la propria collezione di scarpe, ma sapete qual è la sua caratteristica più importante? La porta si può chiudere a chiave.

"Di solito sono gli amanti a nascondersi nell'armadio," scherza Mase mentre faccio scattare la serratura.

Mamma mia, quel suo sorriso diabolico può davvero mettere una ragazza nei guai.

Lo spero proprio, commenta la mia cheerleader interiore con una smorfia.

"Ah, ah, divertente." Gli infilo le dita sotto l'orlo della

maglietta e gliela sfilo dal corpo. "Così è meno probabile che ci vengano a interrompere."

"Ti ho già detto che mi piace il tuo modo di pensare?" Imita le mie azioni e, in un batter d'occhio, la mia maglietta e il mio reggiseno giacciono sul pavimento. Con altrettanta efficienza, si mette in ginocchio davanti a me, mi sfila i leggings e mi solleva tra le braccia, facendomi girare.

La mia schiena tocca la fredda superficie di marmo del ripiano della cassettiera e, a questo punto, sono abbastanza certa che lui abbia appena trovato la *sua* caratteristica preferita del mio armadio. Mi distende premendomi una mano sul petto, mentre con l'altra mi allarga le gambe. I suoi occhi verdi mi fissano con sguardo incendiario, come se fossi *io* il banchetto del Ringraziamento.

"*Mamma mia...* sei meravigliosa." Il suo tono ossequioso mi uccide. "E sei mia. *Tutta* mia, cazzo." Mi bacia sulla coscia.

Sussulto.

"Mia."

La sua bocca va all'assalto della mia passera e mi attanaglia il clitoride. A questa irruzione improvvisa mi sfugge un urlo dalla gola; lui sposta verso l'alto la mano che mi teneva appoggiata al petto e mi copre la bocca, soffocando quei gemiti che si accavallano l'uno sull'altro.

Gli affondo i denti nel palmo della mano, sopraffatta dall'orgasmo.

È spietato.

Lingua.

Denti.

Dita.

Tutto concorre a strapparmi una seconda ondata di piacere.

Flaccido, incapace di muoversi, credo che il mio corpo si sia fuso con il marmo. Il tacchino non mi ha messa al tappeto, ma il mio ragazzo è riuscito a mandarmi in coma da orgasmo.

Mase si alza in piedi, con il suo sorriso arrogante e quegli addominali da leccare. Ha i capelli scompigliati nel punto in cui gli ho tirato le ciocche con le dita.

Con gli occhi fissi sui miei, si abbassa l'orlo dei pantaloni fino a liberarsi l'uccello, che ora protende verso di me in tutta la sua lunghezza. La cappella è di un colore viola acceso, la punta bagnata brilla sotto la luce delle lampadine.

Mi fa scivolare le mani sotto le cosce, tenendomi le gambe strette attorno ai suoi fianchi, e con una sola spinta mi entra dentro.

Tocca a me allungarmi verso di lui, con le unghie che gli graffiano la schiena.

La sua bocca copre la mia e sulla sua lingua sento i miei stessi succhi.

"Mase."

"Sarà molto veloce e intenso, piccola." Le sue parole suonano più come una minaccia che come una promessa.

Mentre mi pompa, la schiena mi scivola lungo il ripiano e Mase deve stringermi le braccia ai lati per tenermi ferma.

Continuiamo a baciarci, ingoiando l'uno i mugolii dell'altra.

Raggiunge l'orgasmo senza alcun preavviso e il suo rilascio me ne causa un altro.

Collassa sopra di me, riuscendo comunque a tenersi in equilibrio sui gomiti per non schiacciarmi.

"Adesso sì che ho un buon motivo per ringraziare," mi sussurra contro la gola.

Anche se in questo momento non riesco a mettere insieme una frase coerente, concordo con lui al cento per cento.

CAPITOLO 49

MASON

Sono abbastanza certo che, se dovessi mandare giù un altro boccone, mi esploderebbe lo stomaco. Se il coach Knight venisse a sapere quanto abbiamo sgarrato rispetto al piano alimentare del nutrizionista, ci ucciderebbe... o peggio, ci metterebbe in panchina.

È iniziato tutto con *il* più incredibile banchetto del Giorno del Ringraziamento che abbia mai visto—preparato da persone vere, non ordinato al ristorante—ed è terminato con il più delizioso buffet di dessert che l'uomo abbia mai conosciuto. Porca troia, Bette e mamma G sì che sanno cucinare.

Credo di aver preso alla lettera la maglietta di papà G, che recita: *Sono venuto qui solo per la torta.* Infatti, ne ho presa una fetta di ogni tipo. E che torte, ragazzi. Alla zucca, alle mele, alle patate dolci, alle noci pecan e infine la preferita di Kay: la cheesecake alla zucca. Sto per andare in coma diabetico.

Sento delle risate fragorose provenire dalla cucina; giro la testa di lato per dare un'occhiata, facendo scricchiolare la pelle del divano. Kay è seduta al bancone circondata dai miei compagni di squadra: lei, Kev e Alex stanno giocando a carta-forbice-sasso per decidere chi avrà l'onore di mangiare l'ultima fetta di torta.

Kay esulta per la vittoria quando il suo sasso sconfigge le forbici di Alex; il modo in cui ondeggia i fianchi mi riporta alla mente quando ci siamo chiusi nell'armadio. La sua euforia dura poco, perché poi Kev batte il sasso con la carta; al che, lei getta la testa all'indietro per la sconfitta e le ciocche bionde e colorate sfiorano il ripiano alle sue spalle.

Grayson tenta un assalto per strappare il piatto dalle mani di Kev, ma lui si allontana velocemente, facendo del suo meglio per tenere al sicuro il trofeo.

Il sorriso incontenibile sul volto di Kay, e i suoi occhi che brillano dalle risate, rendono evidente la sua felicità persino dall'altra parte della stanza.

Il divano si abbassa sotto il peso di Tessa, che è venuta a sedersi accanto a me e solleva un braccio per indicare Kay dall'altra parte della stanza, nuovamente intenta a giocare a carta-forbice-sasso con Noah e Trav. "È bello vederla essere PF con delle persone nuove."

Sposto lo sguardo seguendo il braccio di Tessa, che mi fissa con gli occhi blu e un sopracciglio alzato. "Non mi avete sempre detto che Kay e PF sono la stessa persona?"

"A livello di identità, sì, ma per quanto riguarda la personalità..." Si interrompe, gettando uno sguardo verso Kay. "...no." Emette un sospiro. "Non negli ultimi anni, almeno."

Perché ogni volta che Tessa Taylor mi parla in privato ho la sensazione che sia la mia informatrice?

"Con me si è sempre comportata così," faccio ruotare un dito verso la mia ragazza, che ora sta eseguendo una danza della vittoria. Giuro, Kay fa la sciocca con me ancora più di quanto lo faccia con i miei compagni di squadra.

Lentamente, un sorriso arriccia le labbra di Tessa. "Perché credi che mio fratello l'abbia convinta a darti un'altra possibilità?" *Dici sul serio?*

Sento una zaffata di menta piperita pochi secondi prima che Kay scavalchi lo schienale del divano e mi salga in grembo, infilandosi tra le mie gambe divaricate. Quando mi si appoggia al petto, non fa un favore al mio stomaco già stracolmo.

"Ma tu una volta non eri dalla parte delle sorelle, T?" chiede Kay a Tessa, ridendo al pensiero che abbia intuito la nostra conversazione.

"Eh." Tessa ignora la domanda. "Vabbè."

Kay dà un'occhiataccia alla sorella per qualche secondo, poi alza gli occhi al cielo e rivolge l'attenzione sulla partita dell'Atlanta in televisione.

La avvolgo tra le mie braccia e la tiro stretta a me, ignorando la protesta di tutta la torta che mi galleggia nello stomaco. Appoggio il viso contro il suo, le do un bacio sulla tempia e respiro l'inebriante profumo di Kay mescolato al mio, l'odore che preferisco in assoluto.

"Oh, ma *dai*, Dennings," urla Kay contro JJ Dennings, un *wide receiver* dell'Atlanta, quando quest'ultimo sbaglia un passaggio.

"Che ho fatto?" chiede E, mentre lui e Bette escono dal corridoio laterale che porta alla palestra, con i vestiti leggermente stropicciati e in disordine. A quanto pare Kay non è stata l'unica della famiglia Dennings a gustarsi un dessert fuori menù.

"Non tu. JJ." Kay indica con la mano la squadra dell'Atlanta che si sta allineando per un terzo *down*. "È arrivato troppo tardi sulla linea e ha sbagliato un passaggio che avrebbe preso persino un bambino."

"Yeah, bambola, yeah!" Noah fa la sua migliore imitazione di Austin Powers. "Ci piace quando parli di football."

Kay ridacchia, ma lo ignora e inizia a tracciare le linee del mio tatuaggio. I morbidi polpastrelli mi danzano sulla pelle, in televisione c'è la partita e io non riesco a immaginare niente di meglio.

TightestEndParker85: Non sei curioso di sapere per chi tiferà questo fine settimana @UofJ411? Hai paura che non sarà per te @CasaNova87? #ChiedoPerUnAmico #CiSonoStatoInsiemePrimaIo #ACacciaDiFalchi
collage di una foto di Kay che indossa la casacca della Penn State e una foto di Kay e Liam ai tempi delle superiori

UofJ411: Votate il sondaggio nelle mie storie. #ScopriamoChiSceglierà #IlPrimoAmoreOQuelloNuovo #CosaFaCasanova #LaRagazzaDiCasanova
RICONDIVISO—*collage di una foto di Kay che indossa la casacca della Penn State e una foto di Kay e Liam ai tempi delle superiori*—TightestEndParker85: Non sei curioso di sapere per chi tiferà questo fine settimana @UofJ411? Hai paura che non sarà per te @CasaNova87? #ChiedoPerUnAmico #CiSonoStato-InsiemePrimaIo #ACacciaDiFalchi
@Notnow.imreading: Per NOVA, non c'è nemmeno bisogno di dirlo! #ForzaHawks
@Oamberwhereartthou: La vera domanda è: lei verrà alla partita? #PostiVuoti

@Ofbooksandportkeys: È troppo presto per la festa di inizio partita? #QuiCiSonoIPostiMigliori

@Ofbooksandportkeys: È troppo presto per la festa di inizio partita? #QuiCiSonoIPostiMigliori

CAPITOLO 51

MASON

Allungo il braccio fino a quando non riesco a trovare il telefono. Aprendo soltanto un occhio, premo il pulsante che spegne la sveglia e lo schermo passa dall'orologio al banner delle notifiche che ho accumulato nel corso della notte. Sono diventato molto bravo a ignorarle, ma non riesco a non notare il tag di un account in particolare.

TightestEndParker85.

Figlio di puttana.

Liam Parker.

Una volta, scherzando, Kay mi ha paragonato all'herpes, ma Liam Parker è una vera pustola sui genitali.

Contro ogni buon senso, scorro il pollice in alto per aprire la notifica; la custodia del telefono scricchiola sotto la mia presa, mentre immagino di stringergli le mani attorno al collo.

Un conto è che si metta a provocare me, a inseguirmi sui social nel tentativo di attirare l'attenzione dei media. Perfino Brantley non fa che ripetermi la storia per cui *non esiste la cattiva pubblicità.*

Quindi… no. L'errore di Liam Parker non è cercare lo scontro con *me* a tutti i costi. Il suo errore è coinvolgere Kay, cercare di arrivare a me *attraverso* lei. *Sarà meglio per lui che non le abbia mandato nessun cazzo di messaggio.*

Dolore. Smembramento. Omicidio. Tutti questi pensieri mi si rincorrono nella mente, fino a quando non sento le morbide curve del corpo di Kay muoversi accanto a me.

"È troppo presto," mormora contro il cuscino.

Non riesco a non sorridere; getto il telefono di lato e la tiro più vicino. Le scosto i riccioli e le do un bacio sul collo, inspirandone il profumo. "Torna a dormire, piccola."

Mugugna qualcosa che non riesco a capire, poi si acciambella ancora di più tra le lenzuola.

Mi faccio indietro, ma le grandi lettere del mio cognome in mezzo alle sue scapole mi chiamano come una sirena. Mentre percorro la scritta con il dito, la mia ragazza emette qualche altro mugolio incoerente; alla fine, esco dal letto.

Herkie solleva la testa mentre mi infilo un paio di pantaloni della tuta grigi; anche se mi si vede l'elastico delle mutande, non mi prendo il disturbo di indossare una maglietta.

Con un leggero fischio, faccio cenno al cane di seguirmi mentre mi avvio alla ricerca del caffè.

Mentre scendo le scale per dirigermi in soggiorno, sento che l'aria è già permeata dall'aroma del caffè. Non mi sorprende vedere che i ragazzi sono già in piedi: dobbiamo ripartire tra qualche ora per essere al campus in tempo, in vista dell'ultimo allenamento della squadra prima della partita di domani.

Mentre mi avvicino al bancone della cucina, il signor Grayson fa scivolare una tazza verso di me e la signora Grayson mi chiede che cosa vorrei per colazione. Mi guardo intorno alla ricerca di Grant, sorpreso che non sia in cucina. Da quando siamo arrivati ieri non si è mai allontanato dai genitori.

Appoggiato al piano di lavoro, sorseggio la mia miscela tostata scura e poi scorgo Grayson che si aggira ai margini del soggiorno, con le braccia incrociate e l'attenzione fissa sul punto in cui E e Bette sono seduti sul divano. Per essere mattina presto ha un'aria fin troppo seria.

"Beh, almeno è figo." Il suono di una voce sconosciuta mi fa uscire dal torpore; la mia attenzione viene catturata dalla bionda che mi guarda dallo schermo della televisione, in videochiamata. "I muscoli aiutano a farci dimenticare tutti i guai che voi scemi vi portate dietro."

Questa tizia sta parlando di me? E perché mi sembra tanto familiare?

Bette ed E si voltano per vedere a chi si stesse riferendo la donna; noto che E ha i capelli tutti in disordine, ma non per il sonno, anzi, sembra che se li sia scombinati dalla frustrazione.

Il fratello di Kay mi fa cenno con il mento per dirmi di unirmi al gruppo, poi chiede alla bionda: "Cosa direbbe tuo marito, del fatto che occhieggi uomini più giovani di te, Jordan?"

La bionda, che a giudicare dal nome usato da E dovrebbe chiamarsi Jordan, si mette a ridere di gusto, gettando la testa all'indietro e battendosi il petto con la mano. Quando finalmente si ricompone, si sistema per bene sul divano su cui è seduta, accavalla le gambe e poi, asciugata una lacrima che le è colata sulla guancia, riporta l'attenzione su E.

"Beh, visto che Jake sta dormendo per riprendersi dagli effetti della mia lingua sui suoi addominali, sono *convinta* che avrà ben poco da dire."

A quel commento, Bette cerca di soffocare uno sbuffo e sento dei commenti ironici tipo "*Oh, merda*" e "*Ma buongiooorno*".

Il fratello di Kay si massaggia le tempie e Bette gli posa una mano sul ginocchio per alleviargli la tensione. "Sono in momenti come questi che provo compassione per i tuoi fratelli, Donovan."

Oh, merda! Adesso la riconosco. È Jordan Donovan. Lei e la sua agenzia di pubbliche relazioni All Things Sports sono la *crème de la crème* quando si tratta di gestire la pubblicità di un atleta. Brantley verrebbe nelle mutande, se sapesse che mi sono trovato faccia a faccia con lei.

"Ti prego." Jordan agita una mano per ignorare il commento. "Non farmi pentire di aver abbandonato il letto e mio marito nudo e molto *sexy* per discutere di una strategia e sentirmi dire *quanto mi dispiace per i tuoi fratelli*, Dennings."

Non sono sicuro di cosa stia accadendo. Vorrei godermi lo spettacolo per distrarmi dal problema di questa mattina, ma sospetto che sia proprio quella la ragione di questo incontro virtuale.

"Questo," muovo un dito tra la televisione ed E, "ha qualcosa a che vedere con quella cazzata che ho visto non appena mi sono svegliato?"

La rabbia che sto associando a un certo Liam Parker inizia a ribollirmi nelle viscere, comincia a scorrermi nelle vene e mi fa formicolare la punta delle dita.

"Ascolta, Eric." Jordan appoggia i gomiti sulle ginocchia e la sua espressione passa da giocosa a seria. "So che tecnicamente sei *tu* il mio cliente, ma in quanto sorella di fratelli iperprotettivi, *non* inizierò questa conversazione senza Kay."

Storco le labbra. Non posso farci niente, trovo il tutto molto divertente. Kay mi ha raccontato di come E l'abbia affidata alle mani di Jordan dopo che l'account UofJ411 ha scoperto la sua identità, quella di suo fratello e il fatto che è la mia ragazza. Mi ha anche detto che Jordan le ha permesso di decidere la strategia da adottare per gestire la situazione.

"Beh, io non vado a svegliarla." E si mette una mano sul petto per sottolineare la frase.

Bette si sporge in avanti per guardare oltre il marito e, quando mi nota, le vedo un luccichio negli occhi. "Allora tocca a te, piccioncino."

Sento la voce del mio coach interiore gracchiarmi nelle orecchie.

CAPITOLO 52

MASON

Prima di mettere a repentaglio la mia incolumità svegliando Kay, la nostra chiamata con Jordan termina nel momento in cui le sue due versioni in miniatura la bombardano di abbracci strillando: "Mamma!"

La signora Grayson mi avverte che l'omelette che mi ha preparato è pronta; la ringrazio e mi siedo a mangiare. Gemo di delizia quando il sapore squisito delle uova e della salsiccia piccante mi esplode sulla lingua.

Un po' della tensione di stamattina si disperde non appena Bette raduna i miei compagni di squadra attorno a una sedia sistemata vicino all'ingresso posteriore, con la scusa che lì la luce è perfetta per tagliare i capelli. Ha decretato che non avremmo mai giocato una partita tanto importante senza rappresentare in maniera appropriata l'orgoglio della nostra squadra.

Ci fa un bel taglio e ci disegna falchi, palloni da football e i nostri numeri. Mi guarda da sopra la testa di Alex e annuisco per farle capire che sono pronto anch'io a ricevere un taglio. Primo, le sue acconciature sono fantastiche; secondo, Kay ama tracciare le linee dei disegni sui capelli proprio come ama tracciare il mio tatuaggio. Doppia vittoria.

Quando sento Herkie abbaiare, mi giro e vedo una Kay

sonnacchiosa scendere le scale: in testa ha una massa di capelli arruffati e si stropiccia un occhio.

Agita le dita in risposta al nostro "Buongiorno" collettivo, facendo uno dei suoi enormi sbadigli.

"Perché non sono sorpresa?" dice Kay indicando Bette impegnata a fare le ombreggiature di un campo di football sul lato della testa di Noah.

"Non preoccuparti," le risponde Bette senza alzare lo sguardo. "Ho già pronte le tinte rosse e nere per farti i colori della tua università."

Kay accetta una tazza dal signor Grayson prima di muovere gli ultimi passi nella mia direzione, poi si sistema tra le mie ginocchia divaricate e si appoggia a me con un sospiro.

Quando le bacio la testa, i ragazzi si mettono a schioccare le labbra; Kay li ignora, continuando a bere il caffè, mentre io, non molto velatamente, faccio loro il dito medio. Branco di invidiosi.

"Non so se sia una buona idea andare alla partita." Al commento di E, Kay aggrotta le sopracciglia e fa una smorfia.

Mi si irrigidiscono i muscoli. Egoisticamente, vorrei che Kay venisse a fare il tifo per me. Sono trascorse settimane dall'ultima volta che l'ho vista sugli spalti, e mi manca. Ma non nascondo che una piccola parte di me si chiede se E non abbia ragione. Kay ha *appena* iniziato a fare dei passi avanti nel dichiarare a tutti la nostra relazione. E se questa partita ci fa ritornare al punto di partenza?

Finora la questione è rimasta circoscritta ai social media, ma questo weekend è cruciale. La "settimana della rivalità" rappresenta un'enorme spinta per gli ascolti del football collegiale. Dal momento che nella Division 1 solo tre squadre hanno riportato una singola sconfitta (l'Università di Jersey, la Penn State e l'Alabama), il risultato della nostra partita contro i Nittany Lions potrebbe determinare chi riuscirà ad accedere al Campionato Nazionale.

Chi ci dice che la stampa non si butterà a capofitto sulla nostra relazione?

"Perché no?" chiede Kay.

Il fratello mi guarda per dirmi: *faglielo vedere.* Annuisco, prendo il telefono sul bancone e le mostro il post di quello stronzo.

Il silenzio nella stanza diventa pesante, nessuno dice una

parola in attesa di vedere quale sarà la reazione di Kay. Potrebbe reagire in tantissimi modi diversi. Potrebbe arrabbiarsi, rattristarsi o, quello che temo di più, spaventarsi.

Faccio scivolare la mano sotto la sua, nel punto in cui è appoggiata sulla mia coscia, e accarezzo l'anello con peridoto che porta al dito. Ogni volta che sfioro l'anello il battito frenetico del mio cuore rallenta; si tratta di una catena che ci lega insieme: non solo lei a me, ma anche me a lei.

Mai mi sarei aspettato che una persona potesse significare così tanto per me, poi ho incontrato Kay. Lei ha dato una svolta a tutto, ha stravolto tutto ciò che credevo di sapere.

Kay digrigna i denti tanto da far schioccare la mandibola, il suono dello smalto che raschia è una rappresentazione udibile della sua frustrazione. Guarda lo schermo, poi suo fratello, e di nuovo lo schermo. Fa un respiro profondo e rovescia all'indietro la testa, la cui parte superiore mi preme in mezzo ai pettorali; poi volta lo sguardo verso di me, nuvole di tempesta le imperversano negli occhi grigi. "Hai con te una casacca?"

Rimango a bocca aperta; non mi sarei mai aspettato una domanda del genere. "No." Porca puttana, quanto sono deluso.

Kay continua a guardarmi negli occhi mentre riflette, Arriccia la bocca a destra e a sinistra, mentre le compare tra le sopracciglia una piccola V . "Ok." Annuisce in maniera quasi inconscia. "Ricordami che, prima di partire, dobbiamo farci una foto."

#Capitolo53

CasaNova87: Per me, @TightestEndParker85. Ecco per chi farà il tifo: PER ME! #SmettilaDiPostareVecchieFoto P.S. Questo ti basta come prova che stiamo insieme ufficialmente @UofJ411? #Kaysonova #LaMiaCheerleaderNumeroUno #GiocataVincente #FanDegliHawksPerSempre
*foto di Kay che indossa una maglietta con scritto *Adoro il gioco, ma soprattutto AMO il giocatore*, Mason in piedi dietro di lei mentre le avvolge la vita con le braccia, entrambi che sorridono alla telecamera*

UofJ411: Mi basta eccome @CasaNova87 #CoppiaModello #Kaysonova
*RICONDIVISO—*foto di Kay che indossa una maglietta con scritto *Adoro il gioco, ma soprattutto AMO il giocatore*, Mason in piedi dietro di lei mentre le avvolge la vita con le braccia, entrambi che sorridono alla telecamera—CasaNova87: Per me, @TightestEndParker85. Ecco per chi farà il tifo: PER ME! #SmettilaDiPostareVecchieFoto P.S. Questo ti basta come prova che stiamo insieme ufficialmente @UofJ411? #Kaysonova

**#LaMiaCheerleaderNumeroUno #GiocataVincente
#FanDegliHawksPerSempre***
@Cr8zysockbookblock: Oh merda! #SiamoSoloAgliInizi
#SettimanaDellaRivalità #CosaFaCasanova #Kaysonova
@Dainer81: Era ora! #FinalmenteDelleRisposte #CosaFaCasanova
#LaRagazzaDiCasanova #Kaysonova
@Doterragirl2020: Ma guarda un po' che bella coppia!
#TroppoCarini #CosaFaCasanova #Kaysonova
@Filthylittlereader: La nuova coppia regale del football? #MiPiace
#Kaysonova #ReEReginaDelFootball
@Fununderthecovers: Non vedo l'ora che sia sabato. Sembra la
versione moderna di un duello #UltimoSangue #BattagliaSulCam-
poDaFootball #CasanovaNonScherza #Kaysonova

CAPITOLO 54

KAYLA

A differenza della squadra di football, le cheerleader non sono costrette ad alloggiare in hotel la notte prima di un'esibizione; perciò, dopo che gli uomini sono partiti, ho potuto trascorrere qualche ora in più a Baltimora con le ragazze prima di dover fare ritorno al campus.

Em e Q, a dire il vero, hanno un veloce allenamento con la Red Squad, ma poi il resto della serata è tutto nostro.

Dopo averle lasciate alla palestra, guido fino al dormitorio e, una volta riposte le valigie in camera mia, mi apro una bottiglia di vino. Non sono il tipo di persona che beve da sola, ma sono ancora un po' arrabbiata per quanto accaduto prima; è meglio per tutti se mi do una bella calmata.

Una volta riempito fino all'orlo (non sono tipo da mezze dosi), porto bicchiere e laptop in salotto, li appoggio entrambi sul tavolino e mi siedo sul pavimento. Accendo la televisione per avere un po' di rumore di sottofondo e avvio una videochiamata con JT.

Appena parte la chiamata, invece di salutare esordisce con: "Perché ho la sensazione che mi romperai le palle?"

"Perché sei troppo intelligente per non capire che in questo momento sono arrabbiata con te." Metto un gomito sul tavolino e appoggio il mento sulla mano.

Rimaniamo in silenzio, fissandoci l'un l'altra. Sì, sono arrabbiata, ma più per la mia natura indipendente che per altro.

Passa un minuto buono prima che JT chieda: "Sei pronta ad ammettere che è un buon piano?"

No.

"Non mi piace sentirmi come se avessi bisogno della babysitter." È uno dei motivi per cui, dopo quello che è accaduto quattro anni fa, ho scelto di volare basso e di tenermi tutto dentro.

"*Ti prego*," giunge le mani, "la prossima volta che vuoi chiamare Carter in questo modo, potresti telefonarmi normalmente senza vivavoce?"

Alzo gli occhi al cielo.

"Seriamente, Kay..."

"Odio quando mi chiami Kay," brontolo.

"...Carter è un bravo ragazzo. Ha accettato di venire con te domani per farmi un favore, quindi cerca almeno di tenere a mente queste due cose e di non creargli troppi problemi."

Mentre io ho seguito una strategia della serie *teniamo la testa bassa e speriamo che a un certo punto il mondo si stufi di me*, JT ha optato per un approccio più deciso. Per porre fine al bullismo è andato a cercare la persona non necessariamente più popolare della scuola, ma sicuramente la più potente.

"Non ha una gara?" Cerco ancora una volta di allontanare il problema, di minimizzarlo. Forse, se lo sminuisco a sufficienza, scomparirà da solo.

Devo farti un test antidroga o qualcosa del genere? Perché dai tuoi ragionamenti mi viene da pensare che ti sia fatta una bella canna.

"Sì." JT annuisce, solleva una bottiglia di birra e ne manda giù un sorso.

A quanto pare non sono l'unica che ha bisogno di una bevuta.

"Carter verrà con te, così potrai sbaciucchiare il tuo giocatore di football..." Con delle smorfie esagerate, apre e chiude la bocca lentamente e, ogni volta che forma una O con le labbra, riproduce un rumore simile all'acqua che gocciola.

"Ti odio." Ho l'impressione che non mi prenderà mai sul serio. "E se *quella* è la tua tecnica, mi dispiace per le ragazze che baci," gli dico, ruotandogli un dito davanti alla faccia.

"Non preoccuparti della mia tecnica, PF." Scuote la mano. "Comunque… una volta che hai finito giù nei tunnel e sei arrivata sana e salva al tuo posto, Carter se ne va."

Mi passo una mano tra i capelli, scorrendo le punte tra le dita e osservando il modo in cui le ciocche rosse e rosa contrastano perfettamente con quelle nere. Bette ha fatto un lavoro davvero fantastico con le tinte dei colori dell'università.

Quando arrivano a casa le mie coinquiline felici, rumorose e piene di quell'energia che solo questo weekend riesce a trasmettere, io sono già al secondo bicchiere di vino.

Quinn entra a passo di danza, volteggia e afferra il mio calice dal tavolo per bere l'ultimo goccio rimasto. "Hai cominciato senza di noi," dice con aria imbronciata.

"Che posso dire?" Faccio spallucce. "I miei fratelli mi spingono a bere."

"Immagino che tu abbia parlato con JT". Em prende il cuscino accanto a Q.

"Già." Prendo i bicchieri che Bailey mi porge e comincio a riempirli, mentre lei si adopera per stappare un'altra bottiglia di vino. "Gli ho promesso di fare la brava con King, domani," dico a Em, prima di cambiare argomento e rivolgermi a Bailey: "Come sono andate le vacanze?"

Ha trascorso le vacanze con una delle sue compagne di squadra della Red Squad. Ho tirato un sospiro di sollievo quando sono venuta a conoscenza dei suoi piani per il Giorno del Ringraziamento: almeno ho avuto una buona ragione per non invitare anche lei da E. Forse adesso tutti sanno dell'identità di mio fratello, ma c'è una bella differenza tra essere a conoscenza del mio legame con lui e venire invitati per conoscerlo.

Sto facendo di tutto per uscire dal guscio, per essere "PF" a tempo pieno. Non lasciatevi ingannare dal fatto che abbia invitato a cena i compagni di squadra di Mase: sono molto selettiva, quando si tratta di decidere chi può entrare nel *sancta sanctorum* della mia vita.

"Tutto bene. I locali erano pieni, il cibo era delizioso e ho preso un vestito *fantastico* per la festa all'Alpha Kappa di domani sera." Bailey prende un sacchetto dorato da camera sua e tira fuori un vestito rosso con le spalle scoperte che farà sicuramente girare molte teste alla sede della confraternita. "Tu indosserai la maglietta della foto che ha postato Casanova prima?" mi chiede, dopo aver appeso il vestito sulla porta della sua camera da letto.

Faccio del mio meglio per non aggrottare le sopracciglia nel sentire il suo vecchio soprannome.

A quanto pare il post di Instagram di Mason sta spopolando. Certo, ammetto che il pensiero che la mia faccia sia in bella vista su un account con migliaia di follower mi fa venire la nausea, anzi, mi fa sentire come se dovessi prendere un antiemetico per il resto dei miei giorni.

Ma...

Dovevo farlo. Ho cercato di allontanarmi da Mase per proteggerlo, ma lui mi ama al punto da non permettermelo. Non sono sicura di meritare un amore del genere, ma se voglio sentirmi degna di lui, non devo averne paura.

Devi assolutamente parlargli di quella stronza che si è presentata alla tua porta e delle bugie che ti ha detto. Sì, devo farlo, ma gliene voglio parlare *dopo* la partita, altrimenti andrà fuori di testa.

"No." Salto in piedi e corro in camera mia per mostrare loro ciò che indosserò. "Ho preso questa," mi volto per mostrargli la mia maglietta personalizzata, "fatta apposta per la Partita in Nero." Non è una di quelle che mi ha preso Mase, ma ho la sensazione che gli piacerà.

"L'hai presa nera per abbinarla alla nuova felpa?" ironizza Em, alzando e abbassando le sopracciglia.

Una volta a stagione, l'Università di Jersey fa una Partita in Nero. Dato che la Penn State, tradizionalmente, fa una Partita in Bianco in cui tutti gli spettatori si presentano vestiti, appunto, di bianco, gli Hawks riservano questa occasione per la sfida contro i Nittany Lions.

La Partita in Nero è la mia preferita. La squadra di football, le cheerleader, il corpo di ballo, la banda musicale, perfino la mascotte, indossano tutti una smagliante uniforme nera. I tifosi sono invitati a vestirsi di nero dalla testa ai piedi (da qui la mia nuova felpa) e il tutto rende l'atmosfera all'interno dello stadio quasi inquietante.

Stasera il vino scorre a fiumi, guardiamo delle commedie

romantiche e ridiamo fino a quando non ci fa male la pancia. Al di là dei troll di internet e degli ex fidanzati psicopatici, questo weekend è stato fantastico e ne mancano ancora due giorni. Adoro i periodi di vacanza.

TheQueenB: Tutti credono che la sede dell'@AlphaKappaUofJ sia il posto migliore in assoluto. Sì, è sicuramente vero, specie dopo che i nostri ragazzi della @UofJFootball batteranno i Nittany Lions e festeggeremo la vittoria… ma è qui che tutto ha inizio, @UofJ411. Qui è dove @CasaNova87 riceverà il bacio pre-partita dalla sua regina. #BacioBacio #CosaFaCasanova #LaRagazzaDiCasanova #CoppiaRealeDelFootball #Kaysonova
foto del tunnel fuori dallo spogliatoio dell'Università di Jersey

CAPITOLO 56

MASON

Nello spogliatoio c'è un'energia diversa rispetto a quella che si respira nelle altre partite di questa stagione. Sembra quasi un ronzio che risuona a una frequenza percepibile solo dalla squadra.

Rivalità.

Vita o morte.

In palio c'è il posto nella Big Ten.

Ci giochiamo tutta la stagione.

Questa è la situazione, per quanto riguarda la squadra.

Ma questa partita, beh, è una questione personale.

Dopo la fine della partita, voglio poter guardare Liam Parker negli occhi ed essere certo che sappia che sono stato *io* ad averlo battuto. Voglio che capisca che le sue stronzate, le sue provocazioni e le sue minacce non sono bastate a mettermi in difficoltà.

Il mio unico rimpianto? Non giocare in difesa, non poter essere io quello che gli sbatterà il culo a terra.

Meno male che anche i capitani della difesa vogliono bene alla nostra ragazza, eh?

Normalmente direi al mio coach interiore di ficcarsi i suoi consigli dove non batte il sole, ma questa volta gli è venuta un'ottima idea: posso sfruttarla nel corso del quarto *down*.

Mancano diverse ore al calcio d'inizio, e la maggior parte della squadra è sparsa per le sale del circolo sportivo a rilassarsi e a cercare di entrare nello spirito giusto per la partita. Uno dei vantaggi di far parte di un programma di football di successo è che i sostenitori sono molto generosi con noi, come dimostrano le nostre strutture all'avanguardia. Certo, abbiamo la classica palestra e le sale di fisioterapia, ma anche due tavoli da biliardo e una sala multimediale piena di divani, poltrone reclinabili in pelle, grandi schermi piatti e diverse console.

Entro nella sala multimediale e cerco un posto libero il più vicino possibile a Kevin.

"Sei pronto?" mi chiede spostando lo sguardo verso di me, prima di riportarlo sulla partita di *Madden NFL* che sta giocando.

"Puoi dirlo forte. Questi stronzi non hanno speranze contro di noi."

Alle mie parole seguono i cori degli Hawks che mi fanno spuntare un sorriso in volto. Questa, proprio questa, è una delle parti che preferisco del gioco: lo spirito di squadra, sapere che questa è la mia gente. Vinciamo e perdiamo insieme, ma oggi nessuno di noi ha la minima intenzione di perdere.

"Kev." Mi sposto in avanti sulla sedia, appoggiando i gomiti sulle ginocchia. "C'è una cosa che dovresti fare per me." Le altre persone presenti nella stanza, sentendo il mio tono di voce passare da allegro a serio, interrompono ciò che stavano facendo e mi prestano tutta la loro attenzione.

Kev mi fissa con occhi cupi. Mette da parte il controller e si stringe le mani tra le ginocchia. "Parla."

"Ho bisogno che Parker si ricordi di questa partita da qui a una settimana." Mi tolgo il cappello e mi passo una mano tra i capelli.

"Si tratta di Kay?" Stringe lo sguardo, cercando di interpretare le mie intenzioni come fa con i *quarterback* in campo.

Annuisco. Sapevano di Kay e dei problemi con il suo ex (difficile non esserne a conoscenza, quando sono stati spiattellati su tutti i social) ma non ne hanno *compreso appieno* la gravità fino a quando, ieri, non hanno assistito con i loro occhi al modo in cui E ha reagito alle provocazioni di Liam. Che E chieda a Kay, una vera amante del football, di non assistere alla partita di oggi per non avere ulteriori grane con Liam, la dice lunga.

Kev si alza dalla sedia, attraversa con passo sicuro la sala multimediale ed entra nell'area principale degli spogliatoi. Salta in piedi su una delle panchine, attirando l'attenzione delle persone che in quel momento gli erano più vicine. "Ehi, difesa!" La suo voce risuona decisa, piena dell'autorità di un capitano. "Tutti qui."

Il suo tono non lascia spazio a discussioni, ma non è quello il fattore principale che induce la squadra ad avvicinarsi: piuttosto è il fatto che il suo proverbiale atteggiamente equilibrato sia sostituito da un'aura molto aggressiva.

"Sono sicuro che non avrete problemi ad accogliere questa richiesta…" Si interrompe per guardare ognuno di loro negli occhi. "Consideratela…" storce la bocca di lato e inclina la testa a destra e sinistra, "…un *incentivo* extra."

Kev mi guarda da oltre la folla radunata attorno a sé: il sorrisetto diabolico che ha sulle labbra mi rende felice di giocare nella sua stessa squadra. Faccio un cenno con il mento in segno di intesa.

"Stasera dobbiamo far soffrire il numero ottantacinque." Kev incrocia le braccia contro il petto largo come un frigorifero. "Ha fatto lo stronzo con uno dei nostri e merita una lezione." Questa volta, quando si gira a guardarmi, diverse teste si voltano nella mia direzione: "È per Kay."

"La ragazza di Nova?" chiede uno dei nostri *defensive back*.

"Sì," rispondo.

"È il momento di ricordare a quella testa di cazzo," dichiara Kev, "che *nessuno* scherza con un Hawk senza fare i conti con tutta la squadra."

A un certo punto, dopo il piccolo discorso motivazionale di Kev, il coach Knight è emerso dall'ufficio per dirci di "darci una cazzo di calmata" e di "risparmiare le energie per il campo".

Poco dopo, Trav mi ha mostrato l'ultimo repost dell'account UofJ411: una foto del posto dove la mia ragazza mi darà il suo bacio pre-partita.

L'irritazione per aver violato la nostra privacy viene superata dal timore che le preoccupazioni di E non fossero del tutto esagerate. Mi servono altre informazioni.

> IO: Ho bisogno di sapere che pericolo rappresenta davvero Liam Parker.

Tamburello con le dita sul retro del telefono in attesa che JT risponda al messaggio.

> AMICO CHEERLEADER: Oooh, hai pronunciato il suo nome.

Non era la risposta che mi aspettavo.

> IO: E allora???

> AMICO CHEERLEADER: *GIF di Lord Voldemort*

> IO: Voi due e tutta questa storia di Colui-Che-Non-Deve-Essere-Nominato…

> AMICO CHEERLEADER: Non osare giudicarci *emoji che agita il dito* Anche tu, signorino, sei un potteriano.

Sbruffoni. Sono circondato da sbruffoni.

> IO: Bene. Lo ammetto. Ora possiamo parlare di quel cazzone?

> AMICO CHEERLEADER: Certo. Il cazzone è una femminuccia.

Esplodo in una risata che attira l'attenzione di Trav; l'impiccione si sporge sopra la mia spalla per leggere lo schermo del telefono.

> IO: Ho saputo che hai chiesto al tuo amico di scortare Kay nei tunnel.

> AMICO CHEERLEADER: Ti riferisci a King che farà da accompagnatore a PF quando lei ti incontrerà per ficcarti la lingua in bocca e augurarti "buona fortuna"?

AMICO CHEERLEADER *GIF di Bugs Bunny che
bacia Michael Jordan*

"La prossima volta che vai in Kentucky vengo anch'io, potrei proprio andare d'accordo con questo tizio," dice Trav, indicando il telefono.

Proprio quello di cui ho bisogno: questi due che si coalizzano.

IO: James Taylor!

Dopo essermi appellato a lui con il nome intero, invece di rispondermi con un messaggio, JT mi videochiama. Rispondo, ma sollevo un dito per dirgli che mi serve un minuto per trovare un posto più tranquillo e, soprattutto, più riservato.

Mi infilo in una delle sale di fisioterapia vuote e, una volta chiusa la porta alle mie spalle, rispondo: "Ok, parla."

JT mi fissa dallo schermo a sei pollici. Indossa l'uniforme da cheerleader dell'Università del Kentucky e, alle sue spalle, riconosco la palestra dove si allena. "Sarei rimasto più colpito se mi avessi chiamato anche con il mio secondo nome, ma non sono sicuro di aver capito: che cosa vuoi chiedermi?"

A essere onesti… non lo so neanch'io. Forse sto permettendo ai miei sentimenti di farmi diventare paranoico.

"Perché lo hai chiesto proprio a *King*? Perché non a Grayson? Lui sarà già alla partita." È proprio questo che non riesco a capire.

"Uff." JT mugugna e si passa una mano tra i capelli colore rosso scuro. "Senti…" Fa uscire un respiro pesante. "In questo momento né tu né io abbiamo tempo di scendere nei dettagli, ma per rispondesti velocemente posso dirti che King è molto… diciamo… potente nella nostra città."

"Perché?" chiedo, senza giri di parole.

"Non ha importanza." Scuote una mano. "Il punto è che sono convinto che se, per qualunque ragione, doveste incappare in Liam, la sola vista di Carter dovrebbe fornirgli un incentivo sufficiente a tenersi in riga."

Non so cosa mi disturbi maggiormente: il pensiero di imbattermi in Liam o il fatto che potrebbe rappresentare una minaccia più grande di quanto pensassi. D'altra parte, perché mai dovremmo aver bisogno di qualcuno di "potente"?

CAPITOLO 57

KAYLA

Università di Jersey contro Penn State.

Una lotta tra due rivali.

Partita in Nero.

Il vincitore conquista la East Division della Big Ten.

È da tutta la settimana che le emittenti sportive non parlano d'altro: la chiamano *la partita della stagione*.

Se solo sapessero che questa partita rappresenta molto di più della rivalità tra due università.

Da quanto mi ha detto Mase, tra lui e Liam non correva buon sangue da ben prima che io entrassi nella sua vita. Ma adesso che ha saputo della mia storia con quello stronzo, aggiungendoci anche il modo in cui mi ha usata per alimentare la tensione, per Mase è diventata una questione *personale*.

"Con tutto questo nero mi sembra di essere a un funerale," commenta King, bevendo il caffè d'asporto che ha preso all'Espresso Patronum.

Lo guardo di sbieco mentre ci facciamo strada nel ventre dello stadio; non apprezzo il paragone che ha fatto.

"Senti, *Maestà*," storce le labbra sentendo il nomignolo, "io amo questo gioco, quindi non permetterti di odiarlo."

Mostriamo i nostri badge all'ultima guardia di sicurezza

prima degli spogliatoi, poi mando un messaggio a Mase per dirgli che siamo arrivati.

"Credevo che *tu* più di tutti avresti apprezzato, King." Il nero opaco è il colore simbolo dei Royals.

Ridacchia, poi credo che faccia un gesto per dirmi che sta per mettersi in disparte, ma non ne ci metto la mano sul fuoco, perché in quel momento si spalancano le porte degli spogliatoi e ne esce il mio ragazzo sexy da morire. *Porca puttana!* Vederlo nella divisa da football non smette mai di eccitarmi, ma vederlo vestito completamente di nero mi bagna le mutande a livelli sconvenienti.

Indossa una casacca nera con delle sottili linee rosse sulle spalle e le lettere rosse e grigie. La maglietta a maniche lunghe che indossa sotto è a sua volta nera, con una leggera trama grigia che simula una cotta di maglia.

Poi c'è la più grande invenzione della storia della moda: i pantaloni da football, in questo caso neri, con una singola striscia rossa che scende sottile lungo i lati.

Credi che sia inopportuno chiedergli di girarsi, così da poter ammirare il suo bel culetto? Chiedo per un'amica.

Ignoro la domanda della mia cheerleader interiore (per quanto non sia affatto fuori luogo) e continuo la mia ispezione verso il basso, scendendo fino ai calzettoni e alle scarpe con tacchetti. L'unica cosa che al momento non indossa è il casco, nero con una fighissima sagoma grigia di un falco.

"Alza gli occhi, piccola."

Sollevo la testa con uno scatto e arrossico nel momento in cui incontro i suoi brillanti occhi verdi. Le fossette in bella vista mi dicono che si sta godendo le mie attenzioni libidinose.

"Attenta…" Mi stringe le mani attorno alla vita e cammina in avanti fino a che la mia schiena non entra in contatto con la parete. "Ho una partita da giocare," dice con un tono aspro, che mi fa intendere quanto sia deluso.

Faccio scorrere le mani sulle protezioni per le spalle, percorro il petto e poi scendo lungo l'addome, sentendo i suoi muscoli flettersi al mio tocco. "Dopo?" gli domando, piena di aspettativa, mentre lo guardo sbattendo le palpebre.

"Dopo ti mangerò come una caramella, Skittles. Senza alcun dubbio."

La vampata di calore che sento scorrermi nel corpo ha poco a che fare con i tanti strati di vestiti che indosso, ha invece molto a che vedere con quelle parole sdolcinate e sconce.

"Promesse, sempre promesse." Risalgo lungo il suo corpo con le dita, ne aggancio una al colletto della casacca e mi sollevo sulle punte dei piedi. Prima che io riesca a colmare la distanza che ci separa, Mase si fa indietro e pone un metro di distanza tra noi.

"Fammela vedere," ordina, ruotandomi un dito davanti al petto.

Potrei fare la finta tonta, potrei fingere di non capire che cosa vuole da me, ma non sono così cattiva. Beh… forse un pochino. Mi sono rifiutata di mandargli una foto della mia maglietta, come faccio di solito, ma dopotutto cosa c'è di male nel desiderare di vedere la sua reazione di persona?

Ciò non significa che non voglia divertirmi un po' a stuzzicarlo.

Mi volto, raccolgo i capelli in una mano e li tiro su in modo che la scritta NOVA #87 sul retro della felpa nera sia visibile in tutta la sua gloria.

"Kay," dice Mase in tono di avvertimento.

Oooh, qualcuno è particolarmente aggressivo, oggi. Mi piace.

Mentre mi volto verso di lui, mi mordo le labbra per trattenere il sorriso.

Mi osserva con uno sguardo intenso come una carezza. Mi squadra dal pompom del berretto di lana nero per soffermarsi brevemente sul labbro che stringo tra i denti; a giudicare da come gli si allargano gli occhi, credo proprio che voglia essere lui a mordermelo. Prosegue la sua ispezione, leccandosi le labbra non appena osserva il modo in cui i leggings foderati in pile mi avvolgono le gambe, terminando infine sui miei stivali alti Hunter.

È un vera fatica deglutire mentre il suo sguardo ardente si concentra sul punto in cui stringo le dita attorno all'orlo della mia (o meglio, sua) felpa.

Strato dopo strato, poi sollevo prima la felpa poi lo spesso maglione di lana che indosso sotto, fino a quando… *finalmente*… rivelo la maglietta con su scritto *Il mio cuore è laggiù su quel campo da football*, che ho fatto fare per lui. Ci sono anche un pallone da football con un cuore con il numero 87 all'interno.

Non sbatto le palpebre; non riesco a distogliere lo sguardo, per quanto gli occhi mi facciano male dalla secchezza. Come posso guardare da un'altra parte, quando lui si sta passando il pollice sul labbro inferiore? Ma andiamo! Ha già l'aspetto di un dio del football, un di quelli che si possono immaginare solo nei sogni più selvaggi: deve proprio fare una mossa del genere, presa direttamente dal manuale per ragazzi fighi?

"E il mio cuore invece sarà su quegli spalti, cazzo," dice con voce graffiante mentre si butta su di me. Mi solleva tra le braccia, mettendomi le mani sotto le chiappe; mi preme contro il muro, ma l'impatto della schiena contro la parete si dissolve nel momento in cui mi reclama con la bocca.

Mi succhia il labbro inferiore, con la lingua che scorre lungo il punto che prima mi mordevo. Emetto un sospiro mentre gli faccio scorrere le dita lungo i capelli corti sulla nuca.

Stringo le gambe per tenermi in equilibrio mentre lui si fa strada con le mani sotto gli strati dei vestiti che indosso; geme dalla frustrazione quando viene ostacolato dalla maglietta felpata che indosso sotto. "Perché *diavolo* ti sei messa così tanti vestiti?"

Gli sogghigno contro la bocca, poi appoggio la testa contro il muro di cemento alle mie spalle. "Beh, vedi…" gli dico, mentre gli accarezzo la nuca con le dita. "Io avrei questo fidanzato…"

"Parlamene."

Vedo una delle sue fossette fare capolino e gliela punzecchio.

"Beh… gioca a football e gli piace vedermi seduta sugli spalti dietro la panchina della sua squadra. E allora, quando fuori fa un freddo cane, devo mettermi tanti vestiti per evitare di morire assiderata mentre faccio il tifo per lui."

"Furbetta." Strillo quando mi pizzica una chiappa. "Non fa *così* freddo."

"Abbastanza," rispondo, agitandogli una mano guantata davanti alla faccia.

"Sono sicuro che il tuo ragazzo apprezza il tuo sacrificio."

"Così dice." Continuo a stare il gioco con un sorriso; provo una grande serenità quando appoggia la fronte contro la mia.

"È proprio fortunato ad avere qualcuno come te che fa il tifo in condizioni tanto *atroci*."

"Lo è eccome." Mi si incrociano gli occhi dallo sforzo di mantenere il contatto visivo con le fronti premute tanto vicine.

"Mi state facendo venire il diabete." La voce di Carter rimbomba nel tunnel.

"Zitto, King," gli rispondo. "Tu dovresti essere un accompagnatore *silenzioso*."

Le mani ruvide di Mase mi stringono il viso, riportandomi al presente. "Ti amo, piccola," dice, per poi porre fine al gioco al quale stavamo giocando, facendomi sobbalzare il cuore.

"Ti amo anch'io," gli rispondo, stringendogli i polsi.

Chiudiamo gli occhi, mentre ci comunichiamo tutto l'amore e la lussuria che proviamo l'uno per l'altra.

"Ma dimmi un po' se non siete teneri?"

Stavolta la voce che sentiamo è sarcastica e per niente scherzosa, inoltre non proviene dalla mia sinistra ma dalla mia destra, quindi non è quella di King. È tanto familiare quanto sgradita… è una voce che vuol dire guai.

Con un gesto istintivo, stringo le braccia e le gambe attorno a Mase nel tentativo di tenerlo fermo.

"Parker," dice Mason con tono avvelenato.

Non può venire niente di buono da tutto ciò, *niente.*

So come ragiona Liam. Questo non è un incontro fortuito: non ha ottenuto la reazione che desiderava né sui social media, né inviando Chrissy/Tina al mio dormitorio; allora è venuto qui di proposito, per provocare. Forse crede di spingere Mase a fare una rissa con lui, così da farlo finire in panchina; non lo so.

Dietro di me, sento dei passi muoversi nella nostra direzione, ma non oso controllare se si tratti di King; continuo a mantenere lo sguardo su Liam, tesa come un serpente pronto ad attaccare.

"Sai, Parker…" dice King con tono gelido, pronto alla sfida come se fosse uno dei suoi soliti sabato sera. Chissà: vista la sua reputazione, potrebbe anche esserlo. Con la coda dell'occhio, lo vedo superare Mase e posizionarsi tra noi e Liam. "Credevo sapessi che non ti conviene metterti contro uno dei miei." King scuote la testa come un genitore deluso. "Immagino che tu abbia preso troppi colpi in testa sul campo."

Liam storce il muso e allunga un braccio per indicarmi con fare aggressivo. *Ecco il primo errore.* "Lei non fa parte dei Royals." *Ed ecco il secondo.*

Vengo assalita da un grosso senso di inquietudine quando Liam piega la testa verso sinistra per guardarmi.

"TRAVIS!" Urlo con quanto fiato ho in corpo, con i polmoni che mi fanno male per lo sforzo e le corde vocali che vibrano come il filo di un rasoio. Prego che riesca a sentirmi sopra il trambusto dello spogliatoio.

La presa di Mase sul mio sedere diventa violenta, mentre l'urlo riporta l'attenzione di Liam su di me.

Le porte rosse dello spogliatoio si spalancano. "Chi è che mi chiama con il nome int…" le parole di Trav si interrompono, così come il rumore dei tacchetti sul pavimento.

Usando ogni grammo di forza che ho nelle cosce, mi sollevo per guardare oltre i paraspalle di Mase; incontro lo sguardo preoccupato di Trav, che in quel momento tiene aperta con un piede la porta dello spogliatoio. "Chiama. I. Ragazzi."

Un coro degli Hawks fende l'aria, attirando fuori dallo spogliatoio buona parte della squadra. Perché ho la sensazione che non sarà abbastanza?

Liam fa schioccare la lingua, troppo stupido o troppo arrogante per rendersi conto della situazione pericolosa in cui si è ficcato. "A meno che…" Il suo sguardo rimbalza tra me, appesa a Mase come un koala, e King. "…tu non sia l'unico a goderti il mio scarto, Nova. Non è che la tua reginetta del football si inginocchia davanti ai Royals e fa molto di più che baciare il loro anello?"

L'intero tunnel cade nel silenzio, mentre sento contrarsi ogni muscolo del corpo di Mase con cui sono a contatto.

Con una calma innaturale, mi fa scivolare le mani dietro le cosce, poi dietro le ginocchia, infine mi rimette a terra. Cerca di spostarmi dietro di sé per mettermi al sicuro.

Mi aggrappo alla parte anteriore della sua casacca. Per quanto apprezzi il suo istinto di proteggermi, non si rende conto che voglio proteggerlo anch'io a mia volta.

Sfortunatamente, Mason è grande letteralmente il doppio di me, quindi a ogni passo che muove verso Liam mi trascina con sé.

King si pianta di fronte a noi, Trav mette le braccia contro il petto di Mase, mentre Kev e Alex lo tengono per i fianchi.

"Non farlo," gli dice Trav a denti stretti, mentre lottiamo per trattenerlo.

"Che cazzo hai detto della mia ragazza?" Non l'ho mai sentito tanto infuriato.

"Mase," faccio forza con i palmi delle mani, conficco i talloni nel pavimento e spingo, "lascia perdere," lo imploro.

"Non. Può. Parlare. Di. Te. In. Quel. Modo," dice, mentre continua a dibattersi contro le braccia che lo trattengono.

"Per favore." Un altro passo, un'altra spinta. "Mase." Ancora un'altro passo, seguito da un'altra spinta. "È proprio ciò che vuole."

Riusciamo con grande fatica a riportarlo dentro lo spogliatoio, ma nello sforzo mi cade a terra il berretto.

"Quello *stronzo* merita una lezione."

I compagni di squadra continuano a tenerlo fermo, mentre io avanzo verso di lui per prendergli il viso tra le mani.

"Non ne vale la pena," insisto, anche se continua a non guardarmi. "Ti prego." Gli accarezzo le orecchie, ma continua a non reagire. "Ti supplico." Finalmente abbassa lo sguardo su di me, con le pupille dilatate dalla rabbia.

Quando annuisce, i compagni lo lasciano andare; in quel preciso istante mi butto contro il suo petto, con la fronte che gli preme contro la dura plastica della protezione toracica.

"Qualcuno vuole dirmi cos'è tutto questo baccano?" urla il coach Knight mentre si fa strada tra il gruppo di giocatori.

"Niente," risponde Trav a nome del gruppo. "Tutto a posto, Coach."

"Kayla." Il coach Knight si blocca quando mi nota in mezzo alla folla. "Non puoi stare qui."

"Lo so. Mi dispiace." Mi libero dalla presa di Mase. "Stavo giusto per andarmene," dico mentre mi volto verso la porta.

"Col cazzo che te ne vai." Mase mi afferra la mano, impedendomi di uscire dallo spogliatoio. È più che incazzato. Continua a dire 'cazzo' a destra e a sinistra, gli pulsa una vena sulla tempia e respira pesantemente come se avesse appena compiuto un *touchdown* da novanta iarde.

"Va tutto bene." Gli mostro il messaggio che mi ha mandato King. "Se n'è andato."

Con *una sola* falcata, e senza considerare minimamente i compagni di squadra, Mase si piazza di fronte a me e mi avvolge un mano attorno alla nuca. Ecco il mio Cavernicolo possessivo, che mi costringe ad alzarmi sulle punte dei piedi per la forza della presa.

"Kay." Sbatte le palpebre e chiude gli occhi, inspirando a fondo il mio odore.

"Lo so, Cavernicolo." Non ho bisogno di parole per sapere

cosa sta pensando, cosa sta cercando di dire a fatica. "Ora vai e prendi a calci in culo i Nittany Lions."

I cori degli Hawks che seguono alle mie parole fanno da sottofondo al bacio che poso sulla mascella barbuta di Mase.

Corro fuori dallo spogliatoio per andare alla ricerca di King; qualcosa mi dice che questa storia è tutt'altro che finita.

CAPITOLO 58

MASON

L e ultime strofe dell'inno sportivo dell'università rimbombano tra le pareti all'ingresso del tunnel, il mio corpo vibra a ogni colpo della grancassa. L'adrenalina che normalmente sento scorrere nelle vene prima di una partita non è niente, in confronto alla furia omicida scaturita dall'incontro con Liam Parker.

Avevo già voglia di prenderlo a calci in culo, ma a giudicare dal modo in cui ha osato rivolgersi alla mia ragazza, è evidente che il bastardo desidera morire. Stringo le mani, con le nocche che mi scricchiolano mentre ripenso alle sue stronzate.

"Tutto a posto, bello?" chiede Trav, dandomi una pacca sulla spalla.

Annuisco, per quanto non sia affatto tutto a posto. "Questa storia non è finita." Ho la voce stranamente calma, considerando il tumulto di emozioni che mi scuote da capo a piedi.

"Certo che no, cazzo." Solleva il pugno e io glielo batto due volte. "Ma ci pensiamo dopo." Indica con la testa verso il campo per ricordarmi di rimanere concentrato sulla partita.

"Dopo," gli prometto.

Nel momento in cui il video introduttivo sul maxischermo lascia spazio alla cronaca in diretta, e attraverso gli altoparlanti risuona a tutto volume *Thunderstruck* degli AC/DC, l'intero tunnel viene inondato di quell'energia che solo una Partita in Nero è in grado di trasmettere. Con un ultimo grido collettivo, l'intera squadra si precipita fuori per prendere posto in campo.

L'aria è pregna dell'odore di zolfo lasciato dai fuochi d'artificio sparati prima del nostro ingresso; la folla è immersa in una nube di fumo bianco mentre camminiamo lungo il percorso della banda.

Lo stadio è un mare nero. Le inquietanti ombre danzanti sugli spalti lo farebbero quasi sembrare vuoto, se non fosse per le urla di decine di migliaia di tifosi degli Hawks.

Corro verso la nostra panchina con il resto dei miei compagni di squadra, ci giro intorno e mi prendo un momento per cercare Kay sugli spalti. Normalmente aspetto il momento del lancio della moneta per cercarla, ma ho bisogno di vederla al suo posto; se non altro per essere certo che sia al sicuro.

Appena vedo il suo sorriso raggiante e il suo saluto timido sento la tensione sulle spalle alleggerirsi un po'. Mi batto una mano sul cuore, la indico, poi mi unisco agli altri capitani per il lancio della moneta.

Mano nella mano, io, Trav, Alex e Kev ci dirigiamo verso la cinquantesima iarda, dove ci attendono l'arbitro e le telecamere. Storco le labbra quando vedo che tra le casacche bianche che sono state scelte per rappresentare la Penn State c'è anche Liam.

Alla mia sinistra Kev canticchia una marcia funebre, mentre alla mia destra Trav mi strizza la mano per dirmi: *Rimani concentrato.*

"Dimmi, Nova," sogghigna Liam dietro la maschera di protezione del casco, "quanto è stata male la mia ex, dopo che me ne sono andato? Sarà anche la principessa del football, ma quando si tratta di frignare è una vera regina."

Sto per lanciarmi in avanti, solo per venire strattonato all'indietro dai miei compagni. Sono furibondo, con il cuore che batte a mille e il respiro pesante.

L'arbitro si ferma in mezzo a noi, ha la moneta commemorativa in mano e lo sguardo che rimbalza tra le casacche bianche e quelle nere, in attesa che ci stringiamo sportivamente la mano.

No, non credo proprio, amico.

Quasi avesse sentito il mio coach interiore, l'arbitro scuote la testa e ci annuncia che il pallone da football impresso su una faccia della moneta d'argento vuol dire testa, il falco sull'altra vuol dire croce.

I Nittany Lions vincono il sorteggio e decidono di ricevere per primi. Non c'è problema. I ragazzi della difesa avranno la loro prima occasione di insegnare il rispetto a questo pezzo di merda. Il modo in cui gli occhi di Kev scintillano all'ombra del casco mi dice che sta pensando la stessa cosa.

"Manda un bacetto a Kay da parte mia." Liam si tira via il casco e arriccia le labbra verso di me.

In un istante vengo attorniato dai miei compagni, i loro corpi ricoperti di protezioni nere mi occupano l'intera visuale. "Non osare dire il suo nome con quella *cazzo* di bocca," ringhio come un animale rabbioso mentre, da sopra la spalla di Alex, vedo Liam che sogghigna sempre di più.

Mi sta punzecchiando di proposito. Lo so, anche il mio fegato lo sa, ma ciò non diminuisce la mia voglia di sbattergli il culo a terra qui e ora, e di lasciare il suo corpo spiaccicato sul disegno del falco che decora il manto erboso.

Il sibilo di un fischietto fende la nebbia della mia rabbia e permetto ai miei compagni di squadra di guidarmi fino alla panchina degli Hawks.

Mi sfilo il casco e lo tengo al mio fianco; allontano tutti i pensieri riguardanti Liam e decido di concentrarmi sull'unica persona importante: la bionda con le ciocche colorate che mi sorride dagli spalti.

Sollevo un braccio e la indico con il casco, le faccio l'occhiolino e ricambio il bacio che soffia nella mia direzione. Prima che io mi volti, Kay fa una Y con la mano sollevando il mignolo e il pollice; lo stesso gesto che ha fatto a papà Taylor durante la gara dei New Jersey Admirals. Uso la mano libera per copiare lo stesso gesto e mi riprometto di chiederle il significato.

Torno velocemente verso bordo campo, pronto a godermi dal mio posto in prima fila tutto il dolore che sta per abbattersi su quel coglione.

Fischio d'inizio.

Il *quarterback* chiama l'azione.

Gli viene passata la palla, le squadre entrano in azione.

Il rumore delle imbottiture che si scontrano le une contro le altre è musica per le mie orecchie, specialmente quando uno dei nostri *safety* stende a terra Parker.

Dopo che nella prima azione i Nittany Lions non riescono ad avanzare, le linee si riorganizzano per il secondo *down*, limitando il loro vantaggio a sole due iarde.

Al terzo down, il *quarterback* passa la palla a Parker, il quale riesce a malapena a percorrere una iarda prima che Kev gli dia una spallata in pieno addome, sollevandolo e mandandolo a sbattere sul manto erboso. Kev resta su di lui fino a quando l'arbitro non li separa.

Il sorriso sul volto del mio compagno mentre esce di corsa dal campo, con il casco in mano, testimonia quanto il colpo sia stato gratificante.

Facciamogliela vedere.

CAPITOLO 59

KAYLA

Non ho mai provato così tanto nervosismo durante una partita di football, neppure quando sono andata a vedere E al Super Bowl.

Da quando sono arrivata al mio posto, non sono riuscita a rimanere seduta un secondo, incapace di liberarmi dello stress che mi ha procurato il confronto con quello stronzo.

Sia G che CK hanno avuto molto da dire, quando ho raccontato di ciò che è successo nel tunnel; sono grata del fatto che JT sia stato il fratello a cui King ha deciso di riferire quanto accaduto. I messaggi di JT avevano un che di protettivo; mentre E, se l'avesse saputo, sarebbe venuto qui di corsa per prendere Liam a calci in culo.

Ciò che mi rende più nervosa è che conosco il mio ragazzo. Non esiste che lasci correre un insulto contro di me. Si aggira in maniera ferale a bordo campo; non ho potuto fare a meno di notare come stringeva violentemente il casco, quando ha soffiato nella mia direzione il suo bacio pre-partita.

Sobbalzo quando giuro di aver sentito la vibrazione dell'ultimo placcaggio di Kev. Nel corso di tutta questa serie di *down*, la difesa degli Hawks non ha fatto prigionieri, continuando a martellare la linea d'attacco della Penn State.

Il fischio dell'arbitro ferma l'azione, ma Kev continua a rimanere sopra Liam. Tiene il ginocchio ancorato al terreno, con la punta del tacchetto infilata a fondo e il piede inarcato per lo sforzo. Stringe le mani sulla casacca di Liam e avvicina la faccia alla sua, tanto che le maschere di protezione dei caschi si scontrano l'una contro l'altra. Ovvio, sono troppo distanti da noi perché riesca a sentire qualcosa, ma dal modo in cui Kev scuote i polsi capisco che non si tratta di una chiacchierata amichevole.

Fino a quando l'arbitro non accorre a separarli, non mi rendo conto di aver trattenuto il fiato; tutto il mio corpo si affloscia nel momento in cui espiro.

"Grande." G applaude mentre guardiamo un sorridente Kev correre a bordo campo e battere il pugno a Mase. "Adesso la testa di cazzo non si sentirà più tanto al sicuro solo perché il tuo ragazzo gioca in attacco."

"Vero." Vedo un barlume di approvazione brillare dietro le lenti degli occhiali di CK. "Sembra che l'intera squadra stia prendendo le tue difese."

Sento nascere in me quel calore e quei brividi familiari che associo alla sensazione che il nostro gruppo, la nostra famiglia, si stiano allargando. Prendo a braccetto CK e G, il primo dei miei fratelli dopo JT, e gli appoggio la testa contro la curva del bicipite… perché, siamo sinceri, per me è impossibile raggiungergli la spalla.

La cosa più educata da fare sarebbe sederci ai nostri posti, ma nessuno attorno a noi si lamenta del fatto che rimaniamo in piedi mentre guardiamo Mase e la linea di attacco scendere in campo.

Sulla quindicesima iarda, Trav completa un passaggio verso Alex, il quale riesce a percorrerne altre venti prima di essere placcato sulla trentacinquesima iarda della Penn State.

Porca puttana! Che hanno messo in quel Gatorade?

Ridacchio all'affermazione colorita della mia cheerleader interiore riguardo all'intensità della partita.

Mase riceve un passaggio. Muove in avanti, trova un buco nella difesa avversaria e sgomita per realizzare il primo *touchdown* degli Hawks.

Il cannone spara un colpo, la banda suona l'inno della squadra e le decine di migliaia di fan degli Hawks, immersi nel mare di centomila tifosi, esplodono in un'esultanza sfrenata.

Il mio ragazzo è in piedi nella zona di meta; solleva un

braccio perpendicolare al terreno e indica in direzione della panchina della Penn State, poi scaglia a terra il pallone in una vera e propria dichiarazione di guerra.

7-0 per gli Hawks.

Nel secondo quarto della partita il tabellone cambia ancora a causa di un *running back* della Penn State che riesce a liberarsi da un placcaggio.

7-7. Parità.

Ogni *singola* volta che Liam entra in azione, un giocatore degli Hawks gli piomba addosso, ogni placcaggio è più violento del precedente, il che non mi dispiace.

Gli arbitri avvisano che mancano due minuti alla fine del quarto; la Penn State è costretta a un altro *punt*. Dal momento che abbiamo una buona posizione sul campo, grazie allo sforzo dell'unità dello *special team*, Trav si mette al lavoro per mettere altri punti sul tabellone prima che termini la prima metà della partita.

La sua voce risuona forte e decisa mentre chiama l'azione. Il centro gli passa la palla, Trav la fa roteare tra le grandi mani mentre indietreggia alla ricerca di un ricevitore. Per fortuna che indosso i guanti, altrimenti avrei già conficcato le unghie nella carne di G, vista la forza con cui gli sto stringendo l'avambraccio.

Intuisco l'azione una frazione di secondo prima di Trav, Alex si libera di un difensore per realizzare un passaggio laterale. Con i gomiti piegati e le braccia chiuse ai fianchi, Alex stringe a sé il pallone tenendolo parallelo all'avambraccio. Guarda verso il fondo del campo alla ricerca di un passaggio libero, ma non lo trova.

Alex avanza incerto, evitando per poco un placcaggio, finché Mase non si libera, fermando un placcaggio difensivo e creando un buco abbastanza grande da permettere ad Alex di correre verso la meta e segnare.

14-7 per gli Hawks.

La seconda metà procede in maniera più o meno simile. Ogni colpo che Liam riceve dalla difesa (specialmente da Kev) è sempre più martellante. Più si avvicina la fine dei minuti di gioco, più la tensione all'interno dello stadio aumenta.

Nella terza azione, un *quarterback* riesce a portare la partita in parità.

Mi torco le mani, grata per i guanti che le tengono calde. Senza di loro, avrei finito per mangiarmi le unghie dalla tensione, e addio manicure.

Mantiene la partita in parità una serie di *field goal*, uno dei quali è una bomba da cinquantasei iarde sparata da Noah.

17-17.

Ultimo quarto.

Avviso dei due minuti.

La Penn State ha la palla nella *red zone* dell'Università di Jersey.

Il *quarterback* cambia strategia.

La nostra difesa parte all'attacco del *quarterback*, che getta la palla verso il numero ottantacinque.

Kev, interpretando l'azione in maniera eccellente, interviene sul *tight end*, gettando a terra quello stronzo di Liam e facendogli cadere la palla dalle mani.

Tutto lo stadio trema quando la folla di centomila persone si alza in piedi e urla in reazione alla palla persa.

I giocatori si precipitano sul campo.

Si accalcano sulla palla.

Fischio.

Gli arbitri interrompono il gioco.

Uno dei nostri *cornerback* recupera la palla.

Il gioco ricomincia.

Il suono è assordante.

Un minuto e mezzo di gioco con due timeout.

Palla nelle nostre quindici iarde.

È ora che Trav conduca i nostri ragazzi alla vittoria.

Tutti i tifosi sono in piedi.

Una iarda dopo l'altra, i giocatori avanzano lungo il campo.

Restano dieci secondi. Trav fa una finta, poi passa la palla a Mase, che corre per realizzare un *touchdown* da diciannove iarde.

Il punto extra è valido.

L'orologio segna zero: gli Hawks dell'Università di Jersey sono i nuovi campioni della East Division della Big Ten.

I tifosi dell'Università di Jersey invadono il campo, buttando giù i pali delle porte; il manto erboso si trasforma in un mare nero.

G e CK mi aiutano a scavalcare la ringhiera, così da poterci unire anche noi alla mischia; corro verso la panchina degli Hawks, dal momento che, se voglio avere qualche speranza di trovare il mio uomo in mezzo a quel mare di gente, avrò bisogno dei centimetri di altezza in più che essa mi può offrire.

Ovviamente è lui a scorgermi per primo; le sue lunghe gambe corrono per annullare la distanza che ci separa. È sexy da morire con il casco in mano, il paradenti in bocca e i capelli tutti in disordine.

"Congra…" Le sue braccia mi avvolgono per sollevarmi dalla panchina e darmi un bacio mozzafiato.

Persino attraverso la fodera in pile dei leggings sento il casco freddo di Mase che mi preme contro il sedere mentre gli avvolgo le gambe attorno alla vita. Mi appendo a lui come una scimmia, fregandomene della casacca madida di sudore, dei tifosi in delirio, dei compagni di squadra che festeggiano e dei continui flash delle macchine fotografiche. Niente ha importanza, tranne questo bacio.

La sua lingua si fa strada tra le mie labbra e io apro la bocca, sentendo il sapore di arancia del Gatorade mentre il bacio va avanti appassionato.

"NOVA!" urla Trav. "Abbiamo appena finito una partita, smettila di ficcare la lingua in gola alla tua ragazza e porta il culo qui."

Abbasso le caviglie, aspettandomi che mi lasci a terra; invece mi carica in spalla, facendomi strillare. "*Mase*." Do una pacca al suo delizioso culo. Sì, ho detto *delizioso*. Devo dirvelo un'altra volta? Merito dei pantaloni da football. "Mettimi giù."

"Ma non ci penso nemmeno, Skittles." Stavolta è lui a darmi una pacca sul culo, per poi palpeggiare la chiappa che ha schiaffeggiato. "Sei tu il mio trofeo."

Dal mio punto di vista a testa in giù, riesco a distinguere quattro paia di scarpe con tacchetti e due paia di Jordan e Converse che conosco bene, mentre Mase entra nel cerchio dei nostri amici.

Vengo passata da un paio di braccia all'altro, i ragazzi mi sollevano come se fossi davvero io il loro trofeo. Sono troppo fiera di loro per arrabbiarmi.

A un certo punto, i giornalisti raggiungono il nostro piccolo gruppo, ognuno pronto a condurre le prime interviste post-partita con le star. Mase mi mette un braccio attorno alle spalle e mi tira a sé, abbassando il casco per nascondermi il viso mentre indietreggia.

La maniera istintiva con cui si muove per tenermi lontana dagli occhi del pubblico mi fa innamorare un po' di più di lui. Sì, è vero che sto facendo del mio meglio per ignorare l'attenzione che mi viene rivolta sul profilo Instagram dell'università, ma essere con lui in diretta televisiva è tutta un'altra cosa.

"Mase." Gli appoggio una mano sull'addome. "Fermati." Indico Trav con un cenno del mento. "Vai. È il *tuo* momento."

Stringe gli occhi, rendendo evidente il suo dispiacere. "No. Voglio restare con te. Possono intervistarmi negli spogliatoi."

Per quanto trovi dolce la sua affermazione, non posso permetterglielo. Si è guadagnato il suo momento di gloria, deve goderselo. Senza contare che questo è esattamente il tipo di pubblicità che gli darà una mano per la selezione in primavera.

*La selezione. *Si riaggiusta il fiocco* A proposito di argomenti di cui* non *vuoi discutere…*

"No." Gli allungo una mano verso la mandibola ispida, facendogli scorrere un pollice sulla barba. "Te lo sei *guadagnato*. Fai brillare la tua stella."

La mia mano è avvolta dalla sua, il palmo caldo e sporco. "Va bene." Mi fa scorrere un dito lungo le nocche. "Non mi piace, ma *va bene*."

Si avvicina per un ultimo bacio prima di lasciarmi andare e fare un fischio per attirare l'attenzione di G. Solo una volta che sono al sicuro tra lui e CK, Mason si avvicina al primo giornalista per farsi intervistare.

Mentre ci allontaniamo, mi volto per dargli un'ultima occhiata e vedo che il sorriso sul suo volto è luminoso quanto le luci dello stadio attorno a noi. Non ho alcun dubbio che questa sarà la prima di molte interviste che concederà nel corso della sua carriera.

"Andiamo, Baby." G pizzica la punta del mio berretto per riportare la mia attenzione su di sé. "Prendiamoci una tazza di caffè taglia XXL, così ti facciamo entrare nello spirito della festa."

Giusto, la festa della vittoria alla sede dell'Alpha Kappa. *Ma che bello… no, proprio no!*

#Capitolo60

UofJ411: Qualcuno è piuttosto arrabbiato #FattiSotto
#CosaFaCasanova
***GIF di Mason che viene trattenuto durante il lancio della
moneta***
@It.sgottabethebooks: Ti conviene stare attento
@TightestEndParker85. Il nostro @CasaNova87 ti farà il culo a pezzi
#PassatemilPopcorn
@JJennifermarie119: Scommetterei su @CasaNova87 tutti i giorni
piuttosto che su @TightestEndParker85. #ProntaAScommettere

UofJ411: Quello DEVE aver fatto male #Ahia
GIF di Kev che placca Liam
@Hbietsch: So che @TightestEndParker85 non è un quarterback,
ma questo è il motivo per cui chiamiamo il #91 il re dei placcaggi
@SackMasterSanders91 #MangiaLaPolvere #CheBuonoIlTerreno-
DiGioco
@Heymom05: @TightestEndParker85 #FacciSapereSeTiServeDel-
Ghiaccio
@Hippychick782000: Oooh… ti sei fatto la bua
@TightestEndParker85? #CheBambino

. . .

UofJ411: QUESTO sì che è un bacio #Instagrammabile #Kaysonova
foto di Mason che bacia Kay sul campo
@JJUllom: Ho gli occhi a forma di cuore in questo momento *emoji con gli occhi a forma di cuore* #ReERegina #Kaysonova
@Juliedreamsofbooks: Questo sì che è un momento da immortalare #SembraLaScenaDiUnFilm #INobiliDelFootball #Kaysonova

UofJ411: Non il solito trofeo #PrendimiInSpalla #Kaysonova
foto di Mason con Kay in spalla dopo la partita
@Kmford2317: @CasaNova87 puoi prendermi e trascinarmi via in QUALUNQUE momento #CosaFaCasanova #IlSuoTrofeo #Kaysonova

CAPITOLO 61

MASON

Quando arriviamo alla sede dell'Alpha Kappa e veniamo accolti come degli eroi, la festa è già bella che iniziata. Dovendo fare la doccia e le interviste post-partita, ci abbiamo messo molto più tempo di quanto avrei voluto, ma adesso non vedo l'ora di trovare la mia ragazza.

La sede è stracolma di gente; sia i nostri tifosi che i miei compagni di squadra cantano a squarciagola i cori degli Hawks. Mi strattonano, mi danno il cinque, mi chiamano per fare un selfie con loro, il tutto prima ancora che io riesca a raggiungere la tromba delle scale di fronte alla porta d'ingresso.

Sento il telefono vibrarmi in tasca per la miliardesima volta; il fiume di messaggi e di telefonate di congratulazioni, unite ai commenti di Brantley riguardo alla mia intervista a bordo campo, stanno facendo del loro meglio per scaricarmi la batteria del cellulare. Anche le notifiche stanno esplodendo, grazie a ciò che ha postato l'account UofJ411: confesso che avrò guardato la GIF del placcaggio di Kev contro Liam almeno una dozzina di volte.

Mi faccio largo tra la folla; in questo momento, la priorità assoluta è lasciare la borsa in camera da letto e andare alla ricerca di Kay. Per quanto io apprezzi (a livello sia personale che di carriera) che Kay mi abbia costretto a concedere quell'intervista a bordo campo, mi ha rubato tanto tempo che avrei potuto trascorrere con lei.

Apro la porta di camera mia e sorrido quando noto la pila di vestiti abbandonati al centro del letto. Certo, avrei preferito trovare sul letto la mia ragazza distesa nuda, ma almeno in questo modo non dovrò farmi strada attraverso mille strati diversi per mettere le mani sulla sua pelle di seta.

Per quanto desideri solamente fiondarmi a letto e passare la notte sepolto tra le cosce di Kay, forse è meglio mostrarsi prima un po' alla festa. Con tutta l'adrenalina che mi scorre in corpo (sia per la partita, sia per aver dovuto fare i conti con Testa-Di-Cazzo Parker) non sono sicuro di riuscire a contenermi; il che può essere pericoloso, visto che sono molto più grosso di Kay. L'ultima cosa che vorrei è farle male per essere stato troppo violento.

Dato che ci troviamo al secondo piano e i rumori della festa sono attutiti, riesco a sentire le flebili risate che escono dalla porta aperta della stanza di Grayson.

Appoggio una spalla allo stipite della porta, incrocio i piedi e osservo la scena che mi si presenta davanti. Kay, Em e Quinn sono distese sul letto come una massa informe, piegate l'una sull'altra a ridere mentre Grayson racconta chissà cosa. Perfino CK, appoggiato contro il cassettone, sembra divertito, per quanto stia scuotendo la testa.

Non ho bisogno di conoscere i dettagli della storia. Tutto ciò che mi interessa è constatare che Kay sembra essersi scrollata di dosso molta della tensione che aveva accumulato a causa di ciò che era accaduto prima della partita.

In testa ha un ammasso di capelli biondi, con alcune ciocche tinte dei colori dell'Università di Jersey; ha le guance belle rosse, e sulla schiena ha stampati il mio nome e il mio numero. *Porca puttana!* È bellissima quando è così felice.

"Cavernicolo!" esulta nel momento in cui mi vede, svincolandosi dalle amiche per saltare giù dal letto e correre dritta tra le mie braccia.

"Skittles." Tiro il suo corpo contro il mio e le do un bacio sulla punta della testa profumata di menta. "Vacci piano con i festeggiamenti, se vuoi resistere tutta la notte," le dico picchiettando la parte superiore della tazza di caffè da asporto che tiene in mano.

"Sei fortunato a essere così carino." Mi pizzica il mento tra le dita, con le unghie dipinte di nero. "Perché devi migliorare le tue battute."

Il giorno in cui questa ragazza smetterà di prendermi in giro, dovrò seriamente preoccuparmi. Le do una strizzata e mi concedo un sorso del suo caffè.

"Ehi, piccioncini." Trav spinge la faccia in mezzo a noi. "Potete fare cose sconce più tardi. Ora ho bisogno di una birra."

"Gelosone," ironizza Kay, premendogli il naso.

"Certo che son geloso," ammette Trav senza alcuna vergogna. "Forza, Puffetta..." Le mette un braccio attorno alle spalle e la tira al proprio fianco. "Aiutami a trovare la fortunata che avrà il privilegio di condividere il letto con me stanotte."

"Bleah." Kay gli dà un pugno sul petto. "Non ho *alcuna* intenzione di aiutarti a scegliere l'ammiratrice da portarti a letto."

"Non eravamo migliori amici? I tuoi gusti in fatto di giocatori di football sono discutibili..." Trav guarda oltre la testa di Kay e mi fa l'occhiolino. Giuro, vive per farmi incazzare. "...ma hai ottimi gusti in fatto di ragazze. Quindi, chi meglio di te può aiutare QB2 a trovare una compagna di giochi?"

"*Che schifo.*" Si libera del suo braccio non appena facciamo ingresso nella taverna. "*Davvero* tu chiami il tuo uccello QB2?" Sul suo volto compare un misto di disgusto, ironia e sincera curiosità.

"Perché?" Trav riempie un bicchiere di birra e me lo porge, poi ne riempie un secondo per sé. "Hai un nome migliore? Come chiami quello di Casanova?"

Un colorito rosa sale lungo il collo di Kay, tingendole le guance di un bel rossore mentre dà le spalle al mio migliore amico per venire verso di me. Quando le sorrido, arriccia il naso e mette un dito dentro una delle mie fossette. So come chiama il mio uccello, in questo momento sa bene che sto pensando proprio a quello.

Come al solito, non ci sono molte persone all'interno della taverna, quindi è facile per noi prendere posto su una delle poltrone di pelle. Allungo sul bracciolo il braccio che tiene il bicchiere di birra, mentre aggancio l'altro alla vita di Kay e me la tiro in grembo.

Casa. È questo il pensiero che ho ogni volta che sono con lei. È la mia casa.

"Ma ricordati, Travis…" dice Kay, appoggiandomi la testa sul petto. "Chi non mette il guanto non fa l'amore."

Al suo consiglio seguono risate fragorose; i miei compagni, ogni volta che passano vicino a dove siamo seduti, le battono il pugno.

Continuiamo a chiacchierare mentre diverse persone entrano ed escono dalla taverna. A un certo punto, qualcuno cambia canale e mette *College GameDay* su ESPN per gli *highlights* del weekend, ma non tutti prestano attenzione.

"Di tutte le volte che voi due siete andati in tendenza, questa è in assoluto la mia preferita." Noah, che non ha mai afferrato il concetto di spazio personale, si avvicina a me e Kay per mostrarci una foto sul telefono.

Sullo schermo compare la foto del bacio che ci siamo scambiati io e Kay sul campo. Non so chi l'abbia scattata, ma ha catturato alla perfezione ogni grammo di passione selvaggia che provo per la mia ragazza.

È scattata di lato, quindi si vede benissimo il modo in cui lei avvolge le gambe attorno a me; i piedi ancorati assieme, una mano che mi stringe il viso, l'altra che mi accarezza la nuca. La foto mostra anche come le tengo una mano sotto la coscia e il casco appoggiato contro il sedere, mentre le stringo l'altra mano attorno alla schiena. Sembra la scena di un film. Oh, ma guarda: c'è un hashtag che dice proprio quello.

"Oh mamma mia!" Kay mi seppellisce la faccia contro il petto. Nonostante non sia affatto la sua passione, sta facendo piccoli passi in avanti con la presenza sui social.

Io, invece, non mi faccio scrupoli. "Questa la metto come sfondo."

Kay solleva la testa di scatto con gli occhi spalancati. "Ma sei serio?"

Quanto è tenera. "Puoi scommetterci, piccola." Le bacio la punta del naso. "Ma guardaci: siamo fighi."

Sul viso le compare il sorriso più mozzafiato che abbia mai visto in vita mia. "Credi sia troppo sdolcinato avere lo stesso sfondo del cellulare?"

"Chi se ne frega? Dammi il telefono." Passo la birra nell'altra mano e le porgo quella libera.

Ridacchia, ma fa come le chiedo. Metto la password—la data del giorno in cui le ho chiesto di uscire—poi le invio la foto e la imposto come sfondo. Siamo così smielati che facciamo venire il diabete, vero?

Nell'angolo della taverna, Alex e Grayson fanno del loro meglio per ricreare il nostro scatto, mentre Em e Quinn li fotografano.

All'improvviso, come se si fosse bloccata la musica, tutte le conversazioni si interrompono; sembra che tutta l'aria sia stata risucchiata dalla stanza.

Ogni muscolo del mio corpo si irrigidisce e Kay si volta a guardarmi. Con la coda dell'occhio, vedo lo sguardo confuso che mi sta rivolgendo, ma la mia attenzione è tutta attratta dalla porta a battente che conduce all'ingresso.

Sento Kay stringersi contro il mio grembo; tutta la spensieratezza di prima evapora in un istante, sostituita da una bolla di ansia alta un metro e mezzo che segue il mio sguardo...

...verso il punto dell'ingresso in cui si trova Liam Parker.

CAPITOLO 62

KAYLA

Il minuto prima mi sto godendo la sensazione delle dita di Mase che tracciano forme sulla mia pelle, non più ostacolate dai miei vestiti invernali. Quello successivo mi sto domandando se il suo tocco non mi abbia fatta addormentare, perché sto guardando negli occhi il mio incubo: Liam Parker.

Che diavolo ci fa qui?

Sento la mente turbinarmi. Questa è una storia brutta.

Davvero, davvero brutta.

L'*incidente* nel tunnel era un conto, ma farsi vedere in quella che è essenzialmente la casa base della squadra di football dell'Università di Jersey è qualcosa di una stupidità inaudita. Come accidenti ha fatto a entrare?

Visto il modo in cui si è comportata la squadra nel corso della partita, è difficile che questa sceneggiata non finisca con uno spargimento di sangue.

Mentre Mase si alza in piedi, gli sento un leggero tremore nelle mani. La mandibola stretta, le vene pulsanti su un lato del collo, gli occhi fissi sulla minaccia di fronte a noi; mi rimette lentamente a terra fino a quando le suole di gomma dei miei stivali non toccano il parquet.

Sento una sensazione di viscido scorrermi lungo la schiena

quando Liam ridacchia per il modo in cui Mase si pone di fronte a me, usando il suo grosso corpo come barriera.

"Wow, Kay." Liam si guarda intorno, osservando tutti gli altri giocatori degli Hawks che vengono in nostro supporto. Spero che si penta di aver portato con sé soltanto due compagni di squadra. "Sei proprio il tipo di ragazza che offre servizio completo, eh? Prima i Royals, adesso un'intera squadra di football?"

"Ti ho già detto…" Mase mi mette una mano intorno alle costole e mi sposta ancora più dietro di lui. "Non osare *dire*. Il. Suo. *Nome*."

Mi aggrappo alla polo di Mase, guardando attorno a lui giusto in tempo per vedere il sorriso sornione sul volto di Liam. *Qui finisce male.*

"Povero, povero Nova," dice Liam in tono di finta compassione, facendomi digrignare i denti. "Come ci si sente a sapere che è il *mio* nome, quello che lei ha mugolato per prima?"

Alla domanda di Liam parte un sibilo collettivo; le nocche mi diventano bianche per la forza con cui sto stringendo le dita attorno al tessuto.

"Stai lontano dalla *mia* ragazza." Mase fa un passo in avanti verso Liam e mi avvolgo a lui come un serpente per tenerlo fermo. È un barile di polvere da sparo pronto a esplodere.

Visto quanto è aumentata la copertura della stampa, anche grazie alla partita tra le due università rivali, l'ultima cosa che Mason si può permettere è raccogliere la provocazione e scatenare una rissa. I problemi fuori dal campo danneggiano quanto quelli sul campo le speranze di un giocatore di avviare una carriera professionistica.

Liam ci riprova. "Dimmi, Nova, fa ancora quella cosa con i fianchi quando te la metti sopra?" chiede, muovendosi in un modo che ricorda più una scimmia ubriaca che qualcosa di anche solo lontanamente erotico.

"Vai. A. Fare. In. Culo," abbaia Mase, furioso.

"Anche se devo ammettere che anche metterla sdraiata sulla schiena è stato divertente," aggiunge Liam, toccandosi il mento con la punta del dito.

Mi giro in direzione di G, rivolgendogli uno sguardo di supplica. Avrò bisogno di rinforzi se voglio sperare di trattenere Mason, grande e grosso com'è.

"Chiacchieri molto, Parker." La voce di Mase è inquietantemente monotona e mi fa venire la pelle d'oca. "Ma, da quanto riesco a ricordare, stasera l'unico che è finito con la schiena a terra sei *tu*." Solleva la bocca di lato, poi continua: "Allora perché non dici *tu* a *me*… che sapore ha il terreno del campo?"

L'intera sala esplode in una risata, inclusi alcuni dei compagni di squadra di Liam.

Mase abbassa il mento per controllare se sto bene. Nella sua preoccupazione per me, non vede Liam che gli balza addosso.

Non penso. Reagisco soltanto.

L'istinto di proteggere l'uomo che amo prende il sopravvento; salto di fronte a lui, il mio unico pensiero è di spingerlo lontano dal pericolo.

Un dolore lancinante mi esplode sul lato del viso.

I miei piedi si staccano dal terreno.

Colpisco qualcosa di aguzzo con la testa.

Poi…

Nient'altro.

Diventa tutto nero.

Ok, ok, sento le vostre urla tutte in maiuscolo ancora prima che le digitiate. Sicuramente si tratta di qualcosa del tipo: *MA CHE CAVOLO, ALLEY!!! Devo sapere come va avanti!*

Beh, buone notizie! Il terzo libro sarà presto disponibile, e stavolta non ci sarà nessuna storia in sospeso!!! *Giocare sul serio* (terzo libro della serie *U of J – Università di Jersey*) sarà gratis su Kindle Unlimited.

Jordan Donovan (l'addetta alle pubbliche relazioni di E) è la "matriarca" degli Alumni della BTU. Se la sua storia vi incuriosisce, potete conoscerla in *Power Play*.

Avete bisogno di supporto emotivo? Vi serve un posto dove poter urlare frasi del tipo: *COSA DIAVOLO ho appena letto?* **oppure** *PORCA MISERIA! Alley, la Regina del Male in persona, diventa ogni giorno più spietata!*

Se avete delle teorie da condividere con altre persone sulla vostra stessa lunghezza d'onda, volete pianificare la vendetta contro Liam, oppure mandare al diavolo quell'impiccione di un account Instagram UofJ411, c'è un gruppo dedicato all'intera serie, quindi leggete *Giocare sul serio* e unitevi allo #UofJ Spoiler Group!

Sei per caso una di quelle persone carine che lasciano recensioni? Puoi trovare *Giocata vincente* su Goodreads, BookBub e Amazon.

Volete saperne di più sui Royals? Beh, c'è una bella notizia: Savvy King mi ha praticamente tirato fuori la storia dalle dita. *Regina selvaggia,* primo libro dello spinoff della serie *U of J – Università di Jersey* dedicato ai Royals, sarà disponibile gratis su Kindle Unlimited.

INFORMAZIONI SU ALLEY CIZ

Informazioni su Alley Ciz

Alley Ciz è una scrittrice indipendente di bestseller internazionali che hanno per protagonisti ragazze insolenti e maschi alfa che cadono ai loro piedi. È un'entusiasta lettrice di storie d'amore che, dalla passione per la lettura, è passata al dare vita ai personaggi che vivono nella sua testa… e che non si comportano sempre bene.

Questa Potterhead di ferro di solito indossa una maglietta con una scritta buffa, beve tantissimo caffè, si ingozza di pizza e tacos e corre dietro ai suoi tre figli, mentre il suo labrador di 45 chili (sicuramente il suo bambino più educato) la osserva divertita.